ちくま文庫

月の文学館

月の人の一人とならむ

和田博文 編

筑摩書房

もくじ

1 月光密輸入

2 月と死の気配

4　月の人／月のうさぎ／かぐや姫

5　月見の宴を、地上で

7　月面着陸と月の石

月の文学館　月の人の一人とならむ

・本書は文庫オリジナル・アンソロジーです。
・各作品の文字づかいは底本の表記に従いましたが、正字は新字にしています。
・また、ところどころルビを補いました。
・一部に今日の人権意識に照らして不適切と思われる語句や表現がありますが、作者（故人を含む）が差別を助長する意図で使用していないこと、時代背景、作品の歴史的価値を考慮し、初出のままとしました。
・掲載にあたり、著作権者の方と連絡が取れなかったものがありました。お心当たりの方は恐れ入りますが、編集部までご一報いただきますようお願いいたします。

1　月光密輸入

月の出と蛙

草野心平

月をめがけて吾等ゆく夢の脚

草野心平（くさの・しんぺい）一九〇三〜八八（明治三六〜昭和六三）年。詩人。福島生まれ。一連の蛙の詩で、読売文学賞を受賞。一九二〇年代にアナーキズム系の詩人として活躍し、一九二八年に『第百階級』（銅鑼社）をまとめる。「月の出と蛙」は同書に収録された。底本には『草野心平全集』第一巻（一九七八年、筑摩書房）を用いている。天体を描いた他の作品に、「神秘は殖えた―アポロ11号の月着陸によせて」「月墜つ」「月夜の馬」「満月の夜の会話」「三つの満月」などがある。

月の記憶

川上弘美

月を見るたびに、「それは近づいていた」という一節を思い出す。「それ」とは、月のことだ。イタロ・カルヴィーノ著『柔かい月』（脇功訳、河出書房新社、一九七一年）という短編集の中の、一節である。

この連作短編集、何と説明すればいいだろう。強いていうならば、空想譚、だろうか。ある時は生物の細胞分裂の、ある時は地球の生成の、ある時は進化の、それぞれの現場にいあわせる主人公が語り手となって、そのとき目撃したことごとを語る。奇妙な奇妙な話ばかりだ。

たとえば表題作「柔かい月」。話の中では、その昔月が地球の引力にひかれて地球すれすれまで寄せられてきた、という設定がしかれている。主人公とその妻が、どんどん寄って来る月を、ベランダに座って見ているのだ。肉眼で表面が見えるくらいの近さに、月はある。地球の引力で月の表面が隆起する。「瘤のような月からまたひとつの瘤が隆起し、それが蠟の滴《したた》りのように地球にむかって伸びだしはじめたのである」という具合だ。

月を見るたびに私は、この小説の中の「蠟の滴りのように地球にむか」う月の表面を、ありありと思う。小説の中のことなのに、実際にあったことのように、印象づけられてしまっている。

こういうことは、ときどきある。この目で見ていないのに、かつて読んだことを、ほんものの経験と思いこんで記憶してしまうこと。ちょっとアブナイ人間かもしれない。でも、まだ見ぬ土地を、まだ会わぬ人の言葉を、文章を通じて自分のものとして味わう瞬間って、かぎりない至福の瞬間だ。アブナくてもなんでも、その至福の瞬間にしみこんできたことごとは、つい記憶してしまいたくなるではないか。

「柔かい月」はこんなふうに続く。

「今や月の蠟の滴りは無数に発生して、地球にむかって粘々したその触角を差しのべ、そのひとつひとつがまたゼラチンと毛髪とかびとよだれで出来た物質のようなものを滴らせようとしている」

なんだかちょっと、きたない。この小説の世界では、月が近づいて来る前の地球は、無機的で清潔きわまりない場所なのだ。それに対する月は、混沌としたなまあたたかい存在。それまでご清潔だった地球を、月が汚してしまうのだ。汚して、混沌とさせ、なまあたたかく変えてしまう。

この数日、そういえば月はまんまるに近い。十五夜、十六夜、立待月、居待月、などという繊細な名前をつけて、日本人は月を愛でてきた。それはそれで理解できるが、「柔かい月」を読んでしまって以来、私にとっての月は「触れるものすべてをその粘液質の果肉の中に呑み込んでしまう」ものだ。夜空の彼方で光っているあえかな存在には、あまり思えない。ぐちょぐちょしていて、ちょっとくさくて、おおらかなもの。それこそが、私の月なのだ。

月を見るたびに、「近づいていた」という一節と、月の表面が溶けたチーズのようにたれながらこちらにくっついてきたあの日のことを、思い出す。実際には見ていないのに。アポロのとらえた映像だって知っているのに。いつでも、鮮明に、あの日の贋の記憶がよみがえってくる。カルヴィーノの文章を読んだ瞬間の至福とともに。


川上弘美（かわかみ・ひろみ）一九五八（昭和三三）年〜。小説家。東京生まれ。「神様」でパスカル短篇文学新人賞を受賞して注目された。「蛇を踏む」が芥川賞になったほか、受賞作は数多い。『溺レる』は女流文学賞、『センセイの鞄』は谷崎潤一郎賞、『真鶴』は芸術選奨文部科学大臣賞、『水声』は読売文学賞、『大きな鳥にさらわれないよう』は泉鏡花文学賞受賞作となる。「月の記憶」は『ゆっくりさよならをとなえる』（二〇〇一年、新潮社）に収録された。底本には同書を用いている。天体を描いた他の作品に「月食の夜」（『なんとなくな日々』所収）がある。

月光異聞

佐藤春夫

その家といふのはフランス革命まへにさる貴族が住んでゐたといふ由緒のある——当時はさぞかし立派なものであつたらうと偲ばれるやうな練瓦造なのであるが、街からはかなりに不便な郊外にあり、それにもう室《へや》などが古くうすぼけてゐるといふので、今ではただ普通の人が住んで、その数多くの部屋を人に貸してゐるのである。ところがそのうちに、いつも窓の鎧戸《よろひど》がぴつたりと閉されて、扉にかけられた鍵の金具にも幾分か赤くさびが出てゐる一室がある。言ふまでもなくその一室は久しい間使用されてゐないのである。わけはと言ふに、こんな古めかしい大きな建物によくあるやうに、その室《しつ》にはあまり気持のよくないうわさ——幽霊が出るといふ噂が立てられてゐるのである。さうと言つて別に誰《たれ》もまだその正体をはつきりと見たものはない。が、その室《しつ》を借りたもので一週間とは、つづけて住んだ人はない。その室に寝たものは夜中になるときつと何者かのために目をさまされるといふのである。それもなんだか眠いやうであるし、それでゐて眠られないやうなへんな心持になつて、窓も扉も閉め切つてあるにかゝはらず、頭のうへを風がすう〳〵ととほつたり、自分のそばに誰かが来て立つやうな気がしたりして、どうしても落ちつかれない。が、さて灯をつけてみると格別にかはつたこともないといふのである……。

こんなわけで、その話を耳にしたこの家に住んでゐる元気な人たち——おほむねは若い音楽家や画家であるそんな物好きな連中が、それをためしてみようと思つて、好んでその部屋に寝たこともあるが、その話は正《まさ》しくほんたうであつた。で、その人たちはおどろいて次の朝になると、あるひはその室《へや》の位置、構造、またずつと昔にその室《しつ》に住んでゐた人のことについていろ〳〵としらべたりさぐつたりして、その不思議の起因をつきとめようとしたが、そのいづれもまつたく煙をつかまうとするやうなことに終つてしまつた。次の夜、その人たちはさらに勇気をつけさらにはつきりした頭を持つてその室《しつ》に寝た。が、やはり前夜と同じことで、散々におびやかされたそのあげく、それをどうすることも出来なかつたのである。しかし、その人たちはいづれもなか〳〵の負けずぎらひな男であつたから、こんどは昼のうちに充分に眠つて、夜に自分の仕事をやつてみようと思つた。で、三日目の夜にその方法をやつてみた。それもやはり同じことで——ランプをともして、さて仕事をしようとテーブルによりかゝると何といふことも出来ない不安におそはれて、五分間とはつづけてペンを持つたり読書のページに目をそゝいだりしてはゐられないのである。さらに忍んでやらうとすると、後の方に誰かが立つてぢつと肩越しに机の上を見つめたり扉のそばへさわ〳〵と衣づれの音がして客が近づいたけはひがしたりして、さらに注意を散らしてしまふのであつた。

こんな夜が二三度もつづくと、もうどんなに物好きな人でも、この上にその無気味な夜をかさねてみる気はしなかつた。そしてさきに住んでゐた人と同じやうに早々《さう〳〵》にその室を引きはらつてしまふのであつた。かういふわけで、これといふ理由もなくただお化けが出るといふので、またそこに寝なければ何のかはつたこともないのであるから、その室はそのまゝに放つてあつた。そして人たちは「あそこには影が住んでゐるのだ。」と言ひ合つてゐた。

さて、この室の二階に、やはり画家である二人の若い男が住んでゐた。この二人はよく画家がさうであるやうに、ごたぶんにもれず貧乏であつた。と言つて初めのうちは決してまだそれほどでもなかつた。一週間に一度は人なみのにぎやかなところへも出かけて、人なみのにぎやかなことも出来たのである。が、やはりごたぶんにもれず金のことにはやりつぱなしであつた。さうして近ごろはいよ〳〵財政が窮迫して来て、さすがに呑気《のんき》なボヘミアンたちも、こんなふうにして金を使つてしまふと、もう画の具も買へなくなるかも知れないと柄にないしかし尤も至極な心配を初めた。さうしていまさらにあわてゝ、柄にもにずこれから一たいどうすれば出来るだけ生活費の節約が出来るかといふことについて、まつたく言葉通り真面目に研究をやり出したのである。「使へばいくらあつても足りないのだから――」こんな殊勝なことををかしげもなく言つてうなづき合つた。

尤も、かういふことは、彼等の仲間にはあたりまへのことで、そんな時、彼等はもつと安い宿にかはり、でたらめのポスターや画かんばんや、そのほかのいゝかげんな図案の注文を取つて生活を立てるのが常である。で、この時も二人はそんな方法をいろ〳〵あれかこれかとめぐらしてみた。そしてまづ第一に彼等のいま住んでゐる部屋――それは貧しい二人に不似合であり、彼等もまへまへからさうは思つてゐたものゝ、ついそのまゝにすごして来たその室を引きはらつて、もつと安い、ほんたうに不遇な天才たちにふさはしいやうな室をどこかに見つけようと相談した。その時にふと思ひ当つたのは、お化の出るといふ室のことであつた。

「そいつはいゝ考へだ！」

一人は手をうつた。

「あそこならいゝ。あそこなら無料だつて貸してくれる。それに広いし、アトリエには持つて来いだ――」

一人はつけ足した。まつたく、貧困した二人の画家が「影のすまひ」に引きうつつて画を描くとは何といふローマンチシズムだらう！　二人はさつそくに階段を駈け下りると、そのうまい思案を主人に相談した。この家の道化役である二人の如何にも考へ出しさうなその申し出を聞いて、きさくな主人はたゞ笑ひがほでうなづいた。——

「まあ何とでも好きなやうにやつてみるんだね。」

　さて、さうとなつてみると、如何に冗談《じやうだん》の常食家である二人でも、すぐその日から幽霊の出る部屋へうつる気はしなかつた。もうかれこれ五時に近く、日脚《ひあし》もだん〳〵かげろひかけてゐたし、なんだかへんに不安にもなつて来たのはほんたうである。で、二人はしばらく思案がつきかねたやうに、幾分かは疲れてゐたのであるが、むかひ合つたまゝ黙つてゐた。

「ともかく今夜、夜中にあの部屋をのぞいてみて置くのも一策だらうぜ。」

　だんまりこみからのがれようとするやうに一人が言つた。

「だつてあそこは何も目に見えるやうなものは出ないんだからな。」

「いや、外からこつそりとのぞいてみれや、あちらだつて油断してゐるしさ。何か見えるかも知れない。」

　話してゐるうちに二人の心のなかに好奇心がぞく〳〵と起つて来た。そしてこんどは部屋のことより、お化の方に大へんな興味がのつて来たのである。そこで二人は机の引きだしから錐をさがし出すと、それを持つて「影のすまひ」の扉のまへまで出かけて行つた。そして、まるでシヤロック・ホームスかアルセーヌルパンにでもなつたつもりで、一人は注意深く錐のさきをグツと扉の板に刺しこむなり、キリキリともみ出した。厚い扉の板に八分の一吋《インチ》ほどのさしわたしの穴が明いてしまふには、かなりに苦しい時間がかかつた。――かはるがはるに二人は手首の痛いのを辛抱して錐をもみこんだ。穴はたうとうあいた。錐の先はつきぬけた。

「さああいた。――かまはないだらうね。」

ほつとして一人はふりかへつた。

「かまふものか！　こんな穴ぐらゐ――。」

一人は答へながら、口さきでぷうと木屑をふきはらつて、その小さい錐の穴をのぞいた。そこはまつくらで、左の方の壁にある二つの窓の鎧戸から、かすかに光がもれてゐるだけであつた。

「これで大丈夫。」

その穴をたしかめてから二人は部屋へ引きかへした。

さて、その夜中すぎである。さすがにドキ〳〵する胸をおさへながら二人は「影のすまひ」の扉のまへに立つた。そして身をかがめて、そうつと錐の穴からうちをのぞいた。

どうであらう!?　不思議も不思議。その部屋の閉されてあつた筈の窓がみんな明け放されて、そこから青い水のやうな月光が一面にさしこんでゐるではないか、そしてまんなかに、ちやうどよく当時の風俗画にあるかの帝政時代の流行かと思はれるやうな服をつけた一人の老婆が、立つてせつせと箒で床を掃いてゐるのである。――そこにはまた、やはりルイ十四世好みとでも言ひたい戸棚や、鏡や、テーブルや、椅子や、壁飾りのある立派な部屋になつてゐるのであつた。あまりの事に気がぬけたやうになつて、息もつかずに見つめてゐると、その老婆はぼつ〳〵とこちらの方へ掃きうつして来るのである。さうしておぼえず身を退《しりぞ》かした位、二人ののぞいてゐる扉のそばまで来た。シユシユと箒の床をかする音がかすかに聞える。と、ふと老婆は床のうへに落ちてゐる何かを見とめたらしく目を落した。錐を使つた時にこぼれた木屑であるらしい。老婆は身をかがめて、なほも専念に目をそゝいでゐる。さて合点のつきかねたやうにくりかへし見かへすのであつた。それが稍《やゝ》しばらくつづくと、たうとう思ひなほしたやうにくるりと向をかへて、こんどは二人の方へ背を見せると、老婆はその木屑をも合はして掃き出した。窓ぎはの方へである――。その歩み方といふのがまた実に遅い。同じやうな姿勢で、同じやうな動作をくり返して、まるで時計の振子がゆれてゐるやうである。時々、何でも深いといきをするやうな様子もあつた――二人はかはる〳〵ただもう一心に見つめてゐた。ふと気付くといまのさつきまで床一ぱいにひろがつてゐた二つの四角い月影はだん〳〵と菱形に、いびつにかはつて来て、壁を這つて天井にとどきさうになつてゐる。月が落ちるのだらう——。さう思つて見かへすと、もう老婆がいつの間にかなくなつてゐる。それも突然ではない。だん〳〵とやつぱり振子のやうにゆれながら、その広い部屋にさしこむ月の光と、影とが織り出してゐるかすかなさゆらぎのなかへとけこんで、初恋の人の写真のやうに褪せて行き、はやりすたつた小唄のやうにかすかになつたものらしい。まあ、さうとしか思へない……。明方のツアイライトがさす冷たい廊下で、二人の画家は夢からさめた人のやうにほつとして顔を見合せた。さうして、一言も口をきかずにこそ〳〵と帰つて行つた。

昼近くなつて二人は目をさますなり、下へ行つてことのあらましを主人に告げた。そして、あつけに取られて半ば自失してゐる主人の手から鍵をもぎ取るやうに取つて、「影のすまひ」へ這入《はい》つてみたのである。くらやみのなかで、長い間閉されてあつた窓がギーッときしみながら開いて、明るい日光がぱつとさしこんだ。どうだらう！　床の上にはきれいな箒の目がちやんとついてゐるのだ。正しく——。目につく塵一つも見出されない。まつたく何にもない。がらんとした広い床の上に当つてゐる日ざしが、うす暗くくすんだ天井の方へ照りかへしてゐるきりなのだ。

「やつぱり何にもない昼だなあ——」

いまさらにおどろいて一人は言つた。

「たしかにごた〳〵とあつたのにね……」

「どんなものですつて！」

後《あと》についで来てゐた主人が口をはさんだ。

「戸棚やテーブルや胸像や、何しろ一目ではきちんとした部屋であつた――すこし古風な住居だつた……」

うけ答へながらどう言つてい丶か困つてしまつた。まつたく二人は、青い月の光のなかにいろいろな家具や、装飾を見たのである。それらがどの位置にどんなふうにあつたか、それも頭に残つてゐるのであつたが、さて言はうとするとまるで霧がか丶つたやうにぼんやりとしてゐた。

「老婆が見えたつて!?」

あちらの室からも、こちらの室からも人が集つて来た。

「え丶、そら何と言ひますかね。昔のそら――芝居のコスチユームにあるやうな、こんな恰好した服をつけてゐるのです。」

かう言ひながら画家の一人は、指さきで裾のばかに広がつたその服の形を描いてみせた。

「僕は若い女ががかんでゐるのだと思つたがね。」

「いや、婆さんだつたよ。たしかに――。若い女だつたら、あんな黒い服を着てゐるわけがない。」

「いや喪服なんだ。あれや――」

この点については二人の画家の観察は一致しなかつた。人々は、錐の穴からうかがはれたその不思議な光景についての対話を一々耳をそば立てゝ聞いてゐた。そしていろいろな取沙汰が出た。なににしてももう一度はつきりと見よう。かういふことに話はきまつたのである。

その夜中になつた時、「影のすまひ」の面してゐる廊下にはポツといふ音がして青い瓦斯燈がともつた。さうして十人ばかりの足音をしのばせた人々が、二人の画家を先頭に錐の穴をのぞかうとして扉に近づいた。

「おや、これやまつくらだ――」

一番さきにのぞいた画家がさゝやいた。

「たしかに見えたが――」

次の画家はかう言ひながら、かはつてのぞいてみたが、いかにも今夜はただまつくらであつた。人々はかはる〴〵にのぞいた。が、やはりそこはまつくらであつた。

「こんな大ぜいだからかも知れない。」

首をふりながら画家の一人はつづけた。

「ともかく後で、私たち二人でのぞいてみるから、諸君は一まづ引きあげて下さい。」

それで皆んなは、各々の部屋にかへつて待つことにした。そして瓦斯をけした。それこそまつくらい廊下に、二人はしやがんで、息をこらして待つてゐた。半時間近くもたつた。が、やはりその穴からは何にも見えなかつたので、たうとう二人も辛抱をきらして引きかへした。

やがて夜があけた。そこら中が一面に明るくなつた。待ちくたびれて眠つてしまつた人々は画家の部屋に集つた。さうしてやはり二人を先頭にしたその一隊は、どや〳〵と廊下を歩いて錐穴のある扉のまへに来た。カチッと鍵の音がして扉が開いた。ところが!?　その開かれた扉の裏がはに、ちやうど錐の穴のところに、蠟燭の蠟がとかしこんでつめてあつた！　誰もゐない――しかし「影のすまひ」であるこの室の内がはからである。

こんな話を子供の時分に何かの本で読んだやうな気がする――何でも、この「影」はかうして毎夜部屋をきれいに片づけて人を待くたびれてゐるのである。それほどまでに待たれてゐる人といふのは、彼女の夫かそれとも息子かで、革命の当時に市街戦で殺された人である、とか何とかいふやうな説明も書いてあつたやうである。しかし私は思ふ――この話は、ただ月が下りて来て、――荒廃した心や、荒廃した場所などのよき友である心のやさしい月が下りて来て、住む人のない部屋をかうして時々掃除するのではないか。さうしてそれを時たま見た人があるといふまでではないか――そのほかのことは皆んな牽強附会のことではないだらうか。が、そんなことはどちらでもいい。この古風な話はいづれはでたらめらしいから。

佐藤春夫（さとう・はるお）一八九二〜一九六四（明治二五〜昭和三九）年。詩人・小説家。和歌山生まれ。短歌や詩で出発し、初期作品を集めた詩集に『殉情詩集』がある。その後小説を創作の中心に据えて、「田園の憂鬱」「都会の憂鬱」などの代表作を発表している。「月光異聞」は一九二二年四月に『太陽』に発表された。底本は『定本佐藤春夫全集』第四巻（一九九八年、臨川書店）を用いている。天体を描いた他の作品に、「月下の陸放翁」「太陽族以上」「七夕」「月の桂」「中秋水調歌」「月かげ」「星のために」などがある。

月光酒

吉田一穂

I

コットン、コットンと水車場では、朝はやくから、米つき螇蚸《ばつた》が米をついてゐました。お百姓の蟻は、汗を流してひいてきた重い俵を、小舎の前へおろすと、戸を叩きました。

「今日は。」

「早くから、よく精がでますな」といひながら、主人の螇蚸《ばつた》が出てきました。

「なあに、お互様、働くのは結構なことで。」

「遊んでゐれば何かと悪い考へも起きますが、仕事に懸命だと辛い事も忘れてしまひます。」などと二人は話しあつてゐました。

「なんてうるさい奴らだらう」と呟いて、また寝返りをうつた屋根裏の蝙蝠は、毎朝かうした下からの百姓と主人との話声に目をさまされるのでした。今朝もまた彼れは、きくともなしに耳についた話をきいてゐました。

「だが蝗蚚《ばつた》さん、私《わし》ら百姓にくらべて、あのお蝶夫人は、毎日きれいな着物をきてフラフラ遊んでゐられるから幸福なものですな。」

「滅相もない蟻さん。あれで夫人《おくさん》は蚕になつて糸も紡ぐし、また衣を染める色を花から絞つたり、みな自分の手一つでやるんだから、他目《よそめ》でみるやうな暇があるわけでもないんですよ」といつた蝗蚚《ばつた》の言葉が、日がな一日、暗い屋根裏にねころがつて少しも働かうとしない蝙蝠の胸を、チクリとさしました。

「するとみんな働いてゐるのですね。あの蜜蜂さん達も、毎日、方々を飛びまはつては蜜を集め、今ぢやどの酒庫《さかぐら》も一杯ださうです。」

「その上、今年の酒はまた大変よく出来たつてぢやありませんか。」

下からの話声に耳をたててゐた蝙蝠は、その話のなかに、ふと「酒」といふ言葉をきいてぱつちり目をさましました。なぜなら、彼れの一番すきなものはそのお酒であつたから。

「ではごめんだうでも、また一つ米をついて置いて下さい。」かう頼んで、空《か》ら車をひいた蟻の百姓が帰ると間もなく、またコットンコットンと水車が、威勢よく米をつき始めました。

蜜蜂の酒の話を、屋根裏で盗み聞いた蝙蝠は、その美味《おいし》い酒に舌鼓うつ方法を考へてゐました。

Ⅱ

彼は元来、非常ななまけもので、額に汗して働かうなどとは、夢にも思はず、いつも暗い簷裏《せんり》にかくれて、悪い事ばかり考へめぐらしてゐました。ですから外へ出ても、誰れ一人、彼れを相手にするものがありません。縦へ、この日中《ひなか》、どんな嘘をついたにしても、蜜蜂から酒をまきあげる事が出来ません。もし、めつたな事でもしようものなら、あの癇癪持ちな蜜蜂は、ブンブン怒つて、きつと鋭い槍でつきさすに違ひない。と思つた彼れは、夜、こつそり出かけて、盗みとるよりほかに仕方がない、と悪い考へを起しました。彼れは、またゴロリと横になつて、日の暮れるまで、グッスリと寝込んでしまひました。

Ⅲ

蝙蝠が目をさました時、あたりは暗く、水車の音も止んでほつそり美しい月が出てゐました。

彼れが身仕度をして、庇の破目《われめ》からぬけ出ようとする、恰度その真ん前に、蜘蛛が巣を張つてゐました。

「おい！　誰れに断つて俺の出口へなんぞ店を出したんだい」と彼れは、いきなり腹を立てて、怒鳴りつけました。

「ごめんなさい。別に悪気があつての事ぢやなかつたんですから」と蜘蛛は、びつくりして詫びいりました。

「黙れ！　さつさと形付けちまひな。」

「宵のうちから、勢出して折角はつたのですから、今晩だけ、どうか勘弁して下さい。」と蜘蛛は、宵の商売を目の前にして店も畳まれず、いくどもお願ひしました。が、蝙蝠はなかなか許してくれません。

「よし形付けなけりやあ、俺がぶつ壊してやる」と彼れはさつと羽搏《はばた》いて、蜘蛛が苦心の網をつき破つてぷいと外へ飛び出してゆきました。

「なんて情けない奴だ。俺があれほど平蜘蛛になつてあやまつたのに。よし、おぼえてゐろ、畜生！」と蜘蛛は、代無しにされたボロボロの網にとりすがつて、口惜しさうに叫びました。

Ⅳ

冷たい夜気にふれて、ほつとした蝙蝠は、身に覚えの早業で、昼間よく考へて置いた蜜蜂小舎へ、酒を盗みとりに行かうとしてゐました。

彼れは空を千鳥に飛んで、ひよいと宙がへり、蜜蜂小舎の後の方へ廻つて、要心ぶかく中の様子を探りました。一日の働きに疲れて、グッスリと眠つた様子を覗いて、彼れは四角な入口から、ぬき足、さし足、中へ忍び入りました。そして、ずらりと並んだ六角形の酒庫《さかぐら》の前へ近よつてゆきました。

花の種類によつて分けた酒庫《さかぐら》の扉《と》には、いちいち堅く花の封印がしてありました。彼れは一番おいしい酒をと、まづ「薔薇」の庫を撰んで、その高い庇へ両肩の爪をひつかけました。口をつけて封印を切らうとする鼻さきへ、プーンとい丶香りが匂ひました。彼れは夢中になつて、カチリと歯を入れた時、折り悪しく両脚の爪が、下に眠る番兵の体へさはつたので、蜂はびつくり目をさましました。見ると、すぐ真上に黒い魔物が、しがみついてチューチュー酒を啜つてゐるではありませんか。蜂はすばやく飛び立つや否や、その曲者《くせもの》の脊《せなか》へ一本チクリと槍を突きさすと一緒に「泥棒」と叫びました。

さあ大変、蜂の巣は遽かに騒ぎ立つて、一時に幾百と数知れない蜂の群れが、ブンブン槍をしごいて、どつと、この怪しい盗賊を攻めつけました。流石、術策に秀でた蝙蝠も、四方に敵を受けてはかなひません。とまどひしながら、散々に傷を負つて、やうやく戸口から、

「泥棒蝙蝠、出て失せろ！　あしたの朝を要心しな」といふ罵倒と一緒に、外へはふり出されました。

V

命からがら、やつと逃げ出した蝙蝠は、すごすご自分の屋根裏へ帰つてゆきました。彼れは、ひどいめに会はされた事よりも、蜜蜂たちが仇打ちに来ると云ふ明日の事が、大変、気になりました。彼れはヒシヒシと痛む体をこらへて、藁くづを集め、破《われ》目《め》板をふさいだりして、明日の敵に備へました。しかし蜂は、どんな小さい穴からでも入つて来るに違ひない。彼れは新らしいまたの痛手にふるへながら、ふと先刻の蜘蛛のことを思ひ出しました。そして詹先《のきさ》きへそつと頭を出して悲しげに蜘蛛を呼びました。

「おい蜘蛛さん。ぜひ一つお願ひがある。」

「なんだい。」蜘蛛はスーと糸をたれて彼の目の前にぶらさがりました。

「いそいでこゝら一杯に巣を張つてもらひたいんだ」と蝙蝠は哀れつぽい声で頼みました。

「もらひたいもないもんだ。先刻《さつき》の仕うちを忘れたのか。」と蜘蛛は憎々しげに云ひました。

「いや俺が悪かつた。実はあした攻めてくる蜂を防ぐために、ぜひ君の網の力を借りたいのだ。どうか助けてくれ、たのむ。」

「そりや面白い。あすは高見の見物とでかけるかな。だが君の願ひは真平だ。」と蜘蛛は嘲笑つて、また庇の上へスルスル登つてゆきました。

VI

その翌日、蜂のためによほど酷い目に会されたと見えて、蝙蝠はそのまゝ屋根裏にとぢこもつて、うんうんうなり続けてゐました。

傷の癒るのを待つて寝てゐた蝙蝠は、ある日、枕元へひゞいてくる、下からの百姓の蟻と水車屋の蜈蚣《ばつた》との話声をきいてゐました。

「蜘蛛さんからの話ですが、蜜蜂の酒を盗みに行つて蝙蝠が酷い目に会つたさうですな」呑気さうな蟻の声がきこえました。

「どうも屋根裏の先生には弱りましたよ」と恐れ入つて頭でも掻いてる様な性《たち》のいゝ蜈蚣《ばつた》の声がしました。

「あんな奴は早くおつぽり出したがいゝですよ。」と云つた蟻の声がピンとひゞきました。

「それも可哀想ですからな。」

「でも小学読本《リイダー》にある通り、仲間はづれの蝙蝠つて、昔から悪者に相場がきまつてますからね。」

「いやそれがいけない。頭つからさう悪い奴だときめて放つて置けば、なほ悪くなるばかりです。先生にとつて一番いけないのは、正しい商売が無い事なのです。あれでもきまつた仕事があれば、他様《よそさま》に迷惑をかけるやうな、悪い考へを持つ暇がありません」と蟀蚱《ばった》は、不幸な蝙蝠のために弁解《いひわけ》をしてゐました。

「真個《ほんたう》です。あのお蝶夫人だつて、また蛍さんだつて、遊んでるやうですが、みなそれぞれの仕事を持つてるんですからな。」と蟻は、正直な百姓らしく同意しました。

「蛍さんの事は初耳でしたな。一体どんな商売を始めたのです。」と蟀蚱《ばった》がたづねました。

「香水を作つて売り出したら、それがまた素敵に評判がよくつて。」

「どうして香水を作つたのでせう。」

「始め誰れも知らなかつたが、蜜蜂さんがちよいと嚙んでみて、これや昼咲く花の匂ひぢやないと云ひ出したのです。あれで彼れはなかなか詳しい草木学者ですからね。」

「ではどんな花から採つたのですか。」

「月見草です。夜の者は夜道が明るいつて訳でさあね」と蟻が云ひました。

「ウムなるほどな。家の先生も夜の者だが、一つ蛍にならつて、お月様から銀の酒でも作り出せあい、のですがな。ウムなるほどな。」

と蝗蛂《ばつた》はしきりに感心してゐる様子でした。

「さうすれば奴だつて有名な学者にもなるし、他の邪魔にならない商売が出来ようつて云ふわけですがな。」と蟻の同意する声がきこえました。

「全くだ！　ブラ〳〵遊んでゐる者を悪い事から救ふ道は、一つの仕事を与へる外にないんだ」と蝗蛂《ばつた》の叫ぶ声がきこえてきました。

Ⅶ

「さうだ、俺も何か一つ仕事を始めよう。」

屋根裏の蝙蝠は、百姓と水車屋の話から考へなほして、今までの悪かつた自分の行ひを悔いました。蛍は月見草からさへ香水を作り出したのだもの、あの美しの月の光から、銀の酒が醸り出されぬ訳はない、と彼は思ひました。

その夜から蝙蝠は、昔の錬金術士《アルケミスト》のやうに、庇からさしこむ月の青い光を、三稜鏡《スペクトル》で分析したり、キラ〳〵滴る松の雫や簷《のき》の夜露を、フラスコや試験管にとり入れて、熱心にその研究を続けました。

やがて彼れは、月光から思ひ通りの美味《おいし》い酒を作り出す事が出来るでせう。すると多分、いつも蝙蝠といふものは、その不思議な月光酒の媚薬を飲んで生きてゐる事が出来るやうになるだらうと思ひます。

吉田一穂（よしだ・いっすい）　一八九八〜一九七三（明治三一〜昭和四八）年。詩人。北海道生まれ。大正末から昭和にかけての象徴主義詩人の一人で、第一詩集『海の聖母』で知られる。童話・童謡も執筆して、童話集『海の人形』をまとめた。「月光酒」は一九二五年六月に『金の星』に発表されている。底本には『定本吉田一穂全集』第三巻（一九八三年、小澤書店）を用いた。天体を描いた他の作品に、「あまの川」「火星にもの申す」「月光の花」「第四次元の世界へ」「月の民」「つきのつゆ」「ゆふづき」などがある。

月光密輸入

稲垣足穂

「これで、この界隈に集まる連中でも、目利きはまあ片方の指数でげしょうな。これじゃ月じるしレッテルを貼っただけの贋樽をつかまされるは当り前でげす」

「ステッキに仕込んだらどうかね」

「何をでげす」

「竹のステッキの中へ入れたら、見付からないだろうと云うのよ」

「ところがそれが……これはまるでニトロでげしてな。ステッキの中へ、それも只さえお月様の光を吸うて育つ東洋産の竹の杖の中へ入れて、今夜のような良いお月夜にうっかり振り廻しでもしようものなら、ドカン！　全巻の終りでさあ。この前の十五夜に、川っぺりの小屋がふっ飛んじまったのはご存じでげしょう」

「あれは手榴弾にやられたのかね」

「ああいう無道は許せる事でねえです。わっしら只のあきないをしている者にたいして、何かというとあんな飛道具を持ち出すから、おかみもいよいよ信用を失うのでげすよ」

「でも、君らも盛んに応戦していたじゃないか」

「正当防衛でげす。小麦粉の袋を積んで、そこは如才なくお相手したでげすが、そら、短い針金をつけてくるくるモーションをつけて投げる……たった今、旦那がおっしゃったスターピッチャーでさあ。あの影法師が向うの堤の上に並びやして、物騒な柘榴《ざくろ》が煙の尾を曳いて続けさまに飛んでくるのでげす。先方の火箭《かせん》とわしらの筒先から伸びて行く赤い弓形が青い月夜に入れ違うて、辺《あたり》に柘榴が弾《はじ》けて火花を蒔《ま》くのには、うっとりと見惚れたもんでげす」

「カラー映画にはお誂《あつら》え向きだね」

「全くその通りで！　あっしが木の梢から眼鏡で窺《うかが》っていた時でげしたが、以前田舎廻りのチームにいた男が、彼の足許に転げてきた柘榴をひっ摑んで投げ返したのでげす。それがちょうど箱柳の並木に差しかかろうとした憲兵小隊のまんなかに落ちたのでげした。煙が去ると、なんと並木道には鉄砲だけが二列になって突き刺さり、ぼろぼろになった帽子と制服がそれにひっかかっていたばかりでげした。隣村では総出で、屋根の上から観戦としゃれ込んでいやしたが、傍えの黒板には彼我の大体の人数が記入されておりやした。小隊が消えたとたん、十五、六名の上にチョークのペケじるしが引かれたもんでげした。途端にそこいらがまっぴるま同然になり、遠い丘々の襞までが読み取れるようでげしたが、えれえ風が起ってわっしが木の股から吹き落された時には、もうあの小屋は拭い取られて、そこには紫色の火の舌がちょろちょろ匍《は》い廻っているきりでげした。柘榴ダマが落ちて、地下室の樽に引火したのでげす。お月様の光は人の心を休めるものと相場は決まっておるようでげすが、月の光も圧縮して酒にしてみると怖ろしいもんでげすな」

「君達は……自身はやらないのかね」

「何をでげす。青ラムでげすか。滅相もない！　こいつを常用していた日にゃ、身体が惰弱になりやして、妻も子も世間もどうでもいいという了見に変ってしまうのでげすよ。この点では政府の取締りにも一理はあると、わしら思っとるでげすが……あ、いよいよ来やした。わしらの行先はほんの近くでげす。旦那は辺《あたり》に身を潜め、馬車のあとからついて来て下せえまし。車が止った建物の裏手で暫時お待ち願えたら、お迎えを差し向ける段取に致しやしょう」男は屈《かが》んで、緑色硝子が嵌《はま》ったカンテラに灯を入れ、堤へ下りかけたが、引返してくると、自分の手に大型のピストルを握らせた。

「万一にそなえてお預りになって……摑りそうになった時には構うことはねえでげす。その節は早々にお引上げ下せえまし。いずれ連絡は致しやすから。そりゃ闇夜に較べたら月夜の方に危険率は多いでげすが、その代りに月夜蟹とはあべこべに、月夜酒の酔心地ときたら、これが本物の天下一品でげしょう。火の気さえ注意すれば絶対安全、その点はわっしらが保証いたしやす。何、このカンテラでげすか。ちゃんと緑硝子の安全装置が付いていまさあ」

靄に煙った沖合に緑燈が五、六回上下動すると、大型ボートが、ゆうらゆうら光の蛇がうねっている岸辺にやってきた。船上の三箇の人影と岸で待っていた一箇の影とが、樽らしいものを堤上に運んだ。十三樽ほどだ。その相当に重そうな荷が、木蔭に停められていた馬車に積まれ、ボートには一人が乗って櫂《かい》を取って岸を離れ、残りの者は車台に飛び乗った。自分は茂みから出て、そろそろついて行った。馬は走り出した。自分も駆けた。白リボンを伸べたような路上には、微《かす》かに唸っている電柱や、橋の欄干や、木々の影が、不思議な月夜の帯模様を織り出して行った。物置小屋の壁面や板塀や大樹の幹や電信柱や道標や、到る所に、

ONE WHO DRINKS MOONSHINE SHALL BE KILLED　M. P. B.

と印刷したビラが貼ってあった。

馬車は右へ曲り、あとを追うと村へ続く林間に差しかかった。登り勾配のためにのろくなった車に近付くと、馬の鼻孔から蒸気機関のように湯気が出ている。白黒斑《まだら》の月夜縞の中を、馬車とならんで進みかけた時、幹の合間に見えるシグナルの橙《だいだい》色が緑に変った。地響が近付いて来て、今しも踏切を横切ろうとする馬の鼻がしらを急行

列車が掠《かす》めた。馬が逆立して馭者台《ぎょしゃ》の三つの影をけし飛ばし、樽はかち合いながら転がり落ちた――ガボッ！

月夜を引裂いて紫色の火柱が立ち、自分は間一髪を入れずに傍えの沼の中へ頭を先に突っ込んだ。そこいら一面に夥《おびただ》しい蒸気が立昇る前を、明々としたプルマンカーがすじを引いて過ぎてしまった。

月光騎手

稲垣足穂

「南太平洋鉄道I――市の西南に月夜村というのがある。沙漠中の一寒村にすぎないが、満月の頃になると、この附近に現われる"Moon Riders"というものによって、近頃とみに著名となり、都から続々と物好きな人士がつめかけている。自分が該村を訪問したのは昨年九月のことであったが、好都合に最も鮮明に評判の幻影を目撃することができた。

「土地の者の案内によって、自分の他三名の紳士と二名の婦人とを加えた一隊は、夜もすがら銀の洪水をアリゾナの沙上にもたらす月が、ムーンシャインヴィレジの直上に差しかかった刻限、馬を駆って遠からぬ丘上におもむいた。振り返ると、寂莫《せきばく》たる沙漠の夜にちらちらとまばたくオレンヂ色の燈影をこぼした全村は、吾人の眼下に青い月光をあびて、さながら水底のフェアリーランドをほうふつとせしめた。やや待つうちに馬どもの耳が一様にビリリッと顫《ふる》えると同時に、物におびえたようないななきが一斉に発せられた。

「視よ！　月明の下、波頭をなして打ちつづいた丘陵のかなたに、一種夢幻的リズムをともなう発砲の音が聞え出したと思ううちに、チョークの点々のようなものが陸続と地平線に出現して、吾人の前方を横切りはじめた。後ずさりする乗馬を制しながら双眼鏡の焦点を合わせると、前方遥かに見ゆるものは、いずれも白馬に跨《また》がった白装束の騎手である。その数幾百千とも知れず地平線下から繰り出されてくる一隊が、おのおの上方に、夢のごとく消ゆる小銃或いは拳銃と受取れるものの白煙をあげ、丘々の稜線にそうて波動形に進行するさまは恍惚《こうこつ》とさせるに十分である。気がつくと、吾人の側方からも同様な白色の一隊が前進しつつあって、これら二隊はついに正面衝突することになった。中世の海戦に見るごとく互いの先端を突き合わした二列が折れちがって、先頭同士が馬首をならべると、あとにしたがう者も相互いに接近したまま、峻烈な相互の発砲を開始した。青い月光の下、沙上に引き廻される二条の白線は、離れ行きちがい、螺旋《らせん》にもつれ、その間に諸々から死傷者を花のごとくにまきちらす。……こんな次第が約二十分間つづいたであろうか？　大円をえがいて左右に相別れた二隊の先頭がふたたび吾人の前面でぶっつかると、そのまま馬首をこちらに向けて、堆積砂岩層の濛々とした土けむりを立てながら、おどろくべき急速力に突進してきた。来たな、と思った時、向かい合ってピストルを乱発している先頭は直前の砂丘を、砂《さ》塵をあげて降りつつあった。身をかわすいとまもあらばこそ、月光騎手は吾人のただ中に突入し、四辺は馬の蹄にかき飛ばされる砂塵におおわれた。

「吾人は何の跡もついていない沙上に落ちる月影と、事知らぬげに眼下にまばたくムーンシャインヴィレジとを見たのである。月光騎手の擦過は風のごときものであったから、これら白衣のあるじがすべて骸骨であることなどは、見きわめるべくもなかった。――なお始終一時間とおぼえられた始末が、わずか数分時にすぎなかったことも附記されねばならぬ。開拓時代にこの近ぺんで、プエブロインディアン相手の悽愴な争闘が半年あまりつづいたことがある。当時の幻影が或る空間点に保存されて、そのものが満月の光に誘導されて再現する。――活発無類な蜃気楼の調査に当ったそれがし博士が解明したと云うけれども、これは案内人のでたらめらしい。たとい現代の学理上、そのような推断が可能であるにしても、目下の吾人にはなお承認しがたいのである。インディアンとの白兵戦と云えば、何も該地域に限られてはいない。したがって幻影は他所にも現われてよいはずである。――何にせよ、不思議なことは請合ってよい。月下に縦横に展開される乗馬隊の運動が、まだ見ぬ者には伝えようがないほど変幻をきわめる。したがって、これが曾《かつ》て現実に行われた戦闘の残像であろうかと疑われるほどである。それに土地の者の話によると、周期的に出現していた幻影は、近年とみに鮮明を欠きつつあるということであるから、今後数年はつづくであろう機会を取り逃さないように、是非に見ておかれんことを希望する。

☆

英国旅行家はこのように語り終って、発火石づきフューズの火をうつし、ゆるやかに舞い昇る紫煙の花文字を見守った。

稲垣足穂（いながき・たるほ）一九〇〇〜七七（明治三三〜昭和五二）年。小説家。大阪生まれ。飛行機の黎明期に天空への関心を深め、月と星を主な素材とする『一千一秒物語』で文壇に登場した。反リアリズムの姿勢を鮮明にして、『星を売る店』『天体嗜好症』などを刊行している。「月光密輸入」は一九二六年四月の『虚無思想』に、「月光騎手」は同年五月の『辻馬車』に発表された。底本には『稲垣足穂全集』第一巻・第二巻（二〇〇〇年、筑摩書房）を用いている。天体を描いた他の作品に、「星を造る人」（『星の文学館』所収）、「イカルス」「彗星倶楽部」「星澄む郷」などがある。

月光

堀口大學

とくとく戸口《とぐち》を
叩《たた》くものあり
来《きた》る可《べ》き女《をんな》も
あらぬ夜《よ》ふけを
とくとく戸口《とぐち》を
叩《たた》くものあり
われ待《ま》つ友《とも》も
なき夜更《よふけ》を

——誰《たれ》かゐるのか？
戸《と》を引《ひ》けば流《なが》れ入《い》る月光《つきかげ》

堀口大學（ほりぐち・だいがく）一八九二〜一九八一（明治二五〜昭和五六）年。詩人・翻訳家。東京生まれ。フランスの一九世紀から二〇世紀の詩人を収録した訳詩集『月下の一群』は、日本の詩に大きな影響を与えた。詩集に『月光とピエロ』がある。「月光」は『新しき小径』（一九二二年、アルス）に収録された。底本には『堀口大學全集』第一巻（一九八二年、小澤書店）を用いている。天体を描いた他の作品に、「赤き月」「明石の明月」「月光とピエロとピエレットの唐草模様」「月光をのむ」「月の裏側」「月の招待」などがある。

鏡像

多和田葉子

昔あるところに僧侶がひとり住んでいた。僧侶はある日、池に映る月を見て、それを抱こうとして池に飛び込んだ。池は林の外れにあった。寺は林の反対側にあった。細い道が一本、寺から林の中を通って池まで続いていた。寺から村へ続く道もあったが、この道はめったに使われることがなかった。僧侶は毎朝五時に起きて、寺を清掃し、経典を学び、午後は庭仕事をした。そこに僧侶は自分が食べる野菜と穀物を植えていた。僧侶は夜遅くまで目を覚ましていると、机に向かったまま眠ってしまうこともあった。

それは満月の夜だった。僧侶は経典を読みながら眠ってしまった。深い眠りの中で僧侶は林を通って池まで歩いていった。

僧侶が池の縁を歩いていって、水の中に月を見ます。

眠っているから目を閉じたまま見ます。

見たからといって目は覚ましません。

起きたからと言って、ものがよく見えるということはありません。

僧侶は水の中に飛び込みます。

それから?

溺れます。

飲みます。

水を飲みます。月を飲みます。

月を抱こうと思っていたのです。それが月を飲んでしまいました。

そして溺れました。

あなたはいったいどなたですか。

わたしは読書が好きで、眠れない夜には散歩に出ます。そうするとたった今読んだばかりのものが目に見えます。

読まれたものが水の中に見えます。

読まれたものが空に見えます。

僧侶はすぐに水に飛び込んだわけではありません。

僧侶は左を見て、それから右を見ます。

僧侶は上を見上げて、空に月がないことに気がつきます。
え、今、何とおっしゃいましたか。
月というものは存在しません。鏡像が水の中にあるだけです。
目に見えないというだけのことではないのですか。
見るということにそれほど意味があるでしょうか。
月は今日は出ていないということではないのですか。
月は出ていたことなどないのです。
それなら、なぜ水の中に月の鏡像が見えるのですか。
鏡像は昨日のものなのでしょう。
それでなければ月が昨日のものなのでしょう。
昨日の月は見えないでしょう。
誰にも見えない月は昨日のものでしょう。
月は間違った時間に出てしまったんですね。
間違った時間に出るものは間違った見られ方をします。
僧侶が間違った目で見ているのでしょう。
いいえ、月が間違った時間に出てしまったのです。
正しい月でさえ、間違った瞬間には偽物であるかもしれません。

それは、誰の目にも見えない偽物の月です。
誰の目にも見えないものは、偽物ではありえません。
僧侶は自分が偽物の月を見ていることに気がつきません。
月は自分が偽物として見られていることに気がつきません。
ただの鏡像に過ぎないのでしょう。
鏡像は絶対に偽物ではありえません。
それは鏡像ではなくて、水でできた月です。
僧侶は水でできた月を見ています。この月は液体です。表面的ではありません。
その月は人に見られる時は表面的です。
その月は人にさわられる時は表面的ではありません。
月を触る手が濡れます。

その翌日、新聞は僧侶の自殺を報道した。僧侶がこういう死に方をすることはめずらしいので、みんなが驚いた。そして、自分たちが僧侶のことを何も知らないことに気がついた。僧侶に出会うことはめったになかった。僧侶と話をする時は、死がいつも話題になったが、それは僧侶という仕事上、仕方がないことだった。僧侶自身もいつかは死ぬのだということは誰も思いつかなかった。僧侶は間違って池に落ちて溺れたのだろうと言う人たちがいた。僧侶は泳ぎがうまかったから、そんなことはありえないと言う人たちもいた。僧侶は子供の頃はよく村の子供たちといっしょに池で泳いだ。僧侶になってからは水に畏敬を感じ、水に入るのをやめた。

僧侶は液体の中に飛び込みます。液体を抱くために。
僧侶は溺れません。水の月にしっかりつかまります。
僧侶の手が濡れます。
流れる眼差しにとっては、水ほど固定されたものはありません。
水にとっては、人の眼差しほど固定されたものはありません。
僧侶は目をつぶって水を見ます。
僧侶は泳ぎません。水の上にすわります。
僧侶は水の上に横たわります。どちらが天でどちらが地か、もう分かりません。
天を忘れられる人は沈みません。
あなたはいったいどなたですか。
わたしは、話すことの過剰と書くことの不足です。
水の上にすわっている人はたくさん話をします。
水はどんな話でも受け入れてくれます。

水の上に横たわる人は話すのをやめます。
あなたはいったいどなたですか。
わたしは泳ぐことの過剰と話すことの不足です。

村のある少女がひとり、池に出掛けた。母親が僧侶が死んだことを話した。静かな午後だった。空はだんだん暗くなり、大気は冷たくなっていった。そこに風が吹き、水の表面をかきまぜた。少女は水の中に物音を聞いた。

何が聞こえますか。
水の音が聞こえます。
水の音がする度に光が運ばれます。
光よ成れ。それが音になりました。
明るいですね。
よく見えるようになりましたか。
騒音があるので駄目です。よく見えません。
眠りの中では聴覚を通してしか見ることができません。
何が見えますか。

水の音が聞こえます。
夜景の中で僧侶が手を洗っています。
手がきれいすぎるので、そのきれいさを洗い落としています。
僧侶は風で手を洗っています。
風は波のかたちをしています。
波が僧侶のところまで来て、僧侶は濡れます。
僧侶は服を脱ぎません。
僧侶は決して裸になりません。
僧衣をまとって僧侶は水の上にすわっています。
僧衣の皺が波になります。

新聞には僧侶の死体は裸で発見されたと書いてあった。虫を集めた池に出た漁師が、水の上に浮いている死体を見つけた。

少女は死んだ僧侶の衣を見つけたいと思った。もし死体が裸で発見されたというのが本当ならば、衣が池の近くに落ちているはずだ。そのうち、あたりが暗くなった。母親は家で少女の帰りを待っていた。母親は、少女は隣の村に以前受け持ちだった先生を訪ねていったのだと思っていた。少女は僧衣を捜したが、見つからなかった。がっかりしてその場にすわり込み、水の中をのぞきこんだ。そこに何か光るものがあった。本だった。


僧侶は決して衣を脱ぎません。

僧侶は決して衣と別れようとはしません。

僧侶は決して経典と別れようとはしません。

僧侶は経典を水の中に放り込みます。

それは水の中に沈んでいきます。

水は冷たいです。

でも経典は溺れません。書物は空気がなくても呼吸できます。

経典は水の底に沈んでいます。

僧侶は読むものがなくなりました。これでゆっくり溺れる時間ができました。

泳ぐことは誰にでもできますが、溺れることができるのは、水にかたちがないことを知っている人だけです。

溺れることができるのは、身体にかたちがないことを知っている人だけです。

溺れることができるのは、読書する人だけです。水と身体にかたちがないことは本にしか出ていないのです。

経典は水の中に沈んでいます。
空が暗くなるとそれは光ります。
水の外ではその経典は読めません。
僧侶は水の中に飛び込みます。
僧侶は溺れます。
僧侶は水の中に沈み、月のかけらを見ます。
僧侶は鏡像のかけらを見ます。
僧侶が飛び込むと、水の表面の映像が壊れます。

少女がしゃがんで、経典の方に手を伸ばし、それをつかもうとした。足の下の土が柔らかく崩れ、水は思ったよりもずっと深かった。少女は冷たい水の中に落ちて溺れた。その夜は月が出なかった。

月が水の中で経典を読む僧侶を見ます。
月は僧侶を抱くために水の中に飛び込みます。
月は壊れます。
こなごなになります。

かけらが水の中に散らばります。
池の中はからっぽです。
からっぽの池の底に経典が沈んでいます。
それからその経典を読む僧侶が沈んでいます。
それからその僧侶を抱く月が沈んでいます。
それから死んだ少女が沈んでいます。
昔あるところに。
今ここで。

多和田葉子（たわだ・ようこ）　一九六〇（昭和三五）年〜。小説家。東京生まれ。ハンブルクやベルリンに在住し、日本語とドイツ語で執筆活動を行っている。『犬婿入り』で芥川賞、『ヒナギクのお茶の場合』で泉鏡花文学賞、『容疑者の夜行列車』で谷崎潤一郎賞、『尼僧とキューピッドの弓』で紫式部文学賞、『雪の練習生』で野間文芸賞、『雲をつかむ話』で読売文学賞を受賞。ドイツでもクライスト賞を授けられている。「鏡像」は一九九四年一二月に『大航海』に発表された。底本は『きつね月』（一九九八年、新書館）を用いている。

2　月と死の気配

月下の恋人

浅田次郎

海を見に行こうよと、雅子は言った。

新宿にはまだ高層ビルがひとつしかなく、ロータリーを出たとたんに茜空が大きく豁《ひら》けた。

その夜のうちに僕は別れ話を切り出すつもりでいた。雅子の唐突な提案はいかにもそれを察知していたかのようで、別れる理由を考えあぐねていた僕は、むしろ気が楽になった。いつものように車をロータリーに停めて窓ごしに手を振ると、雅子はやはりいつものように、幸福な笑顔で喫茶店から出てきた。はじけるように走って僕と腕をからめる仕草も、いつに変わりはなかった。

だが車に乗ったとたん、彼女らしからぬ切実な声で、「海を見に行こうよ」と言った。

雅子は僕の心を試したのかもしれない。その提案に僕が、なぜもどうしてもなく従うとすれば、きょうが別れの日なのだとわかるはずだった。はたして雅子は僕が黙って車を出すと、頑なに口をとざしてしまった。

僕らが別れることに、合理的な理由は何もなかった。それは僕らが愛し合っていることに、合理的な理由がないからだった。

そもそも僕と雅子は、恋愛などこれっぽっちも入りこむすきまのない高校のクラスメイトで、それが何かの拍子にはっと気付いたような恋に落ちたのだった。青春には珍しくもない話だろうが、友情が恋愛に発展したなどという青臭さはたまらなく恥かしいから、友人たちにもたがいの親にも、けっして知られてはならなかった。あのころの恋人たちには、そんな矜持があった。

別々に進んだ大学がどちらも学園闘争の真最中で、ロックアウトの恩恵を蒙《こうむ》ったノンポリの僕らは暇を持て余していた。そうした特殊な世相が、たまさか僕らを結びつけただけだった。高校を卒業すれば恋の海原に漕ぎ出すはずであったのに、まるで一世代前のように古風な性格の僕らには、恋人がいなかった。

「みんなあの人が悪いの」

ロータリーを回りながら、雅子は夕映えの中にぽつねんと座る易者を指さした。もし僕らの恋を他人のせいにするなら、たしかにその易者しかいない。

僕は見向きもせずにデパートの前をやり過ごした。

「もういっぺん占ってもらおうか」

「やめてよ。同じこと言われたらどうするの」

「言うに決まってるさ。それが商売なんだから」

易者は三年前と同じ場所に、同じ仏頂面で座っていた。

あの日、暇を持て余していた僕らは、久しぶりに会って映画を観た。通りすがりの易者に手招かれるまま、酔狂で灯りの下に掌を並べた。

(あなたたちは珍しいくらい相性がいいですねえ。ぜひお付き合いなさい。将来もずっと一緒にいれば、幸せな人生ですよ)

そのとき雅子が訊き返したのだ。

(へえ。それで、子供は何人)

易者は雅子の小指を裏返して、いかにも既定の未来のように答えた。

(三人ですね。男の子が二人と、女の子が一人です)

うまいことを言って過分の見料にありつくのが、彼らの手口であることはわかっていた。そんなことよりも、嬉々として僕との未来を仮想した雅子に、僕は仰天したのだった。

僕と雅子の胸の中には、実に漠然とした、恋愛への憧れが飽和していた。ともだちという既成事実の壁は、行きずりの易者が一言でつき崩せるほど脆かった。雅子が初めて僕の腕に手をからめたのは、易者の前を離れたそのときだったと思う。海に着くまでは、何も話したくなかった。こんなとき、口数の少い僕らの性格は好都合だった。僕はカセットテープのボリウムを上げた。

もしあのころ、僕がいくらかでも汚れていたならば、正当な別れの理由を見出すのはたやすかっただろう。それは大人の男女が別れに際して、口にこそ出さぬが内心誰でも考える「汐どき」という言葉だ。しかし二十一歳の僕は、そして同い齢の雅子も、そんな穢れた言葉は知らなかった。

僕らは恋のいきさつとは関係なく、心から愛し合っていた。しかし一方ではその深い愛情とは関係なく、恋愛の結論として一生をともに過ごすことには懐疑していた。何ごともなかったようにもとのともだちに戻るには、三年という歳月が重すぎた。そうかといって、結婚という永遠の愛の結論を出すには、二十一歳という年齢が若すぎた。

海を見に行くという雅子の提案の的確さに僕は気付いた。別れたあとの世界は想像だにできないけれど、なるべく傷つくことなく、やさしい記憶を葬り去る必要もなく、たとえばいつかめぐり遭ったときにも目をそむけなくてすむ別れ方があるとすれば、海という非日常の場所に行くほかはないのだろう。

破綻が再生に、絶望が希望にと容易にすり変わる海という異界めざして、僕は車を走らせた。

六月の海は凪いでいた。

夜の海岸通りをひた走って、頭の中から地図が消え去ってしまったころ、僕らは見知らぬ岬の付け根の入江に面した、小体な宿に行きついた。

何のあてがあったわけではなかった。カーブを曲がったとたん、「割烹旅館渚亭」と書かれた看板が目に入り、そのくせラブホテルまがいの「空室有」という青いネオンが灯っていた。大切な一夜にふさわしい宿を探しあぐねてきた僕にとって、上品だか猥褻だかわからないその入口は、実にころあいだった。

「知ってるの？」

「いや、知らない」

鬱蒼とした木下闇《このしたやみ》の道が、海まで下っていた。ハンドルを切り返しながらようやく坂道を下りきると、月あかりに照らされた平屋造りの宿が、まるで誰かがそこに置いていったように忽然と姿を現した。

甍の向こうには岬の断崖が迫っており、入江の一軒宿であるとわかった。夜空にはそれまで僕の見たこともない、赭《あか》い満月がかかっていた。

すべての風景は、芝居の書割のようだった。

車から降りると、ふいにおかしみがこみ上げてきた。僕らはたがいの肩と腰を抱き寄せて笑った。

何がそんなにおかしいのかはわからなかった。しいて言うなら、宿と風景のたたずまいがあまりにもその夜の僕らにお誂えむきだった。

いったいに僕と雅子は共通の趣味や思想がなく、そのせいで日ごろの話題にもこと欠いていたほどなのだが、どういうわけか感情だけはいつも共有していた。僕が笑うときには雅子も笑い、雅子が泣くときには僕も切ない気分になった。

「何がおかしいんだよ」

「あなたこそ、何がおかしいのよ」

宿はたいそうな造作ではない。入江には釣舟が眠っており、割烹旅館というより漁師の経営する民宿とでもいったほうがよかった。

駐車場には僕の車とそっくり同じ、白いロータリークーペが停まっていた。べつに偶然というほどのことではなかった。その車は僕らの世代にもてはやされていて、ボディーカラーは白と決まっていた。

時刻は八時を回っていただろうか。さしあたっての問題は、夕食を食べさせてもらえるかどうかということだった。

剝げかけた金文字で、「渚亭」と書かれた玄関のガラス戸を引くと、帳場から割烹着姿の老婆が出てきて、上がりかまちにかしこまった。

「いらっしゃいまし」

まるで伏し拝むようなお辞儀がおかしくてならず、僕らは俯いて笑い続けた。

老婆は身を起こすと、僕らの顔をしげしげと見つめた。

「お部屋、あいてますか」

「はあ、あいてます」

「食事がまだなんですけど」

「たいしたお構いはできませんけど、それでよろしかったら」

雅子が申しわけなさそうに言った。

「突然すいません。ご迷惑だったらほかを探します」

「いえいえ、滅相もない。あいにく倅も嫁も寄合いに出てまして、きょうは熱海の旅館に泊まりなんです。こんな年寄りに商売まかせといて」

老婆は奥を振り返って、「あんたァ」と声を張り上げた。

「お二人さん、ご夕食」

ほおい、と間の抜けた老人の声が返ってきた。

「こんな年寄りですけど、元は熱海の板前と芸者なんですよ」

それから老婆は、僕らの顔をじっと見上げた。

「あの、何か」

と、雅子が訊ねた。

「いえね、このごろ車でおいでになる若い方が多くって。齢をとりますと、若い人の顔が同じように見えるんですわ。よくお客さんをとりちがえて、嫁に叱られます」

宿は思いがけぬ広さだった。客室の窓はすべて入江に向いているらしく、折れ曲がった廊下が長く続いた。

ほのかに湯の香りが漂ってきた。

「あれ、温泉なんですか」

「ええ。ここらはどこからでもお湯が出ます。よろしかったらお食事の前にお入んなさいまし。ご一緒でも平気ですよ。もう一組のお客さんは、お食事をお出ししたばかりですから」

座敷は入江に向かって大きく窓の開いた十畳間だった。僕のアパートやホテルで夜を過ごすのはしばしばだが、旅に出たことのなかった僕らは、二人きりになるとひどく緊張した。

「話があるんだけど」

と僕は言った。

「あとでね。ごはんがすんでから」

雅子は悲しい目で、入江の空にかかる月を見つめた。

こんなに美しいものを、僕はなぜ捨てようとするのだろう。

自在に恋愛をすることが僕らの季節にのみ許された権利であるとはいえ、愛情はさておくとしても、この美しいものを手放せば必ず後悔するのはわかりきっていた。

本音をいうなら、僕はほかの恋もしてみたいのだ。だが仮にこの先、いくつの恋愛をしたところで、雅子のように美しく清らかな女にめぐり遭えるとは思えなかった。

つまり僕と雅子の不幸は、たがいが初めての異性であり、ほとんど初恋といってもいいほどの、無垢な恋愛をしたことだった。

僕と別れたあと、雅子はほどなく見知らぬ男と愛し合う。そしてその男に抱かれる。

雅子と別れることよりも、そのたしかな未来のほうが、僕にはつらくてならなかった。

雅子は左右に葦簀《よしず》を張っただけの露天風呂から、月あかりの海を見ていた。細く白く、それでいて白磁のような靭《つよ》さと脆さのある背中が、闇に抜きん出ていた。

雅子がそっと僕を手招いた。僕らは寄り添って渚に目を凝らした。

引き上げられた釣舟の脇に人影があった。遠くてよく見えないが、たぶん同宿の客だろう。二人は浴衣姿で抱き合っていた。

「なにもわざわざ外に出て、キスすることもないのにな」

ばか、と雅子は僕を肘でつついた。

「そうじゃないわよ。外に出たら、キスしたくなったの」

二人の抱擁には終わりがなかった。

「ねえ、キスしてよ」

不機嫌そうに雅子は言った。自分からそんなことを言い出すのは初めてだった。僕は気配りのなさを恥じながら、雅子のうなじを抱き寄せて唇を重ねた。

「私の話を、先に聞いてね」

長いくちづけのあとで、雅子は僕の耳元に囁いた。


部屋に戻ると、卓から溢れ落ちるほどの豪勢な料理が誂えられていた。喜ぶよりも僕らはまず、老婆から聞いていた宿泊代金の安さを怪しんだ。

僕も雅子も伊勢海老や鮑《あわび》など食べたことはなかったが、旅先でもめったに口に入らぬ高級な食べ物であるということぐらいは知っていた。

食事をしながら、僕らは飲めぬ酒を飲んだ。べつに酒の勢いを借りて別れ話をしようなどという不純な魂胆ではなく、海辺の温泉宿で夫婦みたいに浴衣姿で向き合っているその場面が、気恥かしくてならなかった。だったらいっそ開き直って、燗酒でもやればいくらかは格好がつくだろうと思った。

酒と一緒に差し出された宿帳には、僕の名と、僕の苗字を冠せた雅子の名を書きこんだ。

乾杯のあとで雅子はくすりと笑った。

「ああいうふうに書くしかないだろ。べつに悪いことをしてるとは思わないけど」

「けっこう据わりがいいね」

僕は宿帳に書いた雅子の名を思い返した。たしかに据わりがいいと思った。

豪勢な料理は、僕らの貧しい会話を補ってくれた。銚子も何とか一本ずつを空にした。

「ねえ、話を聞いてくれる?」

あらまし食事をおえたあと、雅子はさりげなく切り出した。

「はい、どうぞ」

そんな受け応えに、僕は自分の不実を感じた。僕が言おうとしていることを、雅子が先に言ってくれればいいと思った。だが、よく考えればそれは少しも不実ではなかった。雅子のほうから別れようと言ってくれれば、僕はまさか二つ返事で同調するわけはなく、べそをかきながらたらたらと未練を並べたてるはずだった。いくらか芝居がかっていたとしても、そうした形で結論が出るのなら、雅子のほうが蒙る傷は浅いにちがいなかった。

僕が考えあぐねていたのは、雅子を傷つけずに別れる方法だった。

満月は入江の空に、赤く大きくかかっていた。

「私と死んでほしい」

きっぱりと雅子は言った。

僕は微笑んだままだった。それがたとえば、別れないでほしいという哀願であったり、結婚を望む雅子からのプロポーズであったとしたら、むしろ僕はうろたえたにちがいない。だがその一言は、あまりにも現実味に欠けていた。

「冗談はやめろよ。言いたいことはきちんと言ってくれ」

雅子の強いまなざしと向き合っても、僕はまだ笑っていた。

もういちど、つらい言葉のかたまりを吐き出すように雅子は言った。

「あなたと別れたくない。今晩ここで、私と死んでほしい」

「酔っ払ったのかよ」

雅子はかぶりを振った。僕の肚の中を見透して、機先を制したわけではあるまい。かけひきや脅しなどできるはずない雅子の性格は、僕が誰よりも知悉していた。冗談でもなく、酔ってもいないとすると、解釈はただひとつ——雅子は本気だった。

別れるくらいなら死んでくれと言っているのではない。そういう古典的な成句ではなかった。決心を翻す条件はすでに何もなく、雅子は僕に心中を強要しているのだった。

言葉少なな雅子は、それきり顔を被って泣き出した。

それまでにも、ほんの些細な理由で雅子が泣いたことはあった。そうしたとき僕は、彼女の悲しみについて、あれこれと詮索しなければならなかった。しかしたいていは、そうと聞けば誰でも呆れるような、たとえば何の悪意もない僕の饒舌に、彼女だけが棘《とげ》を感じるからだった。

しかし、この詮索ばかりは難しい。

僕はこう考えた。勘のいい雅子のことだから、僕のふとした物言いや態度に、この恋愛の破綻を予知していたのだろう。愛情に変わりはなくとも、僕が雅子の繊細さに疲れているのはたしかだった。だが、そうした自分の性格を看過《みすご》すほど、雅子はわがままでも愚かでもなく、むしろ並外れて繊細な分だけ聡明な女だった。つまり僕が愛しながらも持て余していることに、雅子は気付いたのだ。おそらく月あかりの風呂で長いくちづけをかわしたとき、僕の愛情がいささかも損われていないことを確かめた。

愛し合いながら別れようとする僕の矛盾は、いわば男の本能によるのだから、雅子にはわかるまい。その矛盾を女の定理で解明しようとすれば、いかなる事情があれ愛しながら別れるのは世界の破滅にも等しいのだから、僕の苦悩を救済するためには、ともに死のうという結論になるのではないのか。

雅子は泣き続け、僕は考え続けた。僕らはともに、たがいの思いを斟酌することが恋愛であると信じていた。

僕の前には、心中という恋愛の伝統的結末が提示されていた。客観的には単純明快だが、いざ主観となればこれほど不可解なものはなかった。

男と女にはそれぞれ種の保存に起因する別々の恋愛観があって、心中という行為を成立させるためには、男のそれが女のそれに屈服するという状況のほかはありえない。いや、男の名誉のためにいうのなら、女の思想を男が寛容したときに心中は成立する。

僕は雅子に対して寛容でありたかった。そして、死をも凌駕する愛の寛容は、遠い昔から生死の実感に目覚めぬ若者の特権だった。

「わかったよ、マアちゃん」

僕は自分でもびっくりするほど呆気なく、雅子とともに死のうと決めた。

「なんだかねえ」

蒲団を敷きながら、老婆はそればかりを呟いていた。その意味不明の呟きを補う言葉は何もなかった。ときどき横目を遣って、窓際の籐椅子に向き合う僕らを見た。

「なんだかねえ」

床をとりおえると、老婆は座敷の隅にちょこんと背を丸めて座った。そして訊ねもせぬのに、明治二十三年の寅の生まれで、熱海のお座敷に出ていた時分には山縣元帥のお気に入りだったなどと、気の遠くなるような自慢話をした。八十はとうに超えているはずだが、言われてみればなるほど、客に諂《へつら》わぬ気位の高さが感じられた。

それから僕と雅子は、まばゆいほどに溢れる月光の中で愛し合った。その間にも、「なんだかねえ」という老婆の呟きは、呪文のように僕の耳にこびりついていた。

もしかしたら、老婆は僕らの目論見に気付いているのかもしれなかった。たしかにこの宿は、心中をするには格好の場所だから、老婆は迷惑を蒙ったこともあるはずだった。だが、宿の者としては仮にそうと勘繰ったところで口にできることではなし、せいぜい餞《はなむけ》の料理を誂え、八十何年の人生を誇り、「なんだかねえ」と溜息をつくぐらいしかないのだろうと思った。

「泳げたわよね」

「泳がなきゃいいさ」

それだけを言いかわして、僕らは身仕度を斉《ととの》えた。浴衣姿で海に入るのはいやだった。

死というものは、そうと決めたとたんに生の現実を宰領してしまう。肉体はまだ生きていても、精神は一足先に死んでしまうのだと僕は知った。だから乱れた蒲団を畳むことすらしなかった。死に急ぐということは、肉体があわてて魂の行方を追いかけるのだ。

幸福な死に、遺書など必要はない。

廊下から覗き見ると、玄関には灯りがついていた。たぶん耳が遠いらしい老主人の胴間声も聴こえた。僕は思いついて、廊下の奥へと雅子の手を引いた。露天風呂から渚に出ればよかった。

僕は雅子のすべてを愛していた。僕以外の男にはとうてい耐えられぬその繊細な性格も、明晰さが言葉にならず、むしろ茫洋として見えるその寡黙さも。誰もが短所と感ずるであろうもののすべてまで、僕は大好きだった。

それでももし仮に、雅子の属性が切り分けられて、どれかひとつを選べと言われたなら、僕は迷わずその手を抱き上げるにちがいなかった。

雅子の手は格別だった。その白さたおやかさは、一塊の大理石から彫琢されたように美しく――いや、も少し正確に言い表わすなら、神が無垢の大理石の中に隠していたかけがえのないものを、中世の天才芸術家が鑿《のみ》と槌《つち》とで人の世に解き放ったような美しい手だった。

僕は雅子の手を、腕から指先に至るまで探るように引きながら、湯の走る風呂場を横切り、露天風呂の石垣を踏みこえて、やがて月あかりの渚に出た。

歩きながら振り返ると、入江に沿って細長く延びる平屋造りの窓々には、二つだけ豆電球が灯っていた。僕らの部屋からいくつか暗い窓を隔てて、もう一組の客の泊まる部屋があり、開け放たれた手すりに白いタオルが翻っていた。

今にもその窓から、恋人たちが顔を覗かせそうな気がして、僕は早足になった。月は夜空の高みから、釣舟のかたちを黒々と砂に染み入らせるほどに輝いていた。海面は白い鏡のように置かれていた。もし恋人たちが窓から覗いたなら、僕らはひとたまりもなく見出されるはずだった。

この釣舟の影の中でくちづけをかわしたあと、恋人たちは部屋に戻って愛し合い、疲れ果てて眠っていると、信じかつ願うほかはなかった。

僕と雅子は彼らがそうしたように、釣舟の影の中で長いくちづけをした。閉じた瞼の裏も白むくらい、あたりは明るかった。あの恋人たちは他目《はため》を気にしていたのではなく、月光を除《よ》けてこの影に入っていたのだと思った。

ふと、僕の裸足の踵が何かを踏んだ。雅子から唇を離して足元を見た。僕の足にまとわりついていたのは、もつれ合うように脱ぎ捨てられた浴衣と帯だった。

僕らは息を詰め、おそるおそる砂に徴《しる》された足跡を目でたどった。足跡は汀《みぎわ》に呑まれていた。

遥かな沖に、ほんの一瞬だけ葡萄の粒のような二つの頭が見えたが、じきに消えてしまった。

僕と雅子は、声にならぬくらい心細い声で、「おおい、おおい」と呼んだ。僕らに恋人たちを呼び止める資格はなく、もちろん憤る理由もなかった。何の意味もない、虚ろな声で僕らは「おおい、おおい」と呼び続けた。

かすかな潮騒ばかりが耳に迫るしじまの中で、僕らを縛《いまし》めていた死の縄は少しずつ緩んでいった。雅子は崩れるように蹲り、僕の体を引きおろした。

僕らはそれからしばらくの間、静まり返った海面を見つめながら、黙りこくっていた。

「お帰んなさいまし」

老婆の声で、僕らは我に返った。

「お帰んなさいまし」

僕はその声を、死の淵から引き返してきた僕らに向けられた、祝福だと思った。そうであったのかもしれない。しかし老婆は続けて、まったくちがう意味のことを言った。

「この足でお帰んなさいまし。あんたらがいると、人も呼べない」

警察がくると、目撃者である僕らは足止めを食う、ということなのだろう。夫婦でもない僕らが警察署まで連れて行かれて、あれこれと事情聴取されたのでは気の毒だと、老婆は気遣ってくれたのだった。

「こんなときに限って、倅も嫁もいやしない。じいさんとばあさんに、何をしろっていうのかね。ともかく、お帰んなさいまし。宿帳も捨てるし、お部屋もかたしとくから」

僕は長いこと宿を営む老婆の見識に感謝した。目撃者など誰もいなかったと、老婆は証言してくれるのだろう。

心中したのが僕らなら、あとのことなどどうでもいいが、事件に巻きこまれて親や友人たちに二人の関係が知れたのでは、たまったものではなかった。

放心したまま返す言葉もない僕らに向かって、老婆は妙な叱言を言った。

「ほら、ぼっとしてないで。あんたらがいると話がややこしくなる。仏さんだって上がってこれやしない」

亭主らしい老人が、寝巻姿のまま浜に出てきた。俺は関係ないとでもいうふうに、石垣の上に僕らの荷物を置き、そそくさと戻っていった。

「申しわけありません。それじゃ――」

ぺこりと頭を下げた雅子の顔を、老婆は目を細めてしげしげと見つめた。

「まったく、なんだかねえ」

僕は雅子の腕を引いて走り出した。

ハンドルを何度も切り返しながら崖づたいの坂道を登り、ようやくこの世に戻りついたような海岸道路に出ると、僕は思いきりアクセルを踏んだ。

「車がなかったわ」

僕はひやりとした。言われてみれば、僕の車とそっくり同じ白いロータリークーぺは、宿の駐車場から消えていた。

「あいつらの車じゃなかったのかな」

「そんなはずないわよ」

たしかに僕らと彼らのほかに、客はいなかった。

「誰かが、夜釣りか何かしてたんじゃないのか」

少し考えてから雅子は、

「私はそうじゃないと思うんだけど」

と言ったきり黙りこくってしまった。

僕は口数の少い雅子のかわりに、したくもない代弁をしなければならなかった。

「あの車には、これと同じナンバープレートが付いていたってわけかよ」

「たぶん」と、雅子は俯いた。

「あのおばあちゃん、警察なんか呼ばないわよ。わかってるんだから」

僕の頭の中には、「なんだかねえ」という老婆の呟きが、ぐるぐると回っていた。

それから僕と雅子は、熱海の夜景を望む岬で酔いざましのコーラを回し飲みし、サンルーフから射し入る月の光の中で、固く抱き合って眠った。

やがてその夏も終わらぬうちに、僕らは僕らほど理屈っぽくない多くの恋人たちと同じように生き別れた。

多少の悶着はあったものの、それはのちのち思い出して顔をしかめるほどの傷にはならなかった。改まった別れ話などをした記憶はない。

あの夜の出来事は、けっして口にしてはならない禁忌だった。だが、月明の海に葡萄の粒のように浮かんでいた僕らの姿は、僕も雅子も忘れるはずはなかった。

考えようはさまざまあるだろうけれど、女の意志と男の寛容とをもって、古典的な成就を果たしたもうひとりの雅子と、もうひとりの僕がいたのだから、そのうえ僕らの恋愛に矜持を持つ必要はなかろうと思った。いや僕がそう思ったというより、雅子の考えを代弁すれば、たぶんそういうことになる。

それにつけても、クラスメイトとは厄介なもので、過去に何があろうがとりあえず何もなかったということにして、年に一度は顔を合わせなければならない。

むろん同窓会に出席するかしないかは当人の勝手なのだが、皆勤賞ものの僕と雅子は、要するにあれからずっと、幸福な人生を歩んだことになる。だとすると、あの易者の占いも、まんざら商いの方便ではなかったようだ。
しかしこうも齢を食うと、月下の恋人を今さら羨まぬでもないのだが。

浅田次郎（あさだ・じろう）　一九五一（昭和二六）年〜。小説家。東京生まれ。三島由紀夫の死に衝撃を受けて陸上自衛隊に入隊し、除隊後に文学の道に進んだ。『鉄道員《ぽっぽや》』で直木賞を受賞したほか、『壬生義士伝』で柴田錬三郎賞、『お腹召しませ』で司馬遼太郎賞、『終わらざる夏』で毎日出版文化賞、『帰郷』で大佛次郎賞を受賞している。映画化・テレビ化された作品は数多い。「月下の恋人」は二〇〇四年一月に『小説宝石』に発表された。底本は『月下の恋人』（二〇〇六年、光文社）を用いている。

月とコンパクト

山川方夫

朝鮮での戦争がはじまったのは昭和二十五年である。私が最初に北鮮軍三十八度線を突破の報道を耳にしたのは、六月二十五日。たしか、土曜日であったと思う。

その年のことは、私は奇妙によく憶えている。勤労動員中の過労と栄養不足がようやくあらわれてきたのか、その一年間には、中学時代の同級生の三人が死んだ。はじめての女友達が、私を棄てた。そして、ふたたび黒い翼をひろげてきた戦争。ふいに私にとり現実は、刑(たぶんそれは「死」なのだったが)の宣告を待つ牢屋の中のような日々とかわり、未来は、それまでの不透明な猶予に変貌した。その夏、私は神経衰弱にかかった。

私は医師に半年間の静養をいいわたされ、大学二年の秋からの学期を休学した。湘南海岸にある伯父の家で、私は、いつも目の高さにある青い瓦屋根のような海を眺め、いつはじまるかわからない戦争におびえていた。しだいにそのおびえは強くなって、しまいには自分の生命という負担の重たさ、自分一人でそれを始末せねばならぬ面倒で退屈な平和の重苦しさを呪って、いっそのこと、とむしろ夢に見入るように、戦乱の拡大の期待に光をもとめたりした。

だが、といって私はいま、その季節を語りたいのではない。いささか奇怪な話で、私にはまだそのトリックさえ明らかではないのだが、私はいま、ある体験につき語りたいのである。……海岸での休養を父に命じられて、私はその年の秋の半ばの夜、蒼白く頰のこけた顔に目ばかりを不安げに光らせ、たった一箇のスーツケースを片手に、まるで夜逃げをするように東海道沿線の伯父の家へと向かった。湘南電車はまだなく、私は夜汽車の向かい側の席に、でっぷりと肥り頭髪の禿げかかった大柄の紳士とならんで、髪に白い花を挿したまだ若い女を見た。

花は一輪のカーネーションで、女はときどき髪に手をやってそれを気にしていた。

――順序として、話はその若い女からはじめなければならない。

中年の紳士は窓際の座席でゆったりと股をひらき、私の乗りこんだ品川では、すでに居汚なく口をあけて睡っていた。若い女は、その横で薄茶のスーツの肩をせばめ、きちんと膝を揃えていた。私には女は二十二か三に思えた。

が、女の顔には華やかな化粧の痕があって、ぼんやりと目を窓に向けているその横顔には、やはり重い疲労が透けて見えた。おそらく、この二人づれは父娘だろう。私は、はなやかなパーティからの父娘しての帰途を想像した。肩にもたれかかる肥った紳士の胸のハンカチを抜いて、分厚いその唇の端にひかる涎をやさしく拭いてやる女の態度には、たしかに、そんな父娘らしい距離と気配があった。

形のいい濃い眉。細くなめらかな鼻すじ。明確な線で結ばれた薄い小さな唇。そして、かなり強く匂う香水。私は、ちらとそれだけのものを意識すると、もう正面きった視線を注ぐことができなかった。十九歳の私には、そんな匂やかな美しい女の前にいること自体がすでに恥ずかしく、目のやり場がなかった。仕方なく私は医師にゆるされた週刊誌を読みはじめた。もちろん、注意は絶えずその若い美しい女に向かっていた。女は、一度だけ拳を口にあてて、小さく欠伸をした。

女が箱型の白いハンドバッグをとり、立ち上ったのは茅ケ崎を過ぎた頃であった。たしかめるように髪に挿した花に手をふれると、なぜか女はそれを抜いて、自分の立ったあとのシートに落した。そのまま、車体の震動に気をくばった歩き方で、通路を後方のデッキに消えた。

ごく自然に、私はそれを手洗いに立ったのだと思った。私は解き放たれ、雑誌を伏せ頰の右側の窓をながめた。びっくりするほど円い大きな月が中空にかかっているのを見た。

暗い墨絵のような松林の向うに、青白く光って海があった。汽車は海岸と平行に走っていて、だが、青く照る現実のその海より、玲瓏《れいろう》とかがやく月をめぐって犇《ひし》めく、青黒く濁った大空のはてしない暗闇の深さとひろがりのほうに、はるかに大海原の印象は濃いのだった。私は、不思議なことのようにそれを心にとめたりした。

そして、そのとき、まったく奇妙な――まったく無邪気な感想なのだったが、突然、私は自分がいま、あの女を愛している、と思った。白い花が一つだけころげている目の前の空席、そこに見る現実の彼女の不在に、ふと私はなまなましく白い暖かな女体を感じとれた。私は、自分の愛がその空間を充塡《じゆうてん》して、そこに彼女を出現させるような気がしたのだ。そうだ。愛はその不在の感覚によってのみ存在するなにかなのだ

―

私は幸福げに空を眺め、時のたつのを忘れていた。と、汽車の轟音が硬い金属質のよく響く音に変り、鉄橋の黒い巨大な橋桁《はしげた》がつぎつぎと窓を掠め去って、列車は馬入川を渡っていた。ひろい河口にきらきらと一面に白銀の月光が拡がり、月の微片を浮かべたゆるやかな小波が、ひっそりと音もなく岸を洗っていた。月は、黒い河の真上にあった。

全車輛が鉄橋を渡りおえた直後だった。どこか遠くで慌てたような男の大声が起り、赤い腕章の車掌が通路をどたどたと駆け抜けると、やにわに汽車は急ブレーキをかけて止った。ショックで急激に前のめりになった人びとの怒声や悲鳴やの中から、自殺

だ！　という叫び声がひときわ高く聞えた。なに、飛びこみ？　ちがう、飛び降りだよ！

「どなたか、飛び降りた方のお心あたりはありませんか？　茶色の服の若い女の方です」

私は、呼吸のとまるような気持ちで、大声をあげながら車内を歩いてくるその車掌の手の、箱型の白いハンドバッグを見た。やっと目をさました紳士が、シートのカーネーションをつかむと、跳びあがるように立ち上った。

紳士は車掌に連れ去られた。私は、はじめて網棚の上の彼らのものらしい荷物を見た。新品らしい青と黒の大型トランクにならび小さな黄革の鞄があり、奇妙なことにパラフィン紙で包まれた花束が一つ、謎のようにその鞄の上に置かれていた。

翌日の新聞で私は紳士が四十五歳の金融業者であり、鉄橋越しに馬入川に投身した女が当日式をあげたばかりの二十二歳のその新妻なのを知った。写真があり、箱根への新婚旅行の途中だったとも書かれていた。もっとも私の見たのは神奈川版なので、どれだけのスペースで中央で報じられたかは知らない。

当日の私の日記は、だが不思議なことに、その事件には一字もふれていない。私を棄てた幼な馴染みの新劇女優の卵への未練げな悪口や、突飛で兇暴なファシストめいた意見でそれは埋まり、ただ、その夜、月が美しかったことだけが簡単に誌してある。

それから、すでに長い歳月が流れた。A製紙に入社し、資材課に籍を置いてからでさえ、八年がたつのだ。その間、私はこの事件を思い出したこともなかった。過ぎさった朝鮮での動乱と同じに、それは遠い過去の底に埋もれ、忘れられてしまっていた。ところが、突然その記憶が私をたずねてきた。そのとき、ふと私が心の奥にかくしもった秘密の扉に、突然のノックを受けたような狼狽をかんじたのも、思えば、そんな過去と現在の自分との、距離のあまりのはるかさに理由があったのかもしれない。……とにかく、それは誕生日の祝いに部長の家に馳せ参じた、ついこのまえの日曜日の夜であった。

部長には子供がない。そのせいか社員を自宅に呼びたがる癖があったが、なぜか私は部長夫人のお気に入りで、その夜もあとに残り、ポーカーのお相手をせねばならなかった。部長自身は庭にしつらえた水槽の、無数の出目金《でめきん》や蘭鋳《らんちゅう》、珍種の金襴子《きんらんし》などへのお世辞に疲れきって、社員たちと飲み直しに出かけて行き、十時になると、残ったのは私ともう一人の見知らぬ男だけになった。

「まあ、たったお二人だけ？」

自分の計画どおりのくせに、肥満体の夫人は熱いコーヒーの盆を持って部屋に入りながら、うれしそうにそう声をあげた。見知らぬ男に私を紹介した。部長の遠い親戚にあたるという私と同年配程度のその男は、色が黒く動作も尊大で、私ははじめから虫が好かなかった。彼は、どこか天皇の兄弟に似ていた。

「やっと静かになったと思ったら、すこしひっそりしすぎちゃったようね。でもあなた、まだ平気なんでしょ？　どうせ遅くなるんなら、ここがいちばん安全だし」

賑やかに私に笑いかけながら夫人はカードを机にのせ、慣れたディラアの手つきで横に撫でた。一列にゆるく弧を描いてひろがる得意の技術だったが、掌が粘ったのか、一枚がこぼれてひらりと床に落ちた。

拾おうとして私がかがんだとき、斜め前の椅子にいた男が、同じようにカードに手をのばした。そのとき硬い音がきこえ、彼のポケットから円い金色のコンパクトのようなものが落ち、私の目の前にころげた。蓋がひらき、それは私の手の近くで停った。カードは彼が拾い、私は椅子を下りてそれを取った。が、どうやらそれはコンパクトではないみたいで、鍍金《めっき》の剝げかけた古ぼけた蓋の裏は鏡ではなく、黒をバックにして白っぽい洋装の女の肖像が細密に描かれてあり、絵の女はこちらを向きひっそりと微笑していた。一瞬のことだったが、おやと私は思い、もう一度その女の絵をながめた。清潔な、しずかな表情の若い美しい女で、どこかで見た記憶があるような気がしていた。

でも、とっさに思い出すことができず、失礼だと思い私はすぐ蓋を閉めそれを男に返した。一種のロケットのようなもので、女はきっと彼の恋人なのだろう。だが、私はしばらくはその遥かな国の人のような美しい女の肖像が、奇妙に甘くなつかしい印象で目の底に残されているのに心を奪われていた。

ポーカーの最中、ひとり上機嫌な部長夫人の前で、男は無表情な沈黙をつづけていた。それに感染したのか、ふだんは饒舌な私までが言葉少なだった。彼はK大の工学部出身の技術屋だという話で、河西という名前だった。

「河西さんは独身ですか?」

なにか喋りたくて私はそう話しかけた。あんなごていねいな肖像など持ち歩いて、現物には手のとどかぬ証拠だと思っていた。

「ええ」

沈黙がきた。私はムズムズしてきた。ばかばかしいことだが、私は彼のその天皇家の親戚みたいなもったいぶった様子に、一種の敵意に似たものをおぼえていた。

「ははぁ、いまの人が恋人ね。でも、どうして結婚しないんです?」

そのとき河西氏の目が光った。彼は、まるで奇跡でも見るような目で私をみつめた。

「ご覧になったんですか?　女を」

さも意外そうな彼の口調に、私はうろたえて答えた。

「だって、勝手に蓋が開いていたんですよ。失礼とは思ったんだが……」

「なによ、いったい」

　夫人が目を手札に注いだままでいった。だが、河西氏の目は依然として私を見ていた。

「あの女、死んだんです」

「ほう、そうですか。それはそれは」私は、奇妙に彼にたいし意地悪くなる自分を抑えきれなかった。

「それはその人を思いつづけるための絶対の条件ですよ。はは。なんだか、うらやましいくらいだ」

「――フル・ハウス」

　夫人が華やかな手札をさらした。彼女の勝ちであった。が、その夫人がなにかをいいかける間もあたえず、河西氏はおっとりした語調ながら、きっぱりと宣言した。

「あなたがうらやましがるのは自由だ。だが、ぼくが同じそのことについて、死ぬまで自分への嫌悪をもちつづけなければならないのを、あなたにからかわれる理由もない。この女は、ぼく以外の男との新婚旅行の途中で、汽車から飛び降りて自殺してしまったんです」

「え？　知ってますよぼく、その人。……馬入川に飛びこんだ人じゃないんですか？」

　突然、するすると幕があけて行くように私は思い出した。肖像の主は、あの秋の夜の髪に白い花を挿した女だった。眉の濃い、唇の小さい、中年の金貸しといっしょに坐っていたあの女なのだ。……だが、そのとき河西氏の見せた驚きの表情は異様だった。むしろ恐怖にちかい目で、彼は、まじまじと穴のあくほど私の顔をみつめた。

「ぼく、同じ汽車の、それもあの新婚だという二人の前にずっと坐ってたんです。そう、あの人、白い箱型のハンドバッグをもっていました」

「そうでしたか。ご存知だったんですか。でも、どうして……」

河西氏はやがて目を伏せていいかけたが、私の強い眼眸を避けるように語尾を濁した。

「ぼくの恋人でした。あの人が、親子ほど年齢の違う相手との結婚を決意したとき、ぼくはあの人といっしょの部屋にいました」

こんど異様な興味を示したのは部長夫人だった。気ぜわしくカードをしまいながら、夫人は私いままであなたの艶聞なんてまるで想像できなかった、たぶんポーカー向きのそのお顔のせいだわといい、熱烈にせがんだ。

河西氏は、両手を卓に組むと、やっと決心したようにうつむきがちに話しはじめた。

「あの人――典子《のり》というんですが、典子とぼくがどうして知りあったか、そんなことは省略させて下さい。小母さまの全然知らない人なんだし、いまは意味のないことです。

じつは、典子の自殺には、一人の目撃者があったんです。女の人ですが、どうやら中年の上品な中流の婦人のようです。もちろん、いま生きているかどうかも知らない。一通の手紙をもらっただけの関係です。その人は夜汽車の人いきれに酔い、涼みがてらデッキで休んでいたのだそうです。典子はそこにやってき、しばらくは二人はいっしょに月を見ていた、なんの不吉な予感もなかった、ということです。……じっさい、その夜は月がとても綺麗だった。ぼくもそれは憶えている。ぼくはその夜、外苑を一人でぶらぶらしながら森の上に月を眺め、典子のことを考えたりもしていたのですから。

やがて若い女は、つまり典子ですが、かがんでどこからかコンパクトを出して顔をなおし、じっと鏡の自分をみつめてからにっこりと笑って、それを突然婦人に渡しぼくの住所を告げ、ぜひ送ってくれるようにと頼みました。どういう事情かわからず、婦人がただ静かだが奇妙に切迫した語勢に押されうなずくと、ふいに典子は立ち上り大空に向かって、まるで兎のはねるようにひょいと跳び上りました。あっと思うとそこは長い鉄橋の上で、典子の姿はいったん橋桁にぶつかり、まるで一本の万年筆のように光ってまっすぐ橋の向こう側に墜ちて行った。瞬間、自分もすぐつづいてデッキから飛びたいような誘惑をかんじて、私はあわてて手すりの鉄棒にしがみついた、と手紙には書いてあった。——婦人は典子の遺志に忠実に、車掌には遺留品として白革のハンドバッグしか渡さず、手紙といっしょにコンパクトをぼく宛てに送ってきたのでした。……それは、典子への、ぼくのただ一つのプレゼントだったんです。送り返されたそのコンパクトを手にしたとき、ぼくがまず感じたのは何か。それは、解放でした。彼女はぼくへの借りは返した。もう、ぼくと彼女とは赤の他人なのだ。だから、その後に起った彼女の死は、ぼくにはなんの責任もない。そんな解放感だったんです」

呻くような声をあげて、夫人が口をはさみかけた。私がそれを制した。目で感謝をあらわすと、河西氏はつづけた。

「もちろんぼくは新聞で典子の死は知っていました。ぼくに責任があるみたいな重苦しい気分で、やりきれなかった。その気持ちが、急に典子のその行為で、形だけでも救われるように感じたんです。典子は、ぼくのあたえたものを送り返してきた。きっぱりとそしてぼくと縁を絶った。自殺は、それからの彼女一人の問題だ。……卑怯もの、勝手な理由づけ、とお怒りになってもかまわない。たしかに、ぼくは臆病な小心者なんです。——が、ぼくはどうしてもそのコンパクトの蓋を開けて見る気にはなれなかった。そこには典子が最後に自分を映した鏡がある。典子がそこに見たのは、清潔な、美しいままの彼女、そんな自分をどこまでも守り抜く強い意志だっただろう。だがぼくは同じその鏡に、さまざまなぼくの醜さ、不潔さ、自分の弱さばかりをありありと眺めるのに相違ないのだ。で、ぼくはそのコンパクトを開けなかった。そのま、ぼくは未練に、感傷的に、拒絶された自分の幼い恋の記念として、机の引出しにそれをしまいました。ええ、うんと奥ふかくに……。

ぼくは、そのように、それを単なるぼくのプレゼントの回送だとしか考えなかったのです。それが彼女による、一つの『ぼく自身』というものの新しいプレゼントだったとは、ずっとあとになってから気づいたのです。

ぼくはまだ学生でした。それから恋人にはまる二年間めぐまれませんでした。そして、次の恋人を、ぼくはまた自ら失ったのです。ぼくは結婚を拒否しました。きっとぼくは、相手の女性よりも、ぼくの彼女への愛そのものを愛し、大切にしたかったのです。彼女は二カ月後、他の男と結婚しました。ぼくは典子の例を、またくりかえしたのでした。

結婚を侮蔑し、おそれながら、でも彼女の結婚を知ったときの気持ちは、棄てられた男のそれと同じでした。ぼくははじめて机の奥から典子のコンパクトを取り出し、兇暴ななつかしさに駆られてそれを開きました。と、どうでしょう、そこには小さな絵姿になった典子が微笑していました。その目や眉の細部までがはっきりと目に映って、典子はぼくを迎えるようにやさしく笑っているのでした。……何故か、わかりません。瞬間、異常を感じるよりぼくは自分の一生の過失を見るような気がして慌てて蓋を閉じ、掌で抑えたのです。

だが、ぼくのあげたのはただのコンパクトのはずだったが。あの老婦人の細工、いや、それとも生存中の典子の細工なのだろうか。ぼくはいそいでまた蓋をひらきました。すると――いや、お話をするより、もう一度じっさいに見ていただくほうが早いでしょう」

河西氏は悲しげな表情で、見おぼえのあるさっきの古ぼけたコンパクトをそっとポケットから出し、私に渡した。ためらわず私は蓋をあけた。夫人が顔を寄せ熱心にのぞきこんだ。

だが、女の肖像はなかった。それはパフもない使用不可能な一個の平凡な古いコンパクトにすぎなかった。蓋の裏は、ただの薄汚れた円い小さな一枚の鏡だった。ああ、取り替えたのだな、と私は思い、黙って河西氏に返した。どうやら、すべては彼の座興なのだ。

「……見えましたか?」

「ええ」

わざと私はいった。彼はコンパクトを手にのせたまま首を振った。目をつぶった。

「もう一度、ゆっくりと見て下さい、顔を近づけて」

私はふたたび渡されたコンパクトを手にして、彼の言葉に従うべきかどうか迷った。――ねえ、なにも見えやしないわねえ、と夫人が私の耳に口をつけてささやく。まったく、私はなぜ彼がこんな奇妙な手品とわけのわからないお話のタネとを、それも大真面目に、こうしてポケットに入れ持ち歩いているのか見当がつかなかった。それに、彼は私にサクラを強制しようとしている。ナルホドこれは不思議、とっくり見ようと思ったらノリコさんは恥ずかしいのか姿を消してしまいました、とでも私が大声で叫べば気がすむのか。

「……ねえ、もう一度よく見て下さい。ぜひ」

河西氏は、一種抵抗のできぬ訴えるような口調でくりかえした。私に、ふと勃然とポーカーのときの反感がよみがえった。それに、正面から見た魚みたいな顔のくせに、澄ましかえって愛だとか二度目の恋人とか、どこか人を人とも思わないような態度での、ぬけぬけとしたお喋りを聞かされていた間の嫌悪のくすぶりが、急に猛烈に私をあおりたてた。

よし、では正直に、女なんか見えないただのコンパクトだ、さあ、この手品か冗談かの意味を教えてくれと開き直ってやれ。私は戦闘的な目つきで蓋をあけた。……夫人が、またのぞきこんだ。

やはり、女の姿は見えなかった。が、瞳をその裏蓋に近づけ、ふいに私は胸をつかまれたような気がした。私の顔が映らず、部屋の調度や灯りすら見えないのだ。鈍く青く光るそれは、どうやら、鏡ではなかった。

異常を感じ、私は上からかがみこんでよく見た。と、それがぽっかりとべつな大空に向け開かれた小さな円窓のように思えて、私は、ふとそこから涯しない黒い神秘な宇宙がひろがるのを、かすかに立ち昇る冷気とともに感じたような気がしてきた。

もう、私はそこから目を放すことができなかった。すると、やがて円い窓の奥にぼんやりと淡い煙か靄のようなものが動いて、蒼白い光の漂いだすその奥から、冷たく冴えた円い月が、雲をはらうようにゆっくりと浮かび出した。……私は、戦慄して叫んだ。それはあの夜、東海道線の列車の窓から見た、秋の中空にかかっていた月にちがいなかった。

「月が見えたでしょう」

たしかめるように、むしろ沈痛に河西氏がいった。

私は言葉を失くしていた。呆然と彼の暗い表情をみつめていた。突然、夫人が大声をあげて笑いだした。

「なあに？　ただの鏡じゃない。古くてずいぶん汚れているけど」

夫人は私からコンパクトを奪い、音を立ててそれを閉めると、けたたましく笑いかけようとして、慌てて私たちの目を見た。

「なによ、いったいどうしたの？　ねえ、二人ともなぜそんな顔してるの？」

河西氏はだが夫人には取りあわず、ただじっと私の顔をみつめながら口をひらいた。

「ぼくが二度目に開けたときも、いまあなたが見たのと同じように、そこに現われてきたのは月だったのです。まるで、のぞきこんだそれがお前の顔なのだというみたいに。……あの夜、典子がデッキから見、ぼくが外苑を歩きながら見、たぶんあなたも見ただろう月、そして彼女の死を無言で眺め、照らしていただろう月。そんな、まるい美しいあの秋の夜の孤独な月だけが見えたのです」


帰路。——人気ない夜の道を、私はわざと遠まわりをして一人でぶらぶらと歩いた。たしかに、それはいかにもわけのわからない奇怪な経験だったが、よしそれが河西氏のトリックであれなんであれ、その究明には私の関心はなかった。それより、どうして彼があんな奇妙な話を後生大切に持ち歩いているのか、なぜ私にあの女の顔が、月が見えたりしたのか、またなぜ自分が、彼の話に真剣に聞き入ってしまったかを考えたかった。

私は、はるかな、かつての海岸の町での日々を想った。あれから半年もたたぬうちに、私は回復し、私は「前」を向いた。大げさなとりこし苦労や、過去にしがみつこうとする自分から別れた。……いつのまにか、私はそして平穏な日常の、平凡なくりかえしの中の多忙さに適応し、恐怖や思いつめたような気持ちを青くさい青年の事大主義と嗤い去って、かつて負債だと感じたものを預金だと考え、つまり現在を生きる術を身につけてしまっている。

その現在から考えれば、けんめいに人間や人間たちの生活をおそれ、拒みつづけ、その不在の空間にさまざまな観念をつくりあげて、その観念で現実と対抗しようとしていたあのころの自分は、それ自体がはかないガラスの虚像のようなものだ。だが、あるいはそれはもはやこの現在からは手のとどかぬ季節の、貴重なダイアモンドのような謎なのかもしれない。――あの季節、思えば私もまた河西氏と同じように、いつも生真面目になにかを思いつめて、なにものにも替えがたく、自分の、自分だけの愛と恐怖とを守りぬくことだけに夢中だった。

天皇のように片手で帽子をあげ、背を向けて夜道をすたすたと小さくなって行く河西氏の、さっき見たうしろ姿がうかんできた。彼こそが、いわばすでに死に絶えた私の若さなのだ、と私は思った。イメージの中で、私はその彼の孤独で淋しげなうしろ姿に重り、彼の背負っていたあの話が、そして聞き入っていた私の中のなにかが、まるで大時代なコートを着た青年のような姿でともに小さくなり、同じように背を向けて遠ざかるのを見ていた。

森閑とした秋の夜ふけの道に、私一人の跫音が空ろに響いていた。顔をあげると、静かな屋敷町の上に青黒い夜空が海のようにひろがり、半ば虧《か》けた月が、その中央に冴えざえと白く光っていた。月は、あの凍死した古い地球の過去は、ああしていつも若々しい生きている産みの親をはるかな高みから眺め下ろしながら、無言のままいつまでもそれを巡りつづけている。――私は、月をみつめたまま歩きつづけた。

ふいに、お土産だといって渡された食べのこしのケーキの包みが、指に重たかった。二年まえ、部長夫婦の世話でもらったお喋りな妻と当歳の赤ん坊とが待つ家へと足を向けて、そして私はふと、まるで救いをもとめるみたいな目で、自分のはじめての女の面影を、執拗にその月の面にさがしつづけている、いささか滑稽な私に気づいた。

山川方夫（やまかわ・まさお）　一九三〇～六五（昭和五～昭和四〇）年。小説家。東京生まれ。作品集に『その一年』『海岸公園』『愛のごとく』がある。黄金時代となる第三次『三田文学』の編集者として活躍、江藤淳・坂上弘・曽野綾子らを発掘した。個性的な作風を確立しつつあったが、三〇代半ばで交通事故のため夭折している。「月とコンパクト」は一九六三年一二月に『小説新潮』に発表された。底本は『山川方夫全集』第四巻（二〇〇〇年、筑摩書房）を用いている。

月夜

林芙美子

あつくるしい夜だけれど
あの月のいろはどうだらう
魚の学校では
広い砂床へ集つて祈禱がはじまつてゐた
海浪は金銀にうねりくだけて沈んでくる

○

つれなくさびはてた海底の船のデツキは
月光を眺めようとひとがひしめき歩いてゐる
マドロスもゐれば白いタキシードの紳士もゐる
美しい若い女もそゞろ歩きをしてゐる

幽闇の慟哭はうすい波間に消えてしまひ
そのためいきは不知火となつて
月夜の水平線を走つてゆく。

林芙美子（はやし・ふみこ）一九〇三～五一（明治三六～昭和二六）年。小説家・詩人。山口生まれ。アナーキズムの影響下に出発し、詩集『蒼馬を見たり』を刊行した。その時代の生活に取材した小説『放浪記』と『続放浪記』がベストセラーとなり、文学者としての基盤を確立する。「月夜」は『心境と風格』（一九三九年、創元社）に収録された。底本は『林芙美子全集』第一巻（一九七七年、文泉堂出版）を用いている。天体を描いた他の作品に、「月夜」「月夜の日記」「月夜の花」がある。

月

千家元麿

大きな怪物めいた剝皮体のやうな
赤く破壊《こは》れた半月が
暗い水のやうな地平に浮いてゐる
何かにぶつかつて二つに割れた断片のやうに
酸鼻の姿である
見てはならないものを見たやうに思ひ
空気はそよともせず
巨人の掌の上のやうに
森も河も小さく死んだやうに
夜の神秘の光りに浮んでゐる
天変地異でも起りさうだ

千家元麿（せんげ・もとまろ）一八八八〜一九四八（明治二一〜昭和二三）年。詩人。東京生まれ。出雲大社の宮司（男爵）の妾腹という、出生の事情もあり、白樺派の人道主義に共鳴する。『自分は見た』が代表的な詩集。「月」は『夜の河』（一九二二年、曠野社）に収録された。底本は『千家元麿全集』上巻（一九六四年、彌生書房）を用いている。同題の「月」という作品が多数ある他に、天体を描いた作品として、「雨後の月」「太陽派」「月の光り」「月夜」「半月」「星」などがある。

月

金井美恵子

母が言うには、わたしは夜でももう充分一人でおつかいに行ける年齢だった。商店街のはずれのお城に近い鳥屋とその前の八百屋は九時まで開いているはずだから、そこで鳥を一羽とキノコ一箱を買ってきてもらいたいの、夜なのにかわいそうだけど、お母さんが行けないってこと、あんたわかるでしょ。もちろん、いやというわけにはいかなかった。お前のお姉さんなど（彼女は六歳で死んだのだが）、小さな籐細工のバスケットを持って自分の飲むビタミン入り粉末ミルクを買いに行った、と父は上機嫌に笑い、母は少し悲しそうな顔をする。それからわたしは、黄昏の最後の薄明が夜のなかにのみこまれた街に出かける。

急行列車が街に着いたのは夜遅くで、わたしは予約をしておいた駅前のホテルが以前とはすっかり変って灰色の八階建ての真新しい建物になってしまっているのに驚いたが、それは予想していたはずのことで、夢のなかででもないかぎり十年前と同じ街に急行列車が到着するなどと思っていたわけではない。列車のなかから続けざまに、断片的な短い夢をいくつも見たような気がするけれど、ホテルで朝目覚めた時には何も覚えていなかった。憂鬱で、うんざりした気分だった。死者についてかつて抱いていた恋のことを思い出そうと努めてみたが、何も思い出せなかった。はっきりしているのは、彼女の夫を嫌っていたことと、彼女がいつもわたしに屈辱を味わわせたことだったが、それにもどことなく実感にとぼしい曖昧さがつきまとっているような気がする。彼女のことを思い出そうとしてみたが、いきいきとした切実さに欠けるいくつかの断片的で不鮮明な記憶がよみがえってくるだけなので、彼女に対して持ちつづけていた恋心というのも真実味に欠けているように思えるのだった。それでも彼女を恋していたことがあったのだ、とわたしは理由のはっきりしない憂鬱さに沈みこみながら考えた。

思い出は、奇妙なことに、突然の死の報せから語りはじめられる。突然の死を伝える電話に言葉を失って呆然となる。それは、親しかった者にとって、意味のよくわからない夢の出来事のような印象を与える。夢のなかで、いや、半覚醒の状態で思い出そうとしている夢のなかで聞いた言葉のようだ。どんな言葉で何を言われたのか、まるではっきりしないのだが、なにか非常に怖しい事実を告げられたという、なまなましい実感の痕跡だけが残っている。夢のなかで告げられた言葉の意味をどうしても思い出せないもどかしさそのものが、もう一つの悪夢のなかの出来事のような気がする。そんなふうにして、突然の死の報せのまえで、彼等は（わたしは）眩暈を感じる。それから、すでに思い出となったあなたについて、彼等はどことなく現実味に欠けた、あなたについての思い出を語りはじめる。あなたがもうこの世界にはいないという事実を強調して語られるので、思い出は、すべて美しくなり、そして悲劇的な調子をおびていた。どんなつまらない思い出でも、この場では悲劇的な深い陰影をまとうことになるのだった。

それからわたしは、黒いリボンと菊の花で飾られて微笑んでいる彼女の写真を見た。彼女の姿を一目でも見ることが最大の関心事であったことを、わたしはなまなましく思い出す。彼女の写真を一枚だけ持っていたのだが、一人きりでいる時でさえ、その写真の彼女の顔をまともに見るのが苦痛だった。彼女は正面をむいて嫣然と微笑んでいるので、それをまともに見ると、写真の中の彼女に見つめられているような気持になり、わたしは眼をそらしてしまう。何度か彼女の家を訪問したこともある。考えてみれば、そのためにわたしの使った口実はいかにも見えすいていたものだったに違いない。不自然でなく、しかも自分の恋を気づかれずにすむ巧妙な訪問の口実を夜の間中考えた。そのために眠れなかったのか、眠ることが出来ないので、彼女の家を訪問するという空想が浮び、すると今度はそれがいかにも実現可能な、実行してみる価値のあることに思われてきて、真剣に口実を考えはじめたのだろうか。それは最後には官能的なイメージの無際限で手のつけられない氾濫として昂りとその爆発をむかえるなじみ深い空想だった。彼女は、不自然な緊張でこわばった見えすいた口実を受け入れて、わたしのお喋りを聞いてもいいという気まぐれをおこすので、わたしにはそれが嬉しいことなのか屈辱なのかよくわからなくなってしまうのだった。

その日の夕刻列車に乗ってから、もう二度と生きている彼女にあえないのだと考えて、ひろげた新聞のかげに顔を隠して泣いた。あの街を歩きまわって死んでしまった彼女の思い出のために酔いつぶれるべきだったろうか。そんな男の登場する映画を、彼女と一緒に見たこともあった。わたしは自分が彼女を激しく恋していることを唐突に理解する。列車が轟音をたてて鉄橋を通過し、黄昏の最後の淡い白さが夜のなかにのみこまれ、丸い桃色がかった月が昇りはじめる。

それを思い出した時、というより、その月を見た時、わたしは今自分が彼女と一緒に道を歩いていることに突然気づいて、ひどく狼狽した。

商店街のほとんどの店はあかりを消して、入口のガラス戸や、昼の間は玩具や流行の婦人服や花の飾ってある明るい飾り窓にはカーテンが引いてあったが、どの店のガラス戸も二、三十センチほどずつ開いていて、青と白の縞柄の、丈の縮んだようなカーテンが風でふくらんだり垂れさがったりしながら規則的に揺れている。どの店の入口でもカーテンが風に吹かれて揺れ、時々風が強く吹くと、風を孕んだカーテンの布が重いガラス戸の間から、道のほうへ大きく翻って軽い心地のよいはためきの音をたて、また急にうなだれたように力を失ってガラス戸の間に吸い込まれる。商店街の道路は濡れたように黒くなめらかに光っていて、通りを一つへだてた城の藻の繁殖した堀の水のにおいと公園の樹木のにおいのまじった風が、長い一本道を吹きぬけ、そんなに遅い時間ではないのに、通りには誰一人歩いていなくて、長い商店街の一本道にいるのが、わたし一人だということに気づくと、実に不思議な感じがした。物影におびえる小さい子供のように、その人気のない静かな長い一本道を怖しいとか恐いと思ったわけではない。商店街は寝静まって何かの影が通過していく夢を見ているわけでもないし、映画によく出てくる西部の無法の拳銃の街のように〈静かすぎる〉というわけでもなかった。つい先刻まで、わたしがこの道に足を踏み入れる直前まで、大勢の人間が歩いていて店も開いて商売をやっていたのに、急に、わたしがやって来るのがわかると、みんなが店の奥に隠れてしまい戸を閉めて電気を消して、カーテンの奥でクスクス笑っているのかもしれない。両側に並んでいる店の奥から居間の微かなあかりが、カーテンが風に吹かれて身もだえするように舞いあがるたびに洩れ、居間での人々の団欒のざわめきの気配がわたしを少し物悲しい気分にさせ、一つの光景を思い出させた。市営プールの帰り、それまで通ったことのない道を歩いて、曲り角ばかりを選んで迷宮のなかをグルグル回るようにしながら家に帰ろうとしていた時のことだ。一つの角を曲ると、静まりかえって人気のない狭い裏通りに入って、夏の午後のけだるい陽射しのなかで、狭い小さな前庭に植えられた植物までが午睡をしているような官能的に眠たい光が微風に揺らいでいて、開けはなたれた入口から見える薄暗い家の奥の壁に大きな鏡があってその反射光が廊下の黒い床板をなめらかな淡い光になって濡らし、まるで静かな他人の夢のなかに突然割込んだような、漠然とした異和感を感じ、自分の足音が見知らぬ他人の夢をさましてしまうのではないかと不安になる。前庭の多肉質の植物が夢の感覚を深める。夢を見ている見知らぬ他人というのは、他ならぬわたし自身で、わたしは町を歩いていて、自分の夢のなかに入り込んでしまったような気がする。それから、唐突に、カーテンの揺れ動きにつれて淡く明滅しながら洩れるあかりの向うの静かなざわめきに満ちた団欒といったものと、自分が遠くへだてられているという気持に襲われた。遠くへだてられてしまって、そこへはもう戻れないのではないかという根拠のない不安が胸を突きあげ、急に悲しくなった。家に帰ろうとしているのに。母に用をいいつけられた買物の包み（内臓を取った鳥一羽とキノコ一箱）を持って、走るようにして道をいそいでいたのに。

それからわたしは歩く速度を落し（というより立ち止って）、商店街の黒い家並の間から丸いなめらかな月が昇りはじめ、微細な網目のように半ば被さっていた水色の薄雲が夢の速度で月の周囲に流れて薄紫色に輝くのを見た。そして、まるで唐突に、まるで頭の血液がいっぺんに退いていく時の落下と上昇の感覚が同時におこる眩暈のようにして、ひとつの考えが閃く。この今わたしが見ている月は、はじめて見る月であり、同時にこれを見るのは今が最後なのだ、という考えが浮んだ。それから、そう考えたこの今の瞬間が、他の多くのことと同じように忘れ去られてしまうだろうと考えて無性に悲しくなった。それとも、いつかこの今の瞬間、今こうして見ている月と、この道と、風と、こうして今わたしの感じているすべての感覚を思い出すことがあるだろうか。この今の瞬間から、瞬間ごとに遠ざかっているのだという思いがわたしを苦しめた。時間というものが止ることなく流れつづけ、すべてのことを取り返しようもなく過去のものにしてしまうという思いが、歩く足の一歩一歩を重くした。それでも、わたしは決してこの瞬間のすべて、この夜見たものと考えたことのすべてを忘れないでおこうと願った。歩いて来た道をふり返って、店の戸口ごとに翻るカーテンのふくらみを見つめ、夏の午後のプールの帰りのけだるい路地の夢を反芻し、その大半のイメージをすでに忘れかけていることに気づき、あわててもう一度長い商店街の人気のない通りのすべてを記憶にとどめようとして見つめるが、その間に、なめらかな黄色の丸い月は家並の上で位置をわずかずつ変えてしまいそうだし、霞網のような薄紫に光っていた雲は、ずっと遠くのほうへ流れて、灰色がかった靄のようにかすんでしまっている。

それから、わたしは、唐突に今わたしたちが映画を見に行く途中で商店街を歩いているのだということを、ひどく奇妙なことのように思い出している自分を発見して狼狽する。春と初夏の間に差し込まれた一日といったふうの気持の良い夜で、彼女と親しく数時間をすごす約束をした最初の日だった。それまでわたしは、彼女を一目なりとも見るためと、あるいは運よく隣りの席にすわって短い会話をかわせるかもしれない、という期待で心臓を激しく鼓動させて、彼女の属している愚劣な幼稚な文学的集りに欠かさず出席し、もしかしたら彼女がそこでお茶を飲んでいるかもしれないと考えながら喫茶店に入り、彼女の姿が見えなければ、もしかしたら現われるかもしれないと彼女を辛抱強く待っていた。わたしは自分として出来るかぎりの努力をして彼女に近づこうとしたが、その努力というのは、せんじつめていえば、屈辱を味わうためのものだった。会合では彼女の姿を見ることが出来たし声をきくことも出来たし、喫茶店では微笑と会釈をかわすことが出来、その一つ一つのごくささいなしるしに一喜一憂し、彼女が示す若い女らしい無意識の媚態が、それが自分にむけられていると感じる時には恍惚となる最大の要因なのに、他の男にむけられる時には、いかにも自分が不当に残酷な仕打ちをうけているような惨めな気持になるのだった。

家に戻ってみると、出かけた時と何もかも同じで、母は居間のいつもの場所で籐の寝椅子に横たわって、懶《だ》るそうにあずき色の表紙の本を読んでいて、わたしの顔を見ると少し怒った顔をしてみせながら、どこで寄り道をしてたの、この子は、と言った。誰かにさらわれて戻ってこないのじゃないかと思ったわ。わたしは自分の見てきたことを説明しようとして口を開きかけたが、物悲しい焦燥感にしめつけられただけで、何一つ話すことが出来ない。すると、父が月を見ていたんだね、と言い、わたしは眼をパチパチさせて、短く、うん、と答える。買物の包みを父が受け取り、三十分で鳥が焼ける間に、お風呂に入ってしまえ、と言う。もう一人でちゃんと身体が洗える年なんだからね。頭はパパが洗ってやるよ。それから母が死んだのだが、それが一年後だったのか、一カ月後だったのか、一週間後だったのか、あるいは、一日後だったのか、わたしにはわからない。

あなたは時々ぼんやりしてしまうのね、と彼女が言った。苛立たしそうな嘲笑的な調子が声に含まれていたので、わたしの狼狽は余計つのった。商店街の飾り窓の光を浴びて、彼女はなめらかですべすべした無限に湾曲する皮膚で出来ている動物のように見え、わたしは沸騰する欲情に全身が満月のように充血していると思ったが、むろん、それを伝える術などありはしない。

わたしは母と一緒に汽車に乗っていた。汽車は駅に停車するたびに、レールと車輪のきしむ重い音が金属の分子の間を通過し、大仰な深い溜息のような蒸気を吐く音をたてながら車体をぶるぶる震わせた。駅に到着するたびに、まだ汽車を降りる必要がなく、ずっと乗っていられるのかどうかを母に確かめ、そうよ、という答えを聞いて深い安心感と満足のために恍惚となって大声で笑い出すのだった。帰りにはいつも母は悲しそうな顔をしている。わたしは疲れてうつらうつらしながら汽車の進行する規則正しい心地よい揺れにうっとり身体中をもたせかけて、濃いあずき色の座席のざらざらしたビロードの感触を指に感じ、窓の外の薄く濡れたようになめらかに光っている暗闇と、少しだけ開けてある窓から流れ込む夜の冷たく湿った空気にまじりあった煤煙のにおいをすい込む。それから黄色い丸い月が水の上をすべるようにして昇った。

　結局、とわたしは考えた。通路の向い側の席で男が網棚に大きな荷物をのせようとしていて、はずみで始発駅から乗っていたらしい若い娘の荷物のなかから無数の赤いりんごの球がこぼれ落ちて通路と座席を転がり、網棚から落下する赤い球体が桃色の光芒で閃きながらそれをよける間もなく娘の頭と肩にぶつかって弾けた。りんごは次から次へと馬鹿馬鹿しくなるほど落ちつづけるので、若い娘は顔を紅潮させていまにも泣き出しそうになりながら呆然としてしまっていた。それで、わたしは、結局という言葉の後にどんな言葉が続くことになっていたのか、すっかり忘れてしまったのに気づいて奇妙な気持になり、通路を転っていく真紅の甘酸っぱいりんごの香りをすい込みながら、それを一つ一つ拾いはじめた。すっかり驚いてあわててしまった若い娘が彼に、いくつかのりんごをお詫のしるしといったふうに差し出して頭を何遍もさげるので、わたしはその娘がかわいそうになり、微かな閃くような愛情を感じた。

家に帰ってみると、長い旅から戻って来た妻を無関心を装った嬉しさと隠された嫉妬で迎える夫が待っていて、父はわたしの口から、なにか母の秘密の存在をそれと知らずに暗示している言葉が喋られるのではないかと胸を痛めて蒼ざめたりするのだった。奇妙な男だ！　けれどそうしたこと全てがわたしの空想だったのかもしれない。母は長い旅など行かなかったし、その旅先で誰かと（若い男と）あったりはしなかった。なぜなら、母はわたしの覚えている限りいつも二階の南に面した障子越しに濾過されたほのかなみかん色の陽の射し込む部屋で寝ているか、階下の居間の籐椅子にくすんだ薔薇色の毛布で膝を覆って横たわっていたのだから。長い長い無限につづくかと思われる午睡の薄明――りんごの絞り汁のような色をした半透明でもの憂い微かに熱っぽい光――がわたしの母をいつでも取りまいていた。わたしは家の薄暗がりのなかをいつでもしのび足で歩きまわる。りんごの絞り汁のような甘酸っぱい午後の光のなかで、自分の手脚が同じ色に染まるのを見ながら、今自分は水のなかを泳いでいると思った。

それからわたしは家に戻った。妻は居間の籐椅子に横たわって、読んでいた本から顔をあげて微笑み、もう一晩くらいあちらにお泊りかと思っていたわ。お夕食はまだでしょう、という。ねえ、おつかいに行ってちょうだい。夜だけどもう一人で行けるでしょう。商店街のマーケットは九時まで開いているから、そこで鳥を一羽とキノコを一箱買ってきてね。小さな男の子は気軽に、オーケーと返事をして立ちあがった。で、どうだった？　妻がわたしに声をかけ、わたしは、まあ別にどうってこともないけれど、そうだ、帰りの汽車のなかで若い女の子にりんごを沢山もらった、きみの具合はどうなの？　と答える。

買物に行ったにしては長すぎる時間をかけて息子が戻って来て、妻が、どこで寄り道してたの？　誰かにさらわれてしまったかと思ったわよ、と笑いながら声をかける。小さい男の子は、何か言おうとして頬を紅潮させながら、顔を歪めて言葉をのみこむ。わたしは全てを理解して、月を見ていたんだね、と言い、彼は眼をパチパチさせて、短く、うん、と答える。

金井美恵子（かない・みえこ）　一九四七（昭和二二）年〜。小説家・詩人。群馬生まれ。詩誌『凶区』の活動で、一九六〇年代詩人の一人と目された。詩集に『マダム・ジュジュの家』などがある。その後は小説やエッセイを精力的に執筆し、『文章教室』『タマや』『小春日和（インディアン・サマー）』『道化師の恋』が、目白四部作として知られている。『プラトン的恋愛』は泉鏡花文学賞を受けた。「月」は一九七八年四月に『文芸展望』に発表されている。底本は『金井美恵子全短篇』第二巻（一九九二年、日本文芸社）を用いた。

3 身体のリズム、ルナティックな心

ルナティック・ドリーム女性器篇

松浦理英子

あなたは女性器を持たない。

あなたのしなやかな性器には、リボンを結ぶこともできるし帽子を掛けることもできる。あなたは冬の白く曇ったガラス窓を性器でこすって絵を描くのが得意である。あなたの性器はアンテナのように伸び振子のように揺れる。

わたしが持っているのが女性器だ。

常に湿り気を帯び温もりを溜めた女性器。さまざまなかたちに柔らかい襞を震わせる女性器。逞しい筋肉を秘め時には堅く絞られる女性器。宝石を嵌め込んだり花を挿したりシャンパンを注いだりできる女性器。


女性器は血と親しい。生まれて初めて激情に駆られたわたしとあなたが脱いだ衣服を天井に向かって放り上げ床を転げ回り体のあちこちに擦り傷や痣をこしらえながら性器をぶつけ合ったあの日も、わたしの股間からは血がこぼれ落ちた。

二人ともしばらく笑いが止まらなかったものである。何故なら、激情を映し出したわたしたちの眼球には繊細な赤い紋様が浮かび上がり、腕と言わず胸と言わず無数に印された歯と唇と爪の跡は塩と鉄の味のする体液を滲ませぬめっていたというのに、その上さらにわたしの性器までが血をこぼしたのだから、しつこ過ぎる語呂合わせを聞かされた時と同様吹き出してしまうのは無理からぬ。

全くユーモラスな仕掛けだ、初めての行為に際して女性器が出血するとは。恐怖の余りの失禁以上の滑稽さである。あの日わたしたちは、それぞれの体の血で彩られた箇所を女性器に見立てて指を突っ込む真似をしては大いに笑った。

女性器はまた月と親しい。もはや行為によっては赤に染まらぬわたしの性器だが、月の満ち欠けに呼応して二十八日おきに血糊を吐き出すのは相変わらずである。性器の上部に接続された球形の臓器、これが血糊を降ろすのだ。

この球形の臓器の名称をわたしは思い出せない。いつ頃からそれが活動し始めたのか、何のために活動するのか、ということも。

ただ、毎月血糊の降りる時期になると、わたしの下腹部は俄かに騒がしくなる。球形の臓器は拡張と収縮を繰り返し、独得のリズムでわたしを内側から連打する。連打のリズムに煽られてわたしは酔っ払う。月経が月の司る祭礼だとしたら、わたしは祭礼に不可欠の打楽器を下腹にかかえているようなものだ。血を噴く臓器は月光に感応してひとりでに鳴り出すドラムか。

あなたは血を湛えたわたしの性器を眺めるのが好きだ。赤黒く塗り潰されたわたしの性器が好きだ。性器が性器と見えないのが好きだ。

わたしにしても、崩れ落ちて来る臓器の内壁で性器が埋め立てられると悪い心持ちではない。わたしは臓器の瓦礫ごと性器を葬り去る。性器のないわたしは一個のドラムになる、月に一度。

わたしの体は何と優雅にグロテスクにできていることだろう。

たまにわたしはわたしのものではない女性器を瞼の裏に描く。

楊貴妃の女性器。ネロの母の女性器。ジャンヌ・ダルクの女性器。エミリ・ブロンテの女性器。エヴァ・ブラウンの女性器。ビリー・ホリディの女性器。アン・サリバンの女性器。ガートルード・スタインの女性器。しとやかな女性器。剛健な女性器。清朗な女性器。酷薄な女性器。鈍重な女性器。卑屈な女性器。厳粛な女性器。恐ろしげな女性器。気違いじみた女性器。慕わしさの発作に突き動かされいろいろな女性器を次々に眼に浮かべてみる。

世界中の女性器の悉くがいちどきに血をまとって姿を潜めればどうなるだろうか、

とわたしは考える。

あなたも知っているだろうか、月経がうつることを。わたしが月経中の者に身を寄せて親しく戯れればわたしもまた血を噴き始めることを。鳴り響くドラムが間近のドラムの膜を共振させるのにも似て、女性器を持った者同士は響き合うのだ。

子供、老人、及び受胎した者は別にして、もしも地球上の女性器を持つ者全員が一箇所に集まって何日も浮かれ騒ぎ続けたなら、一人残らず血を滴らせる瞬間がきっと訪れるはずである。

その瞬間何が起こるか。

長い間月経という祭礼を司って来た月が、地上の球形の臓器の大群が一斉に打ち出すリズムに反対に影響を受け、祭礼の主導権を失って狂ってしまうのではないか。二十億個もの女性器が連合すれば月の一個くらいよろめかせ得るのではないか。女性器の大合奏によって規則正しかった月の運行が怪しくなると同時に、海は荒れ地表は乱れるだろう。

女性器が集まっての大カーニヴァル。月への謀叛。こんな途方もなく愉快な夢を見るわたしのドラムは目下独演中である。


松浦理英子（まつうら・りえこ）　一九五八（昭和三三）年〜。小説家。愛媛生まれ。「葬儀の日」が文學界新人賞を受賞して頭角を現す。『親指Pの修業時代』で女流文学賞、『犬身』で読売文学賞、『最愛の子ども』で泉鏡花文学賞を受賞する。多作ではないが、他の代表作に『ナチュラル・ウーマン』や『奇貨』などがある。「ルナティック・ドリーム女性器篇」は一九八六年一二月に『GS』に発表された。底本は『優しい去勢のために』(一九九四年、筑摩書房)を用いている。

月光と蔭に就て

伊藤整

　鈴子が編物をはじめるのを見ると、私は、気づかれぬように室をぬけ出して、長い廊下のつき当りから、木製の階段をのぼって、ルウフ・ガアデンへ出た。私はそこのルウフ・ガアデンから見える風景を、湖をめぐって秋の終りの高原の紅葉が陽をすかしている午後を愛した。またそこで、陽に照されて、ぼんやりと喫煙する時間をなによりも私は愛していた。鈴子は、私が茫然としていることをひどく嫌った。それが彼女の病気なのだ。私が書物を読んでいないとき、翻訳をしていないとき、模型飛行機の製作に熱中していないとき、私は必ず彼女と話をし、彼女を見まもり、または彼女を愛撫していなければならなかった。でなければ彼女は、私が亡くなった葉子のことを考えているに違いない、と言いだすのだ。あなたは、妾《わたし》が葉子さんの病気をわざわざ手遅れになるようにしたと考えているのだわ、と言って彼女は真蒼に顔をひきつらせる。そして私の否定と、彼女の否定の否定とが繰りかえされるのだ。その病気のために、すでに避暑時期でなくなった、ひっそりとしたこの湖畔のホテルへ、私は彼女を伴って来たのだ。だが結果は更に悪かった。ここへ来てからは、もう街に居る時のように、私ひとりで外出する口実は何もなくなり、私は終日、彼女と顔を合わせて、彼女の猜疑的な眼に私の表情を裸で曝していなければならない。彼女もまた、私の顔が常に眼の前にある以上は、その表情のあらゆるものが彼女に安心を与えるのでなければ承知できなかった。また私が散歩したいときは、彼女も散歩したい時であり、私が釣に出るときは必ず彼女も編物を持ち出して傍に坐っていた。すでに彼女に気を配ることに疲れている私は、仕事にもかえって家にいる時ほどの根気がなくなり、すぐ飽きて、途方に暮れることが多かった。そして最後に私の考え出したのが、模型飛行機の製作である。単純な頭の働きで、私は長いこと、その作業に熱中した。はじめは、それが逃げ場所であったのだが、やがてその製作それ自身が私をとらえた。私はその作業をいつまでも続かせるために、段々と、困難な模型を計画し、しまいには湖上に着水するフロオトを持った飛行機の製作にとりかかっていた。だが鈴子は最近になっては、私の飛行機に熱中する態度にすら、疑を持ちはじめていた。

私はルウフ・ガアデンに出て、雨に白く晒されたベンチに腰かけ、何も考えまいとしていた。彼女のそれは単純に病気なのだ、と私は自分自身に押しつけていた。葉子のことを考えたあとでは、私は自分の表情が変化するのを知っていた。なぜならば、そのときは、鈴子が必ずそれを言い当てるからである。私が十日ほど旅行をする間、妻の葉子の友達の鈴子に来てもらったのだが、葉子は子供でなければ罹らない脳膜炎の手当遅れで五日ほど入院して死んだのだ。それはたしかに鈴子の手落であるかも知れなかった。また彼女自身の意識せぬ計量があったかも知れぬという考が、その後私と鈴子が同棲するようになってから彼女を苦しめだした。私ですらも、それを疑えば疑いうると思ったほど。けれども、いま私はそれを考えたくなかった。それを考えることは終のない摸索であり、推理による現実の捏造の危険が常にあり、その上少しも私と鈴子との生活に幸福を齎《もたら》さなかった。私は大きな陸のような雲が、湖上に落した影とともに吹き送られるのを見ていた。向側の真白いヴィラの二階の窓が、午後の陽をぎらぎらと反射していた。スカルが一隻樹の茂った崖の下の暗いところに、鳥のように浮いていた。

私は眼を閉じた。すると私の眼蓋の裏にひとつのシインが置きかえられて現われた。それは北方の市の、港を見下す高台にある家の露台だ。私は十歳ほどの少年であった。夕暮、その家の露台から見える紫色の街の空に花火があがった。それは目の下の海岸の一部分から、うち上げられ、するすると尾を引いて、開き、雨のような火になって散った。そして私はそれのはじける音を聞いた。おかっぱの葉子が、花火を見に行こう、花火を見に行こうと言って、坐っている私の脊中を押した。だが葉子の母は、甥の私にすら、夜になってから街へ出ることを禁じていた。葉子の母の寂しげな美しい顔を私はよく盗見た。彼女が感じていた不幸は、その大きさだけは今でも私は理解できるような気がする。叔父は貨物船の船長であったが印度洋で行方不明になってから永久に消息がなかった。葉子の母が、鏡の前にそうっと音を立てず坐っているのを、私はよく見た。私は彼女が常に不幸であるため、彼女の傍をとおるときは、静かにしなければならぬし、彼女の言いつけを破って、彼女を困らせてはならぬと悟っていた。駄目だよ、駄目だよ、と私は外出をねだる葉子をなだめた。また次の花火がのぼって、開いた。それは記憶の中のP市の夜の紫色の空に、毛細血管のように脈をうって幾度も現われるのだ。そして花火が尾をひいて開くたびに、私は若い葉子の母の憂鬱な美しい横顔が照し出されるのを見るように思った。どんなにか、私はその頃の葉子の母が好きであったか。私が学校を終えて、葉子と結婚の話が進められたときに、私は葉子に対して抱いていた愛情よりも、彼女の母を母とすることを考えて自分を決意させた。葉子の母を幸福にするために。私は結婚してからも葉子を、妻としてよりは、あの叔母の娘であり、妹であると第一に考えていた。その反面に葉子の友達の鈴子が、もっと女性としてだけの資格で私を魅惑していたのも事実であった。ああ葉子の死骸を前にして、老いた眼から、とめどもなく涙を流していた彼女の母、それが叔母の生涯の不幸の終りであった。彼女は今でも、それらの不幸な記憶だけを糧にして、あの北方の港P市の高台に暮している。

私は叔母に会いにP市へ行くことを考える。生活から不幸をだけ甘受して生きて来たあの叔母と、なにを私は話そうか。葉子のことだ。それは叔母を喜ばせるにちがいない。そして私は、葉子を話すことで、若い時代の叔母を語ることが出来るではないか。だが鈴子を伴っては、絶対にPへ行けないことに私は思いつく。そうだ鈴子を伴っては。私はすでに、その夢想の終りに到着し、また鈴子につき当って躓《つまづ》いていることを知る。私は立上って新しい煙草に火をつけルウフ・ガアデンを歩きまわる。飛行機のことを、私は考えなければならない。翼の角度を、尾翼の重量を、それからどうしてもうまく行かないフロオトの構造を。そうして私の思考の秩序を内部からとり換えておかなければ、私は自分の表情に安心して鈴子のところへは戻れないのだ。

私の水上模型飛行機はついに離水し、三百米ほど湖上を飛んで、美事に着水した。だがボオトに乗ってそれを追いかけ、それを積み込むやいなや、私はもう二度とそれを飛ばすだけの情熱を失っていた。それが計画どおり飛びさえすれば、もう私には用はなかった。私の思考力は持って行き場がなくなっていた。その飛行機が完成するまで、私は思考力の全部を強制的にそれに注入していた。今度は何をするか。私は湖上にボオトを流したまま仰向に船底に寝ころんで考えた。翻訳は続行するにはあまり長く放棄されてあった。もう私には、鈴子から韜晦するための手段はなにもない。こんどこそ私は正面から鈴子と向い合うことを覚悟しなければならない。私は舷にあたる小波の音を聞きながら、綿密に鈴子と私の立場の計算をしはじめる。飛行機の製作作業の続きのように丹念に、それをして置かなければ、私達の生活がこのままで破滅してしまうように思いながら。

鈴子はたしかに、以前から、私が彼女に興味を抱いていたことは知っていた。私も彼女と二人ぎりの時は、強いてその感情を隠しはしなかった。けれども、私は葉子を愛していないと意識したり、そんな行動をしたりしたことは無かった。鈴子以外のものの眼から見れば、また社会一般の観念からすれば、私は葉子に良人として完全につくしていたと言われて宜い筈である。たとえ私が葉子のなかに、妻としてより多く彼女の母の娘を感じ、彼女の顔や姿に、彼女の母の若い時代を見出していたとしても、それの結果は妻としての葉子への愛情という形をとってしか現われなかったのだ。それが鈴子から見れば、私がかなり葉子を愛していたことになるのだろう。

また鈴子が葉子の病気に対して、事実上なにか手落があったとしても明確に結果を予定した行動である訳はない。医者も、もう半日早ければ助かりましたが、と言っていたけれども、鈴子はむしろ友達としての自分の看病に自信を持っていて、医者を呼ぶのを遅らしていたのだ。たとえ、自分の看病がいいという鈴子の信念の裏に、彼女自身には絶対に発見されずに遅らせようという潜在意志が働いていたとしても、それは結果からの推測であって鈴子が責任を負うべきことではない。それは第三者の心理的遊戯にすぎない。もし鈴子が医者を呼び遅れたということに、自分の大きな過失を認めて自ら責められているのだとしたら、それは脅迫観念にすぎないから、思うままに彼女に語らせたならば症状が薄らぐだろう。けれども万一、葉子を看護している間に、今医者を呼ぶべきだ、と彼女が思い、そしてなお呼ばずにいたのだとすれば、鈴子の行為は道徳的に罪を構成していることは明かだ。それは怖るべきことだ。だがそんな微妙な点を、いまの鈴子のなかから探り出すことはできない。健全な頭脳の人間にとってもそんなことを確実に判断することは出来ないし、まして鈴子はその時自分の気持を自分で種々想像し、彼女のように私もそれを想像すると考えて、脅迫観念に襲われているのだ。たとえ彼女の行為にある意志が加わっていたとしても、それは後になってやっと彼女自身に判断できた程度のものだとしか思われぬ。否、それも、鈴子が私と接近して結婚してから、逆に彼女が自分の行為を推理したためだ。

そうすれば、と私は考える、葉子の生きている間から、鈴子に対して自分の愛情を隠さず、また葉子の死後当然のことのように鈴子と結婚した私も、その間でひとつの役割をしていることになるではないか。鈴子に対して以前に私が示した好意は、たとえ明確な言葉や行動ではなかったにしても、鈴子に、彼女のした行為に彼女の意志があったと想像させる一つの要素を供給しているものだ。そういうことがあって後私が鈴子と結婚したのは、鈴子の私に対する愛情があったにしろ、彼女をあのような心理的窮地に追込む決定的な原因であったのだ。鈴子の心理状態は、私たちの結婚からの溯及的な自己解剖の結果だ。とすれば、鈴子の今の状態は、正しく私に責任があるのだ。そしてなお私は鈴子を愛している。彼女の時々の狂的な発作に困却しながらも、私は私のもとめていた女性を彼女のなかに発見したことを知っている。私は鈴子とともに生き、彼女の病気を癒すことを考えなければならない。

鈴子の病気が、彼女自身の行為に原因しているよりは、むしろ私との結婚に原因している、と考えた時から私は鈴子を、私の前にあるものとしてでなく、私の内部にあるものと思うようになった。鈴子は私のうちにある疵だ。それが癒されるまでは、私は病気なのだ。

私は岸の方にボオトを漕ぎ出した。彼女はさっきから室の窓で私を待っているであろう。私の飛行機の成功について、いくつもいくつも彼女に話しすることがあるような気がし、それを聞く彼女のたのしげな顔を思い浮べながら、私は力いっぱいにオオルを引いた。

しかし鈴子の病気はちっとも良くならない。医者に見せなければならぬ、と思って、ある日私はさり気なく彼女に言った。

——もう家へ帰ろうじゃないか。

——だって、あなたの翻訳はまだ半分も済んでないじゃないの。

——しかしもう此処も飽きたな。

——でも家へ帰ったら、また毎日友達が遊びに来てなにも出来なくなるわ。あなた此処へ来てから飛行機の製作ばかりしていて、ちっとも仕事をしないのですもの。漸く飛行機をやめたと思ったら、もう帰るなんて、妾には解らないわ。いったい妾たちは此処へなにしに来たのでしょう。

——僕の翻訳と、それから遊びに。

——ちがうわ、あなたは妾のために来たのよ。妾が病気だと思って、そしてそれを忘れさせるために。

——そんなことがあるものか。

——じゃ、もっと居ましょうよ、あなたのお仕事がすむまで。

——でも僕はやっぱり、自分の書斎の方が仕事が出来るような気がする。

鈴子は不機嫌に黙ってしまう。彼女は逆に私を病気だと思っているのだ。私が書斎にひっそりと閉じこもるのを、私が葉子の記憶にひたっている時だと彼女はきめている。そしてこのホテルに居るうちに、私が机に向って茫然としていることのないように、私が仕事と鈴子だけで生きてゆくように、私を慣らしておこうと思っているのだ。彼女はどうしても私にそれをやりとおそうと思っている。それが思うように行かないと、彼女は妙な脅迫観念に襲われて、自分を罪人だときめこむ。私が書斎のことを言い出したのが、それでひどく彼女の気に障ったのだ。私は言いなおす。

——でもやっぱり友達がやって来るから同じことだが。

彼女は返事をしない。編物の針を瞶《みつ》めていたが、突然ぼんやりとした口調で言い出す。

——あなたは、お仕事をしている間になんでもなく、おいお茶を持っておいでとか、ナイフを取ってくれとか言うときに、葉子さんへ言ったつもりでいることがあるのじゃない？　だって妾、どうかすると、これは妾に言われた言葉でない、と思うことがよくありますもの。そんなときは、きっとあなたは何かに熱中して、我を忘れているときなの。だから、妾は。

彼女は言葉を切った。私はちらと彼女の眼を見て、いけない、と思った。たしかにそんなことが幾度かあったように私は信じはじめた。私は虚をつかれた。そして大きな声で彼女と自分とに打消した。

——馬鹿、そんなことがあるものか。

そして私は私の言葉に対する彼女の反応に注意した。彼女が単純に私の否定を受容れるようならば、それは根拠のない彼女のみの妄想だ。ところが鈴子は、私の声には気もかけず、自分の言葉の、自分の考の続きにひたっていた。彼女には、今言い出したことは動かしようのない前提で、それから先のなにかを言おうとしているのだ。それは必然にあの発作につながっている。そのうえ、彼女の観察はまちがっていない。彼女の言っていることは事実なのだ。彼女の真剣な顔を見ているうちに、私は自分のそんな無意識の行為のいくつかをはっきりと眼に浮べることができた。

——だから、あなたの気持の、ごじぶんでも気のつかないような内側にあるのはみな葉子さんなのよ。だからあなたにとっての妾は、外形だけの、あなたがはっきりと眼覚めていらっしゃる時だけの妾で、あなたがうっかりしていたり眠っていたりするときにはあなたには、葉子さんだけしか無いのよ。いくら妾が骨を折ってもそれは外側からの手当で、何にもなりはしないのだわ。あなたの髄は葉子さんで出来てるのよ。だから、妾。

と言って暫く額に手をあてていたが、彼女は立上って室から歩き出した。私もその後から外へ出た。冬に入りかける暖く晴れた日であった。鈴子はホテルの中庭から、裏の林の方へ出て行った。まだ褐色の葉をまばらにつけている林には、ちち、ちち、という小鳥の声があり、陽が一面にとおっていた。そのなかを彼女は落葉を踏みながら歩いて行った。彼女の白い毛糸の上衣に、木の葉と枝がつぎつぎに影を落してすぎた。彼女は極くもの静かで普通の散歩をしているのだ、としか見えない。そして林を出ると湖に面した崖の上にある石の椅子に腰を下して、また片手で額を支えていた。私は彼女の後方の木によりかかって、じっと待っていたが、恰度その時、ホテルの前でボオイが綱をひいて鐘を鳴らした。ランチの時間であった。私はそっと彼女の傍に寄り、肱に触れた。

――昼だよ。

鈴子は素直に立上って、私についてホテルの方へ歩きだした。だが今日は彼女の症状が非常に悪い。それが私の胸を圧しつけていた。

夜、私は眼を覚ました。鈴子がベッドから下りて扉に差し込んでいる鍵をまわすと、扉を開いたまま出て行った。トイレットかな、と思っていると、それと反対の右側に曲ったので、私は変な予感で、上半身を起して、はっきりと考えようとした。どこへ？　とにかく私はスリッパをつっかけて鈴子の後を追って出た。廊下の角についている小さな電燈に照されて、白い夜着だけの彼女が、浮いている映像のようにそうっと歩いていた。客の少いホテルは、まったく寝静まって、彼女のスリッパの音だけがひっそりと聞えた。彼女は、昼出て行った中庭への非常扉をあけて裏の方へ下りた。夢遊病、という言葉が私の脳髄を貫いた。そうだ彼女は夢遊病なのだ。私は廊下の窓に額をくっつけて、ちょうど私の前をとおる鈴子の顔を眺めた。はじめ、廊下の電燈が、そこまで届いているのかと思った。しかしよく見ると月夜であった。仮面のような、少しも表情の動かない、無感覚な顔が、硝子の内側に立っている私には気づかずとおり過ぎた。月の光がほとんど垂直に彼女の顔に落ちて、睫毛の細かな影を彼女の眼の下に投げ、瘦せ気味な彼女の両頰は、げっそりと濃い陰になっていた。それはまさに鈴子であった。しかし私が今まで全く見たこともない鈴子であった。私は戦慄を身体全体に感じた。それは、私から彼女を誘い出してゆこうとする夜へ、まざまざと月に透かされている林へ、無気味な眼を見ひらいた魚等を深い影のなかに沈めている湖水へ、それ等と応じてしいんと威嚇的に静まっているホテルの建物に対する、私だけの精神力の無力さを感じた戦慄であった。それらのものが鈴子を、私の全然見もしらぬものに造りかえているのだ。すでに彼女も、夜のそれらのものとおなじ精神に支配されているのだ。私は昼の鈴子を思い出した。すると今眼の前をとおった鈴子との間の相違、その間の距離が、突然、彼女とつながっている私の宿命を眼の前に突きつけて来た、そのとき私は完全に現実感をとり戻した。私は非常扉から、彼女のあとを追かけて出た。彼女の白い姿はホテルの角から林の方へ曲ろうとしていた。それは今日の昼彼女がとおった道である。私は走り出そうとした。だが、夢遊病者を急激に眼覚ませてはならない、という言葉が私の記憶のなかに閃いた。私は足音を忍ばせて彼女の後を追った。月が非常に明るくそこの斜面を照していた。樹々の幹の膚が、その傍をとおるときに、はっきりと私の眼に映った。だが陰になっているところは妙に薄暗く、蜘蛛の巣のようなものが私の顔に触れた。足音を立てまいとすると、私はなかなか鈴子に追いつけなかった。彼女は紙で出来た人形のように、するすると樹の間を縫って斜面を登って行った。それは私の手の届かない彼女の夢の中の行動だと思うと、彼女を追いかけている私自身も、彼女の夢に現われた一個の映像にすぎないように考えられた。ものの距離がはっきりせぬ月光の中では、七八間しか離れていない彼女に私はいつまでも届くことができず、彼女と私とは霧のように林の間に満ちている光に溺れている二つの影のように感じられた。私がやっと追いついた時には、彼女は昼腰かけていた石の椅子の傍に立っていた。私は彼女の肩に手をかけようとして、ふと躊躇した。私に脊を向けて立っているのは眼覚めた鈴子ではないのだ。それは眠りの中から遊離して来た肉体にすぎない。私はいま此処で彼女が眼を覚ましたらと想像して周囲を見まわした。

湖水は、向岸から私たちの脚もとまで一筋に月を照り反している外は、真暗で波の音すら聞えなかった。湖水をめぐった山々が奇怪な襞のある脊中で夜のなかに起伏し続いていた。明るいのに、それ等の景色は妙に黒ずんで、表面に反射する光線だけが目立っていた。左方に、湖水に面してホテルの建物は生物のように身を屈め、一つ二つの窓から灯が洩れているだけで物音を立てずにじっとしていた。叢のなかで弱々しく虫が鳴いていた。いま鈴子が眼覚めて、自分がどんなところに立っているかを知ったならば、と考えて私は激しい恐怖に襲われた。私はどうしていいか解らなくなって彼女の背後に佇んだ。そこに眼覚めているのは私だけであった。そうして黙っているうちに、私の精神力をも夜は段々と痲痺させてゆくようであった。月光のなかの荒涼とした死の方へ、気づかぬうちに私たちを引ずりこみ、予測もできぬ怖ろしい結果へ私たちを陥れようとして、夜は音もなく私たちに迫っていた。

伊藤整（いとう・せい）　一九〇五～六九（明治三八～昭和四四）年。小説家・詩人。北海道生まれ。詩集『雪明りの路』があり、その頃のことは長篇自伝小説『若い詩人の肖像』に描かれている。『変容』で新潮芸術大賞、『日本文壇史』で菊池寛賞を受賞。「月光と蔭に就て」は一九三二年一月に『新科學的文藝』に発表された。底本は『伊藤整全集』第一巻（一九七二年、新潮社）を用いている。天体を描いた他の作品に、「月光」「地球の終末」「月あかりを窺ふ」「月の出」「月夜を歩く」「月夜にめぐり逢ふ」「月は銀」「星の夜」などがある。

月夜の浜辺

阿部昭

高校時代、Mという級友がいた。隣町同士で、朝夕の通学コースも同じだったので、よく往き来した。受験の時も、おたがいに情報を交換しあっては、励まし励まされた。Mは思索好きな大人びたタイプで、思想研究会のメンバーで、文学的にも私などよりずっと早熟な男だったが、大学は経済志望だった。で、私は一番やさしい文学部を受けて一と足先に滑りこんでしまったのに、優秀な彼のほうが一年間浪人するめぐり合わせになった。

いま思えば心ない仕業だったと悔まれもするのだが、私は自分が使って用済みになった参考書や問題集を——もちろん純粋な親切心からとはいうものの、いとも無神経、無頓着に——Mに持って行かせたりした。立場が反対だったら、私は平然としていられたろうか？　Mのほうは、浪人中もあいかわらず勉強の頭を休めによく私をたずねてきて、海岸へ散歩に誘い出してくれた。どっちみち、Mの目からすれば、私は子供っぽくて、まるで分っちゃいなかったのであろう。

彼と過ごした高校三年間に、私は文学というものの或る気分のようなものを教わったように思う。Mの兄さんや姉さんもきっと読書好きな人達だったのだろう、彼の家には私などの所にはない本が沢山あり、遊びに行くと、その中から適当に選んでは貸してくれた。小説では、仙花紙に印刷した薄っぺらな室生犀星の『幼年時代』、詩では、戦時中に出た創元選書の『中原中也詩集』などが、それだった。

Mが中也のファンであることは、彼がその詩篇の大半を諳記していて、海岸を歩きながら、しょっちゅうそらんじていたことでも知れた。文学青年というものに偏見を抱いていた私は、Mのそんな独行ぶりに当惑もし反撥を覚えもしたが、といって、Mは所謂キザでなよなよした文学青年のタイプではおよそなかった。これは、おそらく中原中也の剛直な詩そのものとも大いに関係があることであろう。

受験時代のある晩、冬の寒い晩だったような記憶があるが、例によって二人で鵠沼の海岸へ出て、風の吹きすさぶ暗い波打際を江ノ島のほうへぶらぶらと歩いて行く途中で、詩人がうたっているのと同じ事が起った。もっとも、その晩も月が出ていたかどうかは、あやしいものだが、とにかく、その時、Mが濡れた砂の上に一個のボタンをみつけた。彼はそれを拾って私に示すと、大変な得意顔で中也の「月夜の浜辺」をやりだした。

月夜の晩に、ボタンが一つ
波打際に、落ちてゐた。

それを拾つて、役立てようと
僕は思つたわけでもないが
なぜだかそれを捨てるに忍びず
僕はそれを、袂に入れた。

Mは、つづく「月に向つてそれは抛《はふ》れず　浪に向つてそれは抛れず」という転調の部分を、おかしな投球モーションのしぐさ入りで演じ、最後の「月夜の晩に、拾ったボタンは　どうしてそれが、捨てられようか？」を、思い入れたっぷりに唱いおさめて、酔ったような奇妙な笑いを私に向けた。そして、やはりそのボタンを大事にポケットにしまった。

Mは、詩集の扉にあるお釜帽子をかぶった詩人の写真のことを、いつも「あの眼は普通の眼じゃないな」などといい、「とにかく、他の詩人《やっ》とは密度が違うからなあ」といったりした。彼の後塵を拝して、チュウヤ、チュウヤ、と口走るようになっていた私に、Mはそういう言い方でひそかに牽制球を投げてよこしたわけであろう。しかし、私は自分が詩人でないことも、Mが私の晩生《おくて》ぶりを憫笑していることも十分承知していた。
その後、Mは志望通り経済に入り、就職して、ごくあたりまえのサラリーマンになった。私はやがて小説を書きはじめたが、そのことによって自分が以前よりましになったとも感じられないのは、Mのような友達のことがいつまでも忘れられないからだろうか?

阿部昭（あべ・あきら）一九三四〜八九（昭和九〜平成元）年。小説家。広島生まれ。「子供部屋」で文學界新人賞を得てデビューする。父の生涯をモチーフにした「未成年」「大いなる日」「司令の休暇」「明治四十二年夏」の四部作が有名である。家庭小説を収録した『千年』で毎日出版文化賞を受賞。「月夜の浜辺」は一九七二年九月に『風景』に発表された。底本は『阿部昭全作品』第七巻（一九八四年、福武書店）を用いている。天体を描いた他の作品に、「月の光」「星」がある。

都会の夏の夜

中原中也

月は空にメダルのやうに、
街角《まちかど》に建物はオルガンのやうに、
遊び疲れた男どち唱ひながらに帰つてゆく。
——イカムネ・カラアがまがつてゐる——

その脣《(くちびる)》は胠《ひら》ききつて
その心は何か悲しい。
頭が暗い土塊になつて、
ただもうラアラア唱つてゆくのだ。

商用のことや祖先のことや

忘れてゐるといふではないが、
都会の夏の夜《よる》の更《ふけ》――

死んだ火薬と深くして
眼に外燈の滲みいれば
ただもうラアラア唱つてゆくのだ。

中原中也（なかはら・ちゅうや）　一九〇七～三七（明治四〇～昭和一二）年。詩人。山口生まれ。詩集に『山羊の歌』『在りし日の歌』、訳詩集に『ランボオ詩集』『ランボオ詩抄』がある。「都会の夏の夜」は一九二九年九月に『生活者』に発表された。底本は『新編中原中也全集』第一巻（二〇〇〇年、角川書店）を用いている。天体を描いた他の作品に、「月下の告白」「月」「（月の光は音もなし）」「月夜とポプラ」「（ナイヤガラの上には、月が出て）」「星とピエロ」などがある。

殺人者の憩いの家

中井英夫

1・月光療法について

橅《ぶな》や水楢《みずなら》の巨木に囲まれて建つこの高原療養所は、古めかしい尖塔や櫓樓を備えた石造りの館で、ここにはただ冴え冴えとした月光だけがふさわしいと思われた。事実、所長と私とは、あたかもリュネルの麝香葡萄酒を傾けでもしたように、その夜は月光についてばかり話し合っていたのである。実際に供されたのは、ポオの譚に倣《なら》ったものか、やはり月光いろをしたソーテルヌの一壜だったが。

「あなたがお書きになった〝月光浴〟という言葉。あれはいいですね。いや、実にいい。うちでも療法に取り入れてみようかと思っているくらいでして、月光療法なんて、第一あなた、しゃれてるじゃありませんか」

所長の高笑いにつられて、私も仕方なく曖昧に笑った。それは数か月前のY新聞に連載したコラムの一節で、双生児ブームを揶揄するついでに、私自身がかつては黄色に輝く茸だったこと、仲間が大勢いたこと、落葉の中で息づきながら冷え冷えとした月光浴を繰り返していたことなどを、確かな記憶として記したのだが、そんな片隅の小さな囲み記事に眼を留めていてくれたというのが、そもそも意外だった。車はどうにか入るものの、こんな森の奥には、新聞なぞまずめったに届く筈はないと決めていたからである。

しかし所長は、なおも熱心に、一葉の切り抜きを持ち出してくると、こういった。

「これは偶然あなたの書かれた翌日のM紙に出ていたんですがね、どうです、いい話じゃありませんか。月光療法を思いついたのも実はこちらからなんです」

見るとそれは〝サーカスこそ命〟という見出しで、柿沼サーカスの柿沼利男氏の半生を紹介している写真入りの記事だったが、冒頭にこんな談話が載っている。

〝そのころ、私はプールの掃除もやりました。二十五メートルプールを深夜一人で掃除するんです。月の光で膚がヒリヒリするほど焼けました。ウソだと思ったらやってごらんなさい。〟

柿沼氏はことし三十九歳だが、すでに二十歳のとき、ふとした油断からライオンに右の肋骨二本を喰いちぎられ、全身六十数か所を縫うほどの重傷を負ったという。その後も絶え間のない事故と闘いながらサーカス一と筋に生きてきた人だけに、その話

はいかにも迫力があったけれども、中で繰り返し、

〝本当に月の光で膚が焼けるんですよ。〟

というとき、私はこれがサーカスの団長なればこその、美しく凄まじい月光浴だったことを理解した。

夜に生き、荒野に生きることの意味。

もともと虎にしろ縞馬にしろ、本当は月の光の中を跳ぶときだけ虎であり縞馬なのではないか。闇の中に溶けて名づけがたい何物かが、その一瞬に限って名前を与えられ、またすぐ無明の闇に帰ってゆくというのが、それらの生物の正しい在り様なのだから。そして思えば、巨大な天幕を張ったままくろぐろと鎮まる夜のサーカス小屋ほど月光浴にふさわしいものはないだろう。

デキャンターでほどよく冷やされたソーテルヌ（但し所長はどこのシャトオともいわないので私も訊ねはしなかったが、上品な薄甘口からいってもなかなかのものに違いない）が新しく注がれ、私はグラスの脚を抓《つま》んでひとときその色に見入ってからいった。

「月光療法とはまた変った趣向ですが、サーカス同様、まあここぐらい月光が似合うところはないでしょうからね。何しろ療養所といっても窓は小さいし石造りだし、まるで中世の僧院といった趣きですものね。それに、中に住んでいる人たちも、もしか

すると、どうして猛獣どころじゃないといえるでしょうから」

遠慮のない言葉に、今度は所長の方が苦笑したように、「猛獣はないでしょう」と、柔らかくたしなめるようにいったが、私はかまわず続けた。それだけはどうしても訊いておきたかったからである。

「残念ながらまだお引き合せ願えないでいますが、実際のところ彼らの待遇はどうなんですか。まあ中では自由にしているとしても、外出はちょっと難しいだろうし……。その月光療法というのは、具体的にはどんなことをするのか、一度覗いてみたいですね」

「なに、奥の露台で月の光を浴びるだけで、お月見みたいなものですよ」

所長ははぐらかすように答えたが、それでもすぐ、しみじみとした口調でつけ足した。

「しかし考えてみると、本当にここに似合うのは、月光より月蝕の方かも知れませんな。前にお話しましたかどうか、実はこの館を買ったときから、敷地一帯を月蝕領と名付けたくらいですが」

月蝕領。

いかにもその名は、前に聞かされて以来、私には忘れがたいものになっていた。さりげない呼び方ではあるけれども、その名に秘められた哀しみが、僅かながらでも伝わる気がした。この土地も館も、本来は影に涵《ひた》された部分・影に沈むべき部分であって、かりに月光が黄の雫となって樹々の下枝《しづえ》から地面の朽葉にまで及び、そこに潜む地斑猫《つち》や毒蜥蜴ばかりでなく、ついにこの館の住人たちまでを他人眼《ひとめ》に立つほどに浮き上らせようとするなら、それはいちはやく秘匿されなければならなかった。というのは、名称こそ高原療養所となっているものの、ここに収容されているのは蒼ざめた結核患者でも月に憑かれた狂人でもなく、ことごとくが法の手を逃れた殺人者だったからである。

むろん彼ら lunicole すなわち月の住人たちが、日本国刑法第七章にいう犯罪ノ不成立及ヒ刑ノ減免各条のいずれに該当し、所長がまたどう手を廻してここに招き入れたのか、それも合法非合法のどんな手段でという話柄は私のもっとも知りたいところであったが、所長の態度は、まるでそれは遠い地上の問題であって、月蝕領内部のかかわることではないとでもいいたげに頑なだった。ただひとつ私の聞かされていたのは、彼らの殺人の動機が、情痴・金銭欲・怨恨・狂信のいずれとも無縁だということで、それだけは正門の鉄扉にもまして厳然とした入所の掟であり条件でもあるらしい。

人里を遥か離れたとはいえ、地元の住民に詳しい内情を知る者はないのか、それも心配であったが、彼らもかりにこの土地を再々訪れ、月光に浸された時間というものがいかに無力化し、恣《ほしいまま》に混乱するかを知ったなら、無用な詮索はまず諦めることだろう。たとえばここでは、葉末を洩れるどんな仄明りにも得堪えぬように、羊歯叢《むら》の中を後ろ趾で跳ねながら逃げてゆく小動物は、もしかしたら全長が三十センチにも充たぬ三畳紀の小型恐竜サルトプスかも知れないのだから。

もっとも、私が所長と知り合ったのは、現在のような隠れた精神病理学者としてではない。療養所を開く以前に、いまこうしてさりげないもてなしを受けていることでも知れるが、日本では数尠いワインの目利きとして紹介され、何くれと教示を乞うてからのことである。曽祖父の代から開化に先駆けた貿易商だったおかげで、薩摩治郎八氏と同じように、幼年時代から樽詰のメドックもグラーブもつねに身近かにあり、自宅で壜に詰め替える作業を眺めて育つという幸運に恵まれた。従って長くボルドー物だけで来た由で、バーガンディ党の私にはいささか残念な気もするのだが、これはこれで貴重な存在に相違なく、長じてフランスに留学したのちも、人間よりワインのmaladieに詳しくなって、一流処から診察を乞われることが多かったという。パリで最高級とされているシャンゼリゼのワインレストランでも、パトロンの信頼が厚いため、二十五人のコック、五人の菓子職人が立ち働く調理場をくぐりぬけ、十八万本のワインを常備している広大もない地下の酒庫へ出入りするのも自由という身の上となった。

そこではたとえば四二五番の棚にはシャトオ・レイニュとリュセック、四二六番からはラフォーリ・ペラギュイが年代別に寝かせてあるのだが、こちらへ曲って四九二番から五二二番までにはシャトオ・イケムの一八七六年が何本、一九〇八年のフィジャックはどことというふうに全部頭に入っているので、シェフ・ソムリエに顧客の予定を聞きながら眼を光らせてゆく。マルゴー村といわれればシャトオ・マルゴオの三三年があと四本、ローザン・セグラの一七年は三本しかないと即座に答えるほどで、壜疲れ maladie de bouteille にかけては定評があったから、ボルドーの倉庫から新入荷が着いたときの検品は一仕事だったらしい。もっともその合間には抜け目なく、このシュバル・ブランは昔と違って作り手もすっかり変ったことだし、どれほど練れるものか、試しに船で日本へ送ってみようなどと厚かましい〝実験〟を再々提案し、パトロンも笑ってそれを許したというから、月蝕領の地下の貯えは、いまなおボルドー宗の信者にとっては、垂涎の的といえる筈であった。

だが今夜ひとりでここを訪れたのは、その酒庫だけが目当てだったのではなく、私にはいくつかの目論見があった。むろん来たときは、いつも秘蔵の逸品を惜し気もなくふるまってくれるので、あとから真紅の光を返すクラレットが持ち出されることは疑いがない。それはそれで娯しみだが、それよりも長距離電話で都合を訊ねた折、これまではまったく引き合せようとしなかった収容者のひとりを紹介してもいいような口ぶりだったので、それも気がかりだった。もしかするとそのひとりというのは、新しく入所したまだうら若い lunicole ではないのか。鋭くしかも哀しい鷹の眼を持ち、しかも事と次第によっては、彼の犯した殺人の奇妙な動機と、ひょっとして奸智に長けたその手段までを詳しく聞かせてもらえるかも知れないという期待もまた大きかったのである。

2・月蝕領主の野心

この期待はひどく違った形で充たされはしたのだが、しかし何より先にお断りしておかねばならぬのは、私にはどうやら純粋な探偵小説を書こうという気持がとっくに喪われてしまったことで、これが何によるものか、自分では薄々察しがついている。軽々に打ち明けもならぬがいずれ記すとして、いまの心境をいえば、かつてあれほどに心を喫《そそ》られた密室殺人も一人二役も死体移動もしらじらと遠いものとなり、すぐれた探偵小説を読む喜びだけはどうにか残されているものの、どうでも自分の手で創り出そうという意欲はどこにも見当らない。譬えていえばそれは、とっくに閉《は》ねてしまったグラン・ギニョールの真暗な舞台に向って、まだ未練がましくたった一人で坐り続けているかのように、空しさだけが残されている始末なのだ。

何もこんな廃墟のような小屋にいつまでもいることはない、表に出さえすれば、そこにはイルミネーションも眩ゆい歓楽街があり、それがあまりにけばけばしいというなら、ひとつ角を曲れば昔懐かしい横丁が残されてもいる。私などの生まれる前から探偵小説を書いている長老がなお矍鑠《かくしゃく》として、改めて日本一長い新作を掛けた赤煉瓦の大劇場も健在だし、妖姫カペルロ・ビアンカが俄かにビアンカ・カペルロと名を変えて出演する黒ずくめのオペラ座も復活した。狐や鶏などの小動物だけで巧みな演出を見せていた紳士は、本職を生かしてガストロノミーを実践するためのレストランを併せ開いたというし、さらにはオフオフブロードウェイといった按配で、新鋭の奇術師がからくり尽しの見世物を出して評判を取るかと思えば、白面の青年がどんでん返しに次ぐどんでん返しの十二段パノラマを完成したばかりということで、それらの熱気はいやでもこちらに伝わってくる。まあ少し元気を出して新しい空気に触れてみようじゃないかと自分をけしかけ、そこでふっとまた生来の懦夫よろしく腰を落してしまうというのは、うっかり外へ出ると、そこはかねて見覚えのある街とは微妙にどこかが違っていて、大がかりな罠の中にまたしても囚われてしまうような懼れが強いせいであった。

前にも一度そんな経験をしたことがあり、そのときはパリの町だとばかり思っていた外がいきなりニューヨークに変っていたほどに愕いて、慌てて元の小屋に逃げ帰ったのだが、考えてみればもともと歓楽街という以上、古めかしい劇場ばかり並んでいても仕方はない。暴力とセックスの活劇が受けるのも当然だろうし、大資本の投下で味気ない高層ビルが乱立しても不思議はない。だが私にはいつまで経っても洋燈《ランプ》や幻燈に胸躍らせた昔が忘れられず、黴臭い蔵の中に潜むようにして、蜿蜒《うねくね》と流れ出す血糊を白昼の幻として眼を瞑り続けていたい、臆病な小動物のように物陰に潜んでいたいという欲求がますます強くなりまさるばかりなのだ。

だが、そんな理由だけで探偵小説を書かなくなったわけではない。古ければ古いなりに根強い少数の読者は別な期待を抱くだろうし、おどろおどろしい怪奇趣味はまだまだ生き続けもするだろう。そうではなくて、何といったらいいのか——そうだ、私はこの月蝕領の存在に魅かれすぎ、ほとんどそれに同化したがっているといったら、少しは近い説明になるだろうか。

これまで私は幻影の黒鳥と倶に棲んで、久しく黒鳥館主人を名乗ってきたが、八年前、タスマニアを旅して、首尾よく渠《かれ》を中部の湖に返すことによってその館を出た。さらに四年前、バガテルやライレローズ、あるいはジャルダン・マルメゾン等の薔薇園をめぐってのち、我家の薔薇はことごとく彼の地から流刑されたと気づいて流薔薇園の園丁を志した。だがそれはどこかしら充たされぬ、不満な旅であって、どこか必ずもうひとつの、本当におちつける終《つい》の栖《すみか》があると思い続けてきた。それを、ワインを仲立ちとして高原療養所の設立を知り、その土地を月蝕領と呼ぶと事もなげにいわれたときの愕き！　私は表情を匿すのに懸命だった。聞えないふりさえしようと思った。それくらい私はその名に憧れ、自分で考えつかなかった愚かさを悔やみ、果ては激しい嫉妬さえ感じた。

月蝕領主。

あといくらも残されていない生の最後に、もしその名を名乗ることが許されるならば――。私が続いて何を考えたかは、もうお判りいただけたと思う。目的を果すためにはまずこの所長をひそかに抹殺して、私が代らなければならぬと知ったのだ。そしてそのときから探偵小説を書くなどという、やくたいもない情熱は喪われた。実行不可能なトリックなぞいくら考えても何になろう。本物の殺人――これまで夢の中でしか果したことのないそれを、もっとも手際よく、何の痕跡も残さずに完遂するための方法。それだけが私の関心事となった。実をいえば流薔園という山荘を作ってそちらに移り住んだのも、療養所からは車で一時間とかからぬ土地という魅力もあったのだ。

しかし、すぐに私は、本当に勇を奮って実行するには、あまりにも困難が多いことに気づかねばならなかった。かりにすべてがうまくいって、新しい所長すなわち月蝕領主として君臨したとしても、当然それにまつわる資格は云々されるだろうし、地元の警察との関係は何よりもまず訊き質《ただ》しておかねばならない。正門の鉄扉をあけるときだけ姿を見せるいかつい看守、ワインに添えるアラカルトを供する給仕女など、使用人の数と実態。経理を初めとする運営の仕方にも通暁し、何よりここに保護されている名負ての殺人者たちとどうつき合ったらいいかを考えると、最初の考えはあまりにも子供じみた、まったく無駄なプランだと思い知らされた。

それよりもっと簡単な方法は、とにかくここの所長が、よし気に入ったといって迎え入れてくれる別な殺人を犯すか、あるいは得意の嘘で架空の殺人をでっちあげ、ともかくも客人としてゆっくり逗留する資格を得ること、その上で細心の計画を練って、ごく自然に第二の殺人、つまり所長殺しを実行して入れ替った方が上策であろう。

こうして私はここ数年、探偵小説の筋書きを考えるより先に、本物の殺人の手段をひたすら思いめぐらしてきたのだが、そこにはまだまだ遊び半ばの、どうせ本当に出来やしないという自嘲も入りこんでいたことを率直に認めねばならない。夢の中ではあんなにも平然と人を殺し、あるいは外人部隊の兵士となって敵と渡り合うことも辞さぬ私が、実生活では本当に無力な小動物――先にいったサルトプスかシーロフィシスのたぐいにすぎぬことを充分に思い知らされた。

だが、ことしになって、いやでもそれを実行しなければと思い始めたのには、三つほど理由がある。一番めはたぶん唐突に思われるだろうけれども、なぜ三島由紀夫はあの年の十一月二十五日を絶対に自決の日としたのかという久しい疑問が解けたからで、それは意外に簡単なことだった。つまり彼にとって十一月二十五日は、自決の日であるより先に、最後の長編『豊饒の海』が完結した日だという点を重視すればよかったので、本当はあの年の八月に擱筆しているものを、なぜ意地になって〝十一月二十五日完〟と記したのか、年譜を辿りさえすればいい。その二十二年前、昭和二十三年の十一月二十五日に、他ならぬ最初の長編『仮面の告白』を起筆しているからである。

この小説は周知のように性と死の一如を隈なく語っているが、その性はまだおよそ常識とかけ離れた同性愛者の真摯を極めた告白であり、初めから仮面なぞありはしなかった。証拠？　証拠が要るといい張る人は、たぶんワインでもラベルを貼り替えさえすれば、シャトオ・イグレックを四三〇番の棚にあるディケムの三七年だと随喜することだろう。まあいい、初刊の河出書房版で九九頁から一〇〇頁にかけての文章を任意に引いて、その証拠としよう。

……生まれながらの血の不足が、私に流血を夢みる衝動を植ゑつけたのだつた。……死は血に溢れ、しかも儀式張つたものでなければならなかつた。拷問道具と絞首台は、血を見ないゆゑに敬遠された。……苦悶を永びかせるためには腹部が狙はれた。犠牲は永い・物悲しい・いたましい・いふにいはれぬ存在の孤独を感じさせる叫びを挙げる必要があつた。

そしてまだこれらが夢想にすぎぬ証しを立てるために、彼は二四九頁で自分をこう定義してみせた。

……お前は人間ではないのだ。お前は人交はりのならない身だ。お前は人間ならぬ何か奇妙に悲しい生物だ。

そしてそれから二十二年後、三島はついに誰にも理解されなかった〝存在の孤独〟を負ったまま、傍目には〝何か奇妙に悲しい生物〟とせめて思われるため、同じ日に自分で〝腹部を狙〟った。〝永い・物悲しい叫び〟は、実際に声によって発しられなかったが故に、誰の耳にも届かなかった。

この壮烈な死のあと、私が考え続けてきたのはたった一つのことで、それが二番めの理由でもある。少年時代から私は、何とかして自殺か発狂かのいずれかによって自分を罰したいという思いに苛まれてきたが、もうひとつ、殺人を犯すというもっとおぞましい手段があることは気がついていた。そのためにはまだ自分に何かが欠けていると知ってこれまで実行に移す気はなかったが、本当に〝最後の小説〟を書く気になれば、あるいはそれも許されるかも知れない、いや絶対に許される筈だというのがその二番めの理由である。

何よりいけないのは太宰治も書いている、おいでおいでをするあのデーモン、もう少し生きていればほんのちょっとだけいまよりましなものが書けるかも知れないという錯覚で、そいつを溝に叩き込むことが先決だ。それにしてもフランソワ・ヴィヨンがいまなお大詩人と讃えられるのは、殺した相手が堕落司祭というだけの理由か、それとも五百年の歳月がすべてを濾過したということか。ジャン・ジュネの作品はサルトルなしでも本当に社会に受け入れられたのか、果して作品が行為を聖化することなどあり得るのか。それに何よりこのちっぽけな俺が、三島だのヴィヨンだのを持ち出すことが滑稽すぎはしないかと、本物の殺人を果してその経過を最後の小説とする誘惑には充分魅せられながらも、私はなお思い惑っていたのだが、ついにことし一九七八年だけの、三番めの理由が襲った。

他でもない、三月二十四日の深更に天空を仰いで心を決めたのだが、私の誕生日である九月十七日もまた同じ皆既月蝕だというのがそれであった。これは決して偶然ではない。その日おそらく私の生誕したと同じ時間に、月はこの醜い地球の影に徐々に徐々に涵され、ついに窮まって暗緑色に輝き出すそのひととき、私はあらゆる手段・あらゆる奸智を弄してでも月蝕領主にならねばならぬことを知ったのである。

3・再び月光療法について

それを使命だなぞと野暮なことをいう気はない。使命という四角張った言葉には、どこか狂信の臭いが纏わりつき、折角の意図を曇らせる懼れがある。私はただ〝月蝕領主〟という四文字のしゃれた肩書が欲しいだけだと、Only this, and nothing moreと呪文を唱え、黙々と実行し、そしてすべてを〝最後の小説〟に写せばそれでよかった。それで何かが完璧に終り、その余のことはそれこそ地上の問題で興味はない。

こうして今夜、私はしたたかな決意を抱いてここに乗り込んできたのだが、といって急ぐつもりはさらになかった。ソーテルヌは残り少なになったが、まだ次のクラレットが出る気配はないし、うら若いlunicoleを紹介しようといい出す様子もない。それを幸いに、かねて疑問に思っている入所の動機について、もう少し詰めておくことにしようと決め、私は杯を置いていった。

「実はですね、先生。ここの存在からヒントを得て、いま『殺人者の憩いの家』という小説を書きかけているんですが、ちょっと納得できないなと思うのは、前におっしゃった殺人者の動機ですね。確か情痴・金銭欲・怨恨・狂信のいずれであっても入所の資格がないとお聞きしましたが、どうなんでしょうか。たぶんそれはあまりにも地上的な動機で、やたら生臭いんで拒否されるお気持かも知れませんが、生臭ければこそもっとも人間らしいともいえる筈で、それを全部否定してしまったら、あとは気違いの論理だけがまかり通ることになりませんか」

私がこういい出したのは、むろん魂胆があってのことで、尠くとも所長殺しの動機だけはこの四つのうちどれにも当て嵌らぬことは確かだけれども、さてそれをどうやって所長自身に認めさせるかが問題であった。

実行案に倦んだとき、私はよく空想したものだ。その論理に従えば所長は、どのような殺され方であれ、末期の薄ら眼を苦しげに見開き、ついでこちらの動機を聞き終ったら、判った正しいというように何遍も肯き、震える手を虚空にまさぐりながらでも私に入所の許可を与えるサインをしなければならない。

昔から見慣れた胡麻塩まじりの頰髯や、長寿の印しの眉の白毛、齢のせいか妙にだぶだぶした服といったいつもの風体も、そう思って眺め返すとどこか滑稽に思えたが、そんなことと気づかず、所長は優しく肯いた。

「そういわれればそうかも知れませんな。ですから多少の注釈が必要としても、それはごく簡単なことで、初めの二つには低俗なとつければいいし、あとの二つには無知なと断ればいい。つまり低俗な情痴と金銭欲、それに無知な怨恨と狂信。その理由による殺人はここでは認めん、従って受け入れるわけにはゆかんと、まあこういうことです」

私はひととき黙った。知りたいのはそんなことではない。私の動機を認めるかどうかが問題なのだ。まだ打ち明ける訳にはいかぬけれども、少しだけ仄めかして反応を見たいという誘惑には勝てず、とうとう私はこういった。

「そういえばいつも考えるんですが、ポオの『アモンチリャードの樽』ですね。あれではモントレゾールが懲らしめのためというか、結局は怨恨のためにフォルチュナートを地下の硝石だらけの酒蔵に閉じこめてしまうわけですが、あれを反対にフォルチュナートが、どうしてもアモンチリャードの樽を独り占めにしたくなって、モントレゾールの方を殺してしまったとしたら、その動機はどうなんでしょう。金銭欲というんじゃない、ただただバッカスの徒としてなら、ここの入所の条件には適うわけですか」

さすがにこの質問には所長もめんくらったようすで、

「なるほど、それは難しい問題ですな」

そういうと、すっかり本気になって考え始めた。私はその素直さにおどろき、これはもしかすると私の計画も意外にすんなり行くかも知れないと思ったほどである。今夜のところは仄めかすだけに留め、次にお眼にかかるときは重大な相談事があるといっておく。して次に実は本気で〝最後の小説〟を書くために実験として殺人を犯したと、念入りに設《しつら》えた作り話をする。それだけは信用してもらえるよう、もう充分な用意ができているのだ。そして晴れて入所を許されたら、中で着々とその小説を書き進めながら機会を窺い、九月十七日の皆既月蝕までにその双方を完成しさえすればいい……。

ところで私がポオの話をしてみせたのは、この地下の酒蔵のどこかに、アモンチリヤードならぬバ・アルマニャック、それももう世界中探しても二十本もないといわれる、マルキ・ド・モンテスキューの一八六五年が一本だけ秘蔵されていると睨んだからで、この情報はパリにいる友人からもたらされた。フランスでもドゴール大統領の就任祝賀晩餐会に供されただけという逸品中の逸品がここに在るということは、かなり悪辣な手段が用いられた筈で、こんな森の中に隠棲まがいに引込んだのも、もしかしたらその一本を秘匿するためかも知れず、それとなく様子を探ってくれというのが、パリの友人の懇篤な頼みであった。いや、私が〝最後の小説〟を賭けてでもここに入りこもうとしているのは、この人類の秘宝のためといっても信じていただけるかどうか。

こうしたさまざまな思惑があるとも知らぬまま所長は、まだけんめいに頭をひねっていたが、とうとう、

「いや、すっかり判らなくなりましたよ」

と顔を挙げて、屈託のない笑顔を見せた。

「ま、それはゆっくり考えるとして、夜も更けました。とっておきのクラレットをお出ししますから、ちょっとお待ち下さい。クラレットの後で、お約束の奥へ御案内しましょう。たぶんあなたの小説、それ、何といいましたっけ、そう『殺人者の憩いの家』には、きっとお役に立つと思いますよ」

ほどなく新しいデキャンターに、神秘な赤を揺らしながら、その秘蔵品がお出ましとなり、新しいグラスが整えられた。給仕女がいつものとおり無表情に現われ、小ぶりな肉料理の皿を二人の前に置いて、また一言も口を利かぬまま退っていった。

「夜食ですからおなかに溜らないものと思って、マヌウール風の犢《こうし》にしました。ごく柔らかくしてありますから」

どこかで聞いたような名だが、何だったろうと考える間もなく所長が続けた。

「きょうはちょっとした趣向でね、このクラレットの銘柄を当てていただこうと思っているんです。なに、必ず当たるようにヒントは差し上げますから」

そういわれて私は大慌てで手をふった。

「駄目、駄目、とても駄目ですよ。バーガンディならともかく、ボルドーとなるとからっきしなんで、第一ろくに飲んだことがないんですから」

それは本当だった。肌が合わぬなどといえた柄ではないが、奇妙に関心がなく、折角ボルドーを訪れたときも、ランバンの香水工場の工場長にサンテミリオンのレストランへ案内されただけで、その前にシャトオ巡りをしないかと誘われたのも断ってしまったほどである。風薫る黄金丘陵《コートドール》なら、また何遍でも行きたいと考えているのだが。

しかし所長はきかなかった。

「大丈夫ですよ、年代までとはいいませんから。いいですか、これはメドック。ついでにいってしまうと、いちばん南に近いサン・ジュリアン地区。ほら、もう判ったでしょう」

そういって注いで寄越されたグラスから、得もいえぬ深いブーケが立ち昇り、私は色よりも先にその中にのめりこむ思いがした。

それに所長の言葉には、緩やかに誘う微笑のようなものが隠されていて、それが妙な自信を呼び起すような気がする。メドックなら判る。それにサン・ジュリアン地区というのも確かに聞いた名だ。待てよ。もしかしたら……。

私はいったん置いたグラスをまた手にし、静かにルビー色を揺らしながら記憶を探った。思いきって一口啜った。意外なほど渋い味がする。しかし同時に、ふつうなら判る筈もない銘柄をはっきりと思い出し、笑いながらその名をいった。

「タルボでもなし、ベイシュベイユでもない、これは……これがあのシャトオ・ブラネイル・デュクリュなんですね」

「そのとおり！」

所長もいっそう晴れやかな笑顔を見せた。

「三四年とはいきませんでしたがね、若くても独特な風格があるでしょう。ちょっと渋いかなというような」

判る筈だ。ロアルド・ダールのあの絶妙な短編集『あなたに似た人』が訳されてから、何度読み返したか知れないのだから。いやらしい唇をした美食家のプラットが、小狡いトリックでもっともらしくこのワインの名を当てる巻頭の『味』は、いわゆるワイン物の中でも気に入って、いつかは同じような趣向で書いてみたいと願っていたくらいだから。しかしこんなお遊びにブラネイル・デュクリュを持ち出すとは、月蝕領のコレクションは底が知れないと私は思った。

名前を覚えていたのがよほど嬉しかったのか、所長はいよいよ上機嫌にいった。

「ソーテルヌの後だと、初めのうち苦いように感じるかも知れません。一杯めは口の中を洗うつもりであけて、二杯めからゆっくり味わうといいでしょう」

いわれたとおり私は、コートドールの旅で覚えた利き酒のやり方で、歯でがしがしと音を立てながら一杯めを飲み干した。

「おみごと」

所長はなぜか急に冷やかな眼になっていた。急速な悪感が私を襲った。

……………………

「痺れ薬をたくさん仕込んでおきましたから、まあそこで涎れでも垂らしていて下さい」

そんなことをいいながら所長が、頬髯をむしり取り鬘を外し、だぶだぶの洋服を脱ぎ棄てて別の誰かに——どうしても思い出せないがよく知っている誰かに変貌したのは、もしかするとその場限りの悪夢だったのかどうか。一瞬、ああまた罠にかかったという思いが掠めたなり、まったく無抵抗に椅子に凭れたままだったから、私には何ともいえない。

「まあ己惚れも大概にするんですな。誰があなたなぞにブラネイル・デュクリュを出すもんですか」

所長は——もう所長ともいえない何者かは、しきりに毒づいた。

「いままで講釈を聞かせて勿体ぶって飲ませてあげたのも、全部ブレンド物の安酒です。ありがたがって眼なぞ瞑って飲むから呆れました。帰ったあと腹の皮がよじれるほど笑いましたがね」

声だけは耳の底に痛いほど届き、私は肯く他なかった。そう、私にはバーガンディもボルドーもない、ワインのことなど何ひとつ判らぬというのが正直なところだ。しかし、通ぶるのは誰でもすることで、そのためにこんなひどい目に合せられるいわれはない。

声は続いた。

「初めのうちはただのネタ探しだと思うから相手をしてあげたんですよ。雀の涙ほどですが才能はあると思ってのお情でね。それを、どうも様子がおかしいから探ってみると、本気で中に入りこんでこの私めと入れ替ろうとは太い料簡ですな。あなたなんぞに月蝕領を荒されちゃたまりません。あなたが私に化けられるくらいなら、私めが何にでも変装してあげます。約束だからこれから奥へ案内しますが、見て驚きなさんな。あなたに引き合せるといったのは、あなた自身のことなんですから」

この声がこんな陰湿な調子だったかどうかも実は自信がない。これまで人から鞭打たれるような言い方をされたことがないので、自然とそう聞えたのかも知れない。そしてその声の一と鞭ごとに私は意思も気概も誇りさえも喪い、何にでも従順に肯く人間に変ってゆくのが自分でも判った。〝約束どおり〟抛りこまれた鏡の部屋の苛酷さがそれを決定した。拘束衣を着せられて、ただ恨めしそうに眼を光らせる〝お仲間〟も見た。禁固室・拷問室の惨忍さを詳細に語る勇気は私にはない。〝殺人者の憩いの家〟など、もともとあろう筈はなかったのだ。未遂の私でさえ、これほどの罰を受けるからには。

私が独り身であり、今度の計画のために身辺を整理し、変身願望に駆られて親しい知友にさえ月蝕領の存在を秘密にしていたことがその罰を容易にした。

判決は裁判もなしに、所長の一存で決定された。夜ごとの月光療法がその第一で、これにはまだ堪えられる。裏の露台に裸で括りつけられ、膚がヒリヒリするまで月光を浴びればよかったのだから。しかし第二の、この判決だけは堪えがたかった。

「いいですか、あなたが探偵小説を書かないのは、ただ怠けているだけだと自分でも判ってるでしょう。だから私がこうして鍛えてあげます。まず月の光でよう く頭を冷やして、毎晩せっせと〝最後の小説〟を書くんですね。それが出来たら私があなたに化けて出版社へ持って行きます。どうです、できますか。できなきゃ九月十七日の月蝕の夜に望みどおり処刑してあげますよ」

そして無理矢理書かされたのがこの小説だ。しかしこんなものが私の〝最後の小説〟であっていい筈はない。おいでおいでのデーモンに、ここまで来てまだ蝕まれねばならぬのか。ただひとつの望みは、これを持って現われたのが本物の私ではないと誰かが見破ってくれることだが、変装した所長を見て、その望みも棄てなければならなかった。彼はおぞましいまでに私に似ていた。そうだ、あまりにも似すぎると思えるまでに。

私は今夜も露台に繋がれ、無心な月光を浴びている。月は膚ばかりでなく、私の脳の内襞《ひだ》にも及び、やがて私は静かに発狂してゆくだろう。せめてその前に地下の酒庫へ潜り込み、バ・アルマニャックの壜を叩き割ってやりたいものだが、そんな名前の酒が本当にあるかどうかさえ、すでに私には朧ろである。

中井英夫（なかい・ひでお）一九二二～九三（大正一一～平成五）年。編集者・小説家・詩人。東京生まれ。別名は月蝕領主。短歌雑誌の編集者として、塚本邦雄・寺山修司・春日井建を見出す。『悪夢の骨牌』で泉鏡花文学賞を受賞。代表作に長篇小説『虚無への供物』がある。「殺人者の憩いの家」は『幻影城』の一九七八年六・七月合併号に発表された。底本は『月蝕領宣言』（一九八〇年、立風書房）を用いている。天体を描いた他の作品に『月蝕領崩壊』がある。

4
月の人／月のうさぎ／かぐや姫

月の人の

井上靖

角川源義氏のお見舞に上がったのは、亡くなられる前日であった。まさか、そのようなことになろうと思っては伺わなかった。しかし、病室へ一歩入った時、容易ならぬ病状の中に氏が坐っておられ、迫り来るものと闘っておられることを、否がおうでも知らざるを得なかった。

私は氏に角川文庫の『星と祭』の解説を書いて頂いている。今年（昭和五十年）の一月のことである。まだお礼も言っておらず、いつか二人だけの時間を持とうと思っていたのであるが、氏の逝去は余りにも早かった。

その病院からの帰りに、病院に詰めておられた角川書店の出版部の方から「俳句」十一月号を頂戴した。そしてその頁を、帰りの自動車の中で開いた。それには、いま見舞った許りの氏の俳句が三十句ほど収められてあった。

その中に「月の人の一人とならむ車椅子」というのがあった。その句だけが妙に気になった。なんとなく、その俳句の心の中に入って行くのを躊躇させられるようなものがあった。家に帰ってからも、またその句に眼を当てた。眼を当てただけで、思いをそこから逸《そ》らせた。

翌日、氏の訃報《ふほう》に接した時、改めてその〝月の人〟の句を読んだ。少くとも一カ月か、一カ月半前に作られた句ではないかと思われるが、氏はその時ご自分の死を予感しておられたのではないかと思った。

私がこの句から受けるイメージは車椅子に乗っておられる氏が、車椅子ごと月に向って上って行きつつある童画的なものである。車椅子は多少仰向けに傾いて、恰も眼に見えぬ階段を一段一段登っているかのようである。白い月光はさんさんと降っている。そこを車椅子は上って行く。その車椅子に腰かけている氏は、上体を少し反らせるようにして、月の方に顔を向けておられる。私はロケットでは行きませんよ、速度は遅いが、車椅子で月へ行かせて貰います。そう言っておられるかのようである。

こうしたこの句の解釈は間違っているかも知れない。しかし、私にはこのようなものとして読め、それが私に、氏が生きておられる時は、句の心の中に入って行くのを躊躇させたのである。そしてまた、その句の持つイメージをはっきりと瞼《まぶた》に定着させることを避けしめたのである。

この句から私が受けるものは、氏が死というものを予感しておられていたのではないかということであり、もしそうであったとしたなら、なんとさわやかに、童画的に、そしてそ知らぬ顔で、それを表現しておられることであろうか。なかなか、こうはゆかない。詩人の遺偈《いげ》や、遺偈らしいものを幾つか読んでいるが、このような形で自分の死を見つめているものはない。その多くがもっと重々しく、開き直ったものである。

月の人の一人とならむ車椅子

角川源義氏のことを思う時は、私の場合は、いつもこの句が顔を出して来そうである。月光の中で見る氏の顔は、さわやかで、きよらかで、多少きびしい。

井上靖（いのうえ・やすし）一九〇七〜九一（明治四〇〜平成三）年。小説家・詩人。北海道生まれ。「闘牛」で芥川賞を受賞。『氷壁』のような山岳小説、『天平の甍』のような歴史小説で人気を博す。「月の人の」は一九七六年二月に『俳句』に発表された。底本は『井上靖全集』第二四巻（一九九七年、新潮社）を用いている。天体を描いた他の作品に、「楕円形の月」「七夕の町」「月に立つ人」「月の光」「天上の星の輝き」『星と祭』「星の屑たち」「穂高の月」「流星」などがある。

月と手紙――花嫁へ――

尾形亀之助

A

私はあなたと月の中に住みたいと思つてゐる。でも、雲の多い日は夕方のうちに街に降りて噴水の沢山ある公園を散歩しよう。

夕飯は何処かのホテルで、肉のものを少しと野菜と丸パン一ツと少し濃いコーヒーとネーブルを、薔薇を飾つた食卓で静かに食べよう。スープはほんの一口すゝつただけにしてフライには手をつけまい。

夜の散歩は露が降るから十分位にして、あなたさへ眠くなければ……少し眠ければ私に寄りかゝつて私の作つたお伽噺をしよう。

そして、ぬるい風呂にかはるがはる入つて私達はちよつと風邪きみのやうな気持になつてゐよう。暗くなつた窓の外を黒い壁と思ひながら、三四日このまゝホテルにゐようといふ話をしたり、こんなときは白い猫が一匹ゐるといゝと話しあつたり、淋しくなつて一緒に列らんで腰をかけたりしよう。

私がテーブルにもたれて首を少しまげて、煙草を右手に持つてゐると……あなたは疲れたやうに恰好を崩して私の煙草の煙がサンデリヤまで昇つては消えてしまふのを見てゐる。——そんな風にして二分間も話がきれてゐる。と、どっちかが「さ、寝よう」と言へば、返事をするかはりに元気よく直ぐ立ちあがつて床に就く仕度にとりかゝるにちがひない。でも、二人ともそんなことを言ふ言葉を惜んでゐる。で、もしもこのときにドアーの鍵の穴から私達の部屋を覗いて見る人があつたなら、私達が今日一日何も話をせずにゐたのではないかと思ふだらう。そして、私が煙草を灰皿に入れてお前のそばへ行く前に、鍵の穴から眼を離して足音を忍んで、私達の部屋の前から行つて仕舞へば、その人は何で私達が喧嘩をしたのかと色々想像してみたりするだらう。そしてその人が色々考へたあげく、も一度覗きに来るかも知れない。私達は夜になつたら鍵穴は香水をうんとふりかけたハンカチか何かでふさぐことにしよう。

B

何故あなたがゆうべ泣いたのか私は知つてゐる。でも、私は何も知らないふりをしてあなたが悲しさうに泣くのを宥めてゐた。もしあなたがあのとき急に顔をあげて私の顔を見たなら、あつ！　といふ間に私はにこにこしながらうれしさうにあなたの肩をなでてゐたのを見つけられたでせう。

私はあなたが泣くのを初めて見たのです。

夕飯を食べ過ぎてゐたので、そんなことから妙に悲しくなつてゐるところへ「あなたはいくつだつたかしら」と言つたりしたのがわるかつたのです。それにしても、私がさう言つてから三十分もしてから急に泣き出したので、私はどうしたのかと思つたのでした。

そして、どうかしたのですかと聞くと頭をふる。何処か痛むのですかと聞くと頭をふる。悲しいことがあつたらお話なさいと言ふと頭をふる。ソファーに腰かけてゐる私の胸のところに顔をあてゝゐるので、あなたが頭をふる度に私もゆれるのでした。だから、私は散歩へ出たいのですか……何か食べたいのですか……ブドウ酒を飲んでみませんか……明日活動へ行きませんか……眠いのですか……、……、……、と言つて幾度もあなたに頭をふらした。

あなたを泣かして喜こんでゐるといふと、大変わるいのだけれども、私はあなたを軽く抱へて陶酔してしまつたのです。時間の過つのさへ忘れてゐると、あなたは「私がわるかつたの……」と言つて、ぬれてゐる顔を私の顔へすりつけた。

あなたの泣き方が好き（？）でたまらなかつた。あなたが笑ふのが好きで、つまらないことを言つてはあなたを笑はせてゐたけれども、あなたの泣き方があんなにい、とは気がつかないでゐたのです。泣くといふことが悲しいことでないなら（言ひ廻しがをかしいけれどもしかたがない）ときどきあなたの泣くのを見たい。

昨日は火曜日であつたから、私達は毎週火曜日の夕飯を食べ過ぎることにしませんか。

今日の月は丸い。雲が一つもない。

C

私は手紙の中へ月を入れてあなたへ贈つたのに、手紙の中に月がなかつたとあなたから知らせがあつた。

あの晩、私が床に就いてどの位過ぎたのか、眼がさめてみるとガラス窓に月の光りがさしてゐたのです。

あんなに曇つてゐたのに何時の間にか晴れて。

D

あまり遅くまで窓をあけてゐたので、私は風邪をひいてしまつた。尖つた三日月の端が胸に刺つたのです。先月だつたかその前の月だつたか、あなたと夕方散歩へ出てそのま、Rの海岸へ行つた晩も三日月が出てゐましたね。私は今胸の中にゐる風邪を着物の上からそつとおさへてゐます。

あなたが、この前私から月を贈られたお礼だと言つて、今度は私から月を封じこんで贈ります。と、いふ手紙の中には月がどこにも入つてゐなかつた。もうだめだから月を手紙の中へ入れるのはよしませう。

蛙が啼いてゐる。月は屋根の上へ行つてしまつた。風邪をひくといけないから早く窓をおしめなさい。アスピリンを一個封します。

E

望遠鏡を一つ買ふことにしました。
明日天気だつたら一緒に買ひに行つてみませんか。

F

梟が鳴いてゐる。
兵隊がラッパを吹いてゐる。
あなたと別れて来て、まだ三十分しかたたない。
(電報)

カゞミニツキヲウツセ

G

いくら待つてゐても月が出ない…と、いふあなたの手紙を見ていそいでこの手紙を書いてゐます。

月夜の電車

尾形亀之助

私が電車を待つ間
プラットホームで三日月を見てゐると
急にすべり込んで来た電車は
月から帰りの客を降して行つた

尾形亀之助（おがた・かめのすけ）一九〇〇〜四二（明治三三〜昭和一七）年。詩人。宮城生まれ。前衛詩誌に詩を発表するかたわら、未来派展に油絵を出品し、詩集『色ガラスの街』をまとめる。他の詩集に『雨になる朝』『障子のある家』など。「月と手紙―花嫁へ―」は一九二八年三月に『文芸』に、「月夜の電車」は一九二六年一二月に『銅鑼』に発表された。底本は『増補改訂版尾形亀之助全集』（一九九九年、思潮社）を用いている。天体を描いた他の作品に、「月が落ちてゆく」「月を見て坂を登る」がある。

明月

川端康成

今年は十月三日が仲秋の明月ださうな。

私は十月一日の夕方、宗達の墨絵の兎を床にかけておいて、家を出た。箱根へ書きものにゆくので、明月はそこで見ることになるだらう。

しかし、月子の誕生日に東京にゐないわけなので、私は四五日前に祝つておいた。

月子は私の妹の子だが、仲秋明月の日に生まれて、月子と名づけられてゐた。

「仲秋明月の日とは、いい日に生まれたものだね。」

月子の誕生日に、私は何年かそのやうなあいさつをくりかへしたものだ。

ところが去年の誕生日には、

「子供は毎日生まれてゐる。明月の日に生まれたつて、不思議はないさ。」と私は月子に言つた。

誕生日のあいさつとしては、例年の言葉でいいが、しかし「子供は毎日生まれてゐる。」といふあたりまへの言葉も、さうたやすくは出ない。実は林芙美子さんから借りた言葉だ。

去年の夏、芙美子さんが死んで、全集をつくるために、私も芙美子さんの作品を読み、そのなかの名句、詩句を心にとどめた。その一つに、

「子供は毎日生まれてゐる。色々な女から、女の美しい夢のなかから。」といふのがある。

しかし、芙美子さんの言葉はまだ続いてゐる。

「わたしは、わたしの母を何で侮蔑することが出来るだらうか。」芙美子さんは私生児であつたから、さう言つたのだ。

去年の秋、月子の誕生日に、私は「子供は毎日生まれてゐる。」といふところだけ借りた。

月暦と太陽暦とのずれで、仲秋明月は毎年十月三日とはかぎらない。しかし、月見る月はこの月の月といふ日に生まれた月子の誕生日は、旧暦で祝ふことになつてゐた。二十年ほど前に、私もさうするやうに妹にすすめたのだ。私と三十あまり年のちがふ月子は、仲秋明月にたいする感じ方も私らとはちがふだらうが、仲秋明月の日に生まれるなども、たぐひ稀なしあはせの一つのやうに、私には思はれる。毎年仲秋明月の日に少女の誕生を祝ひに行つて、その家で満月の出を待つのは、私にもささやかなし

あはせであつた。明月の夜は雨が降らなければいい、雲が出なければいいと、二三日前からねがふだけでも、ささやかな楽しみであつた。

それが今年は、いそぎの書きもののために東京を離れるので、私は四五日前に月子の誕生日を祝つて、日比谷の交叉点のアメリカ人の店でナイロンの色糸でつくつた手さげ袋を買ひ、やはりアメリカ人のレストランで食事をした。ナイロンの色糸の手さげはまだ珍らしいし、洋服にも和服にも合ひさうである。仲秋明月の誕生日では、穂すすきを生けて、団子、里芋、柿、栗といふやうなことになりがちだから、誕生祝ひの洋食も珍らしいわけだらう。

月子はうれしいとみえて、レストランを出ると、少し歩きませうと言つた。六時には暮れるので、暗くなつてゐた。赤坂の私の家の方角へと、公園と皇居とのあひだの道を堀ぞひに歩いた。

「箱根には萩が多いんだよ。今ごろは花ざかりだらうが、石崖からいつぱい道に垂れてゐたりして、箱根の萩は格別きれいなやうに思ふがね。夏はあぢさゐの花が多いね。」

「あら。ここにも萩が咲いてるわ。」と月子は立ちどまつた。

なるほど堀端の柳の下に萩がある。しかし暗くて花は見えない。

「待つてらして……。車が来ると、明りで見えますわ。」と月子は萩の枝を持ち上げて待つた。

向うの桜田門のゴウストツプに、自動車が幾台かとまつてゐた。やがてその車の明りが近づいて来た。

萩の花は私にも見えた。車の明りが流れ過ぎるたびに、萩の花の色は浮び出て消えた。

「白い萩だと、もつとはつきり見えるんでせうけれど……。」と言つて、月子は萩をはなした。

月子は前に通つた車の明りで萩の花を見たから、後の車の明りが来るのを待つたに過ぎないのだらうが、私には月子の智慧と感じられた。

思ひがけないところで、通り過ぎる車の明りをたよりに、月子が萩の花を見せてくれたことは、おそらく一生私はおぼえてゐるだらう。月子にとつてはなにげないことで、すぐ忘れてしまふだらうが、私は心に残るだらう。年のせゐもある。

「子供は毎日生まれてゐる。」といふ言葉が、さうたやすくは出ないやうに、東京の秋の夜、娘のかかげた萩の花が車の明りに息づくのを見る機会も、短い一生にはさうないだらう。

私は箱根で萩を見ても、堀端の夜の薄赤い萩とほの白い月子の手を、さつそく思ひ出すにきまつてゐる。若い月子には堀端の萩のやうにささやかなことが、思ひ出となりさうにないが、宗達の兎の絵は月子にも私の思ひ出となるかもしれない。

この絵は月子にくれる約束である。これを買つた年、私は月子の誕生日にその家へ持つて行つて、床にかけて見せたこともあつた。

「月の兎だね。」と言ひ出したのは、私であつたか、私の家へ来た客であつたか、またいつであつたか、よくはおぼえてゐないが、とにかくこの墨絵を見てすぐから、私は月の兎といふことにしてゐる。

宗達と言はれる墨絵のうちでも、おそらく最も単純な描き方であらう。宗達の一方の極限であらう。兎を一つ描いたと言ふよりも、兎が一つほのかに浮んでゐる。紙一面に薄墨を塗つて、兎の形だけを白く残してゐる。その薄墨はほんたうに薄く、宗達流の墨の濃淡やたらしこみもない。兎の目玉が入れてあるだけだ。兎の輪郭の線も使つてない。足指の線をちよつと入れてゐるだけだ。兎は行儀よく、そして愛らしく坐つてゐる。小兎のやうに純である。

杵を持つて立つたりしないで、画面の下の方にゐるけれども、月の兎と感じられる。薄墨の画面が月夜の空に感じられる。ほのぼのとやはらかく、温かに広い。宗達の墨絵には、大きい月や秋草を添へた兎の絵があるけれども、これはそれらをこころみた後に、月も秋草も省いて月のなかの兎を描いたものであらう。月のやうな気品もある。今に伝はる宗達といふ多くの墨絵を疑問とする美術史家には、この兎の絵も否定されるかもしれないが、私は今のところ宗達だと思つてゐる。

この絵が画商にあつた時に、友人の美術史家が、

「兎を見ましたか。」と問ひ、

「見ました。」と私が答へると、

「いけないでせう。」と私の同意をもとめたが、私は買って帰った。私はたいてい人の意見にしたがふが、ほのかな月の感じにとらへられた。

これが月の兎だとすると、兎の絵であるよりも月の絵である。勿論秋の月であらう。仲秋明月が誕生日の月子におくるのにふさはしい。

月子なら一部の美術史家の説を知る折りもなく、宗達真蹟の月の象徴の絵を伯父にもらつたとして、一生手ばなすことも考へないで、仲秋明月の誕生日ごとに床にかけてくれるだらう。一人の娘が月に供へものをして月をちよつと拝みながら、この兎の絵を見るとすれば、この絵のよいゆきどころであらう。

さう考へると、私には月子がやさしく美しい娘のやうに思はれて来た。私はまだ兎の絵に未練があるが、あさつての誕生日に間に合ふやう、月子のところへとどければよかつたと悔まれた。東京駅からうちへ電話をかける時間はなかつた。箱根の宿からでも間に合ふ。

私が電車に乗つたのは、まだ暮れ切つてゐなくて、車内の明りはついてゐる時間だ

が、そんな暗さではなく、異様な暗さだつた。ポリイとかいふアメリカの女名の颱風は、寒い北風を吹かせたくらゐで、荒れなかつたけれども、颱風模様の雲が空をおほつて、西空でわづかに切れてゐた。その西空は町と雲とのあひだに、冷たくてさびしい黄色の夕焼を横たへてゐた。町の家々は真黒に沈んでゐた。なにか残酷なことが起りさうで、町はひつそりと怯えてゐるやうだつた。町の電燈やネオンサインがぴいんと寒いほどかがやいてゐた。

私はあさつての天気を案じながら、夕刊を見ると、漢文学者の「月と兎」といふ随筆が出てゐた。紀元前四世紀の「楚辞」に、月の腹に兎がゐるとあり、唐の白楽天が月の「白兎は薬をつく。」と歌つたことなどが書かれてゐた。薬は不死の仙薬である。また、紀元前二世紀の「淮南子」には、月のなかに蝦蟇がゐて、月を食ふとあり、常娥といふ妻が、西王母から夫のもらつて来た不死の仙薬を盗み飲んで、月のなかへ逃げ去つたといふ伝説についても書かれてゐた。紀元前四世紀とは古いことである。

私はいく年か月子の誕生日に月子らと月を見て、不老不死の薬など思つたことはなく、いつも月子の成人を話題にして来たものだ。十代から二十代のはじめの娘の誕生日では、集まつた者は一人として死などは念頭にない。したがつて、月子の家の仲秋明月は不死の一日であつたかと、私は今考へついた。今年も祝ひにゆけばよかつたと惜しまれた。そして月子の家の仲秋明月を、いくつか出来るだけ思ひ出してみようとした。

妹夫婦の内面に立ち入ればどうかしれないが、平穏な家庭であるから、これまでの月子にも、あまり異常なことはなくてしあはせだ。誕生日ごとに成人して来る月子の姿がいちじるしい。

月子が十六七ごろの誕生日に、大雨のことがあつた。月子は学校から帰ると友禅のきものに着かへてゐたが、料理を座敷へ運んで来て、立たうとしたはずみに裾を踏んでころんだ。そしていきなり泣き出したので、親たちも私もあつけにとられた。誕生日の変つたことと言へば、それくらゐのものだ。

今年は月子の誕生日に会へないので、こんなことを書いておいた。宗達の兎の絵を仲秋明月におくる年の心おぼえに過ぎない。


川端康成（かわばた・やすなり）一八九九〜一九七二（明治三二〜昭和四七）年。小説家。大阪生まれ。学生時代に浅草の映画や少女レヴューに熱中し、その体験を基にして『浅草紅団』などの浅草物を執筆する。戦後に発表した『千羽鶴』には伝統的な美意識の世界が結晶している。「明月」は一九五二年一一月に『文藝』に発表された。底本は『川端康成全集』第八巻（一九八一年、新潮社）を用いている。天体を描いた他の作品に、「天の河」（『星の文学館』所収）「月」などがある。

月

宮尾登美子

一九六九年に人間が初めて月面に下り立ったとき、あ、バチが当る、などと、極めて卑俗な思いを抱いたのは、私だけではなかったと思う。一方では人類の大壮挙をたたえながらも、神秘性のベールをとうとう剝ぎ取ってしまった畏《おそ》れで、内心おののいたことを思い出すのである。

何よりも懸念したのは、生れたときから敬し、愛し、信仰ともなっていたものが、かくも暴露されたあとは、月に対するイメージがすっかり狂ってしまうのではないかということだったが、さすがお月さまは偉大な存在、いままで兎が餅をついていたと思える部分が、クレーターだと判っただけで、他は従来どおり、何よりもありがたい心の友として仰ぎ見ることが出来る。

月は、やはり嬉しいときよりも悲しいとき、大ぜいよりも一人で、じっと眺めるのがふさわしく、止めどなく涙を流しながら仰いだ記憶は二回ある。

最初は文字通りの配所の月、満州の難民収容所でいつ日本に帰れるか、あてどない日を送っていたときのこと。

夜半に起き、月を仰ぐと、遠い故郷で同じ月を見ているに違いない両親を思い出し、日本恋しさで身を切られるように悲しかった。地に伏し、泣きながら懸命に月に祈ったことを覚えている。

次は土佐在住のころ、新人賞をもらった「連《れん》」がつづいて直木賞候補になり、その落選が決定した晩。井の中の蛙《かわず》で何も判らなかった私は、ひょっとしたらもらえるかも知れぬととんだ錯覚に捉われていただけに、悲嘆やるかたなく、夜更けの町をひとりで月を見ながら歩きまわったものだった。

因みに、このときの受賞者は山口瞳さん杉本苑子さんのお二人で、私は以後十六年も遅れてようやっと頂くことになる。

万人憧憬の、月が生み出した芸術ははかり知れないほど数多く、とくに文学の比喩、形容詞は、風流と相まって味わい深い言葉を生み出しているのはおもしろい。

名月が八月十五日で、いざよいが十六夜は判りやすいが、立待月が十七夜、居待月が十八夜、臥待月が十九夜、更待月《ふけまち》は二十日夜、となると、しばし頭をひねって由来を考えなければならず、さらに真夜中の月、といえば単に深夜の月のことかと思えば、二十三日夜の月と決まっており、後《のち》の月というのは九月十三日夜なのだそうな。九月は辞書をひらいて月の呼び名を覚えるのが楽しみ。

宮尾登美子（みやお・とみこ）一九二六〜二〇一四（大正一五〜平成二六）年。小説家。高知生まれ。自費出版した『櫂』で太宰治賞を受け、これが文壇への登竜門となる。歴史や伝統文化に取材した作品が多く、『宮尾本平家物語』全四巻はよく知られている。『寒椿』で女流文学賞、『一絃の琴』で直木賞、『序の舞』で吉川英治文学賞、『錦』で親鸞賞を受賞。「月」は一九八七年九月一三日に『朝日新聞』に発表された。底本は『宮尾登美子全集』第一四巻（一九九三年、朝日新聞社）を用いている。

月の兎

相馬御風

月の中の黒い陰を兎と見立てた最初の人はどこのいかなる人であつたらう。今日では誰にでもさういふやうに見えることになつてゐるけれども、いつの時代かにさうと見定めた第一人者があつたに相違ない。おそらくそれまでにだつて、如何に多くの人が如何にさま〴〵な想像をあの月の中の黒い陰に向つて投げたことかわからない。しかも、誰のよりも、それを兎と見た人の想像がまさつてゐたと見えて、いつとなしにそれが万人の承認するところとなつた。

それにしても、人々はなぜもつと〳〵さま〴〵にあの月面の黒影に形を与へて見ないのだらう。自分がそれを試みないばかりでなく、なぜ人々は幼い者共にまでも自由な想像の代りに昔ながらの型を与へようとしてゐるのであらう。

相馬御風（そうま・ぎょふう）　一八八三～一九五〇（明治一六～昭和二五）

年。評論家・詩人。新潟生まれ。一九〇七年に口語自由詩の口火を切り、日本の詩の言語を大きく変換させた。『早稲田文学』を拠点とする自然主義を代表する批評家でもある。評論集に『黎明期の文学』など。「月の兎」は『相馬御風随筆全集』第六巻（一九三六年七月、厚生閣）に収録された。底本は『相馬御風著作集』第七巻（一九八一年、名著刊行会）を用いている。天体を描いた他の作品に、「お月さまと煙突」「月」「月夜のお庭」「明月に対する心」がある。

月夜

前田夕暮

月が明るい、何んといふ味覚的な明るさだらう。手をのべると、掌の上にほのかに反射するし空をあふぐと顔に冷たい滴りを感じる。

それが草の香と水の匂ひに冷たく醸されてゐる。土のにほひもほのかにまじつて流れてゐる。

すべては、秋の田園に浸潤した月光の明るさであり、冷たさである。

月光の下に微かな一路がある。林をいでて野へ、野より村落へ、村落を過ぎてはるかに都会の端れへ、明るい光と暗い影との交錯のなかをはてしなくつゞいてゐる。

其微かな月光の下の一路を、白い薄い服をきて、一人の若い女がほのかにくる。

私と彼女とは、蓼の秋のわか葉がうす青く露にぬれてゐる路のほとりで、三尺ほどのへだたりをおいて相対する。彼女の明るい瞳は月の光のなかで、青い魚の瞳のやうに、ぢつと私の方をみてゐる。長いまつげは永い間まばたきをもしないやうにおもはれる。彼女は手に一冊の小型の青い本をもつてゐる。

「貴女はどこから来ました。」と私は訊ねる。

「妾は妾の寝台から。」と彼女の言葉は打ち烟つてゐる。

「どうして貴女は、私の家からとはいはないのです。」

「でも、妾の寝台は庭に対つた窓のそばにありますから。そして、月が窓をとほして妾の寝台を照らしてくれます。」

「貴女は、月の光のさす窓の下の寝台に一人で眠るのですね。」

「月は毎晩、明るい光で白い妾の寝台を照らしてくれます。さうすると、妾の魂が明るく静かに眼をさまします。妾は寝台にそつと妾の肉体をねかしたまま、月の光と一緒に窓からぬけ出して来ます。だから、妾はこんな白いナイト・ドレスだけです。それからこんなに素足で……。」

「さうして、貴女はどこへ行かうとするのです。」

「妾は私の故郷《ふるさと》へ参ります。」

「貴女のふるさとといふのはどこです?」

「それは妾自身にもわかりません。この月の光の照らしてゐる限りの地上は私のふるさとであるやうにも思はれますし、また月の世界が妾の為にはふるさとのやうにも思はれます。妾は、月をあふいでゐると、何ともいへぬ悲しみとはるかな空より来る牽引を感じます。其処には妾の生れた寝台がいまだに白い光にゆれてゐるやうに思はれます。」

「貴女は、貴女の肉体を地上に残しておいて、忘れものでもしたやうな気持はありませんか。」

「さうです。ほんとに妾はその忘れものを妾の寝台の上に遺して来ます。けれども、それはほんとに美くしい忘れものにすぎません。」

「で、貴女は月光のなかを夜どほしさまよひ歩るくのですか。」

「さうです、妾はこの明るい月光のなかを歩るくといふよりは、魚のやうに漂うて行きます。明るい方へ、明るい方へと……そして、月が曇ると、やるせない疲れを感じます。月が森にかくれるとき、妾は倒れさうになります。妾は夜のあける前に妾の忘れものの眠つてゐる寝台にかへります。夜あけは妾と月との間に一つの影をもたらします。そして妾は月が更けて、夜あけに近くなると鳥が巣にかへるやうに自然に妾の肉体にかへります。朝、眼をさますときにはもう今の妾ではありません、その時の妾は、私以外の妾です。妾は日光のなかに眼をさます妾を知りません。」

かくて、私は彼女と月光の下で別れた。

私は、その翌くる朝起きて顔を洗はうとして、冷々と濡れてゐる井戸ばたに行つた。顔を洗つて空を仰ぐと、白い芙蓉の花の上に朝の月がほのかに淡くのこつてゐた。

前田夕暮（まえだ・ゆうぐれ）一八八三～一九五一（明治一六～昭和二六）年。歌人。神奈川生まれ。歌集に『生くる日に』『原生林』がある。昭和初期に飛行体験をしたことが、作歌上の一つの転換点となる。雑誌『詩歌』を舞台に、口語自由律短歌を制作するようになり、歌集『水源地帯』をまとめた。「月夜」は『雪と野菜』（一九二九年、白日社）に収録されている。底本は『前田夕暮全集』第三巻（一九七二年、角川書店）を用いた。天体を描いた他の作品に、「月明」「月夜の花」「南十字星」などがある。

赫映姫――姫の歌える――

原田種夫

お翁さん　お媼さん　お別れです。　あなた方と　永遠のお別れです。さようなら　さようなら。わたしは　もう　月のお宮へ還るの。もとの天人になるの。　ひら　ひら　羽衣を　ひるがえし　五彩の雲に　乗って　懐かしい　月のお宮へ　還るのです。あなた方の　暖かい恩愛も　身をよぎる　哀別の慟哭も　わたしを　地の　上に　ひきとめる力にはなりません。あきらめて下さい。お忘れになって。　わたしは　めど臭い　生死苦楽の　塵の世に　飽きました。飽き果て　倦んでしまったの。　日ごと　夜ごと　おぞましい塵の世は　くれない濃い　血がながれ　罪　科　穢《けがれ》　でいっぱいです。涙と　苦悩と　溜息で　地の上は　おぼろに　霞む　あさましさ。つくづくと　嫌になっちゃったの。汚れ　濁った　塵の世は　いつまで生きても同じこと　いつまで生きても同じこと。
嫌　嫌　嫌　嫌　嫌。

お翁さん　お媼さん　泣かないで。佗しがらないでよ。　わたしは　ぜったいに月のお宮に　還っちゃうの。蟇《がま》に似たぶざまな世界に　ぞっとして　わたしは　天に去《い》にますの。　わたしは天人です　白い柔肌《にぎはだ》や　黒髪ながいところは　人間そっくりですけれど　わたしは Vagina がありません。わたしは人間の世に通用しない　天人です。地の上は　わたしの　生きる世界とちがいます。
嫌　嫌　嫌　人間の思惟　人間の企み　みんな　みんな　けち臭く浅間しく　智慧がないったら　ありゃあしない。愛想がつきたの　嫌になったの。人間の計算は　ぜったい　わたしに合いません。ごめんなさい。よしてちょうだい。
しょせん　地の上は　いつまで生きても　同じこと。地の上の暮らしの　阿呆らしさ　哀しさ　汚ならしさ。汚穢　汚穢　汚穢。もう　わたしは還るの　月のお宮へ。生も死もない　不老常楽の夢の国　わたしの　懐かしい故郷へ。ああ　お翁さん　お媼さん　泣かないで。　つらいけど　泣かないで。仲秋の明月の　皎皎と照りわたる碧瑠璃の天へ　お別れのブルースを　踊りながら　ゆらり　ゆらり　と昇ってゆくの。羽衣を　ひら　ひら　ひるがえし　微風のレコードに合わせて　踊りながら……。さよなら　さよなら　お翁さん　お媼さん　森よ　山よ　河よ　懐かしい　わたしの墜ちた竹林よ　さよなら　さよなら　さようなら。

原田種夫（はらだ・たねお）　一九〇一～八九（明治三四～平成元）年。小説家・詩人。福岡生まれ。昭和初期に全九州詩人協会を組織し、九州詩壇の中核の一人として活動した。小説では「家系」「南蛮絵師」「竹槍騒動異聞」が直木賞候補となる。著書に『南国のエロス』『実説・火野葦平―九州文学とその周辺』など。「赫映姫―姫の歌える―」は『原田種夫全詩集』（一九六七年、原田種夫全詩集刊行会）に収録された。底本は『原田種夫全集』第四巻（一九八三年、国書刊行会）を用いている。

5　月見の宴を、地上で

お月さまと馬賊

小熊秀雄

一

ある山奥の、岩窟《いはや》の中に、大勢の馬賊が住んでをりました。ある日、馬賊達は、山のふもとの町へ押しかけて、さんざん荒しまはつた揚句、さまざまの品物を、どつさり馬に積んで引揚げてまゐりました。

馬賊達は、山塞《さんさい》でさつそく、お祝ひの酒盛りを夜更《よふ》けまで賑やかにやりました。歌つたり騒いだりして、馬賊達はすつかり酔つぱらつて、やがて部屋の中の、あつちにも、こつちにも、ごろりごろりと、魚のやうに転ろげてねむりました。馬賊の大将も、たいへんい丶気持になりました、そしてあまりお酒を飲んだので、顔が火のやうにほてつて、苦しくてたまらなかつたので、冷めたい夜の風にでも冷やしたなら、きつと気持がよくなるだらう、と考へましたので、山塞の扉《と》をひらいて戸外《そと》にでてみました。

戸外《そと》は、ひやひやとした風がふいてをりました、それにその夜《よ》は、それは美しいお盆のやうな銀のお月さまが、空にかかつてゐたものですから、地上が昼のやうにあかるかつたのです。

『なんといふ、きれいなお月さんだらうな』

馬賊の大将は、お月さまの、すべすべとなめらかな顔と、自分の頤鬚のもぢやもぢやと、蓬《よもぎ》のやうに生えた顔とをくらべて考へてみました。

それから馬賊の大将は、裏手の厩《うまや》の中から大将の愛馬をひきだしてきて、それにまたがりました。そのへんは山の上でも、平らな青い草地になつてをりましたので、馬賊の大将は、どこといふあてもなしに、馬にのつたまま、ぶらり〳〵と散歩をしました。

『けふは、お前の勝手なところにでかけるよ。』

大将はかういつて、馬の長い頸を優しく平手でたたきました。

馬はいつもならば、荒々しく土煙をあげて、街中を狂気のやうに馳け廻らなければなりませんのですが、その夜《よ》は主人のおゆるしがでましたので、気ままに、柔らかい草のあるところばかりを選んで、足にまかせて歩るき廻りました。

大将は草の上に夜露がたまつて、それが青いお月さまの光に、南京玉のやうに、きらきらとてらされてゐる、あたりの景色にすつかり感心をしてしまつて、どこといふあてもなしに歩るきまはりましたが、やがて飲んだお酒がだいぶ利いてまゐりますと、とろりとろりと馬の上で、ゐねむりを始めました。とうとう馬賊の大将は、鼻の穴から大きな提灯をぶらさげて馬の頸にしがみついたまま、すつかり寝込んでしまひました。

二

ふと大将が眼をさましてみますと、自分は馬の背から、いまにも落つこちさうになつて眠つてをりました、

『おやおや、月に浮かれて、とんだところまで散歩をしてしまつた。』

かう言つて、大将はぐるぐるあたりを見廻しますとそこは、やはり広々とした青草の野原で、あひかはらずお月さまは、鏡のやうにまんまるく下界を照らしてをりました。

しかし山塞と、だいぶ離れたところまで、きてをりましたので、馬の首をくるりと廻して帰らうといたしました、そして何心なく下をみると、そこは崖の上になつてゐて、つい眼したに街の灯がきらきらと美しく見えるではありませんか。

すると馬賊の大将は、急に荒々しい気持に返つてしまつたのです。

そして大胆にも自分ひとりで、この街を襲つてやらうと考へたのです、馬の手綱を

ぐい〳〵と引きますと、いままで呑気に草を喰べてゐた馬も、両眼を火のやうに、かつと輝やかして竿のやうに、二三度棒立ちになつてから、一気に夜更《よふ》けの寝静まつた街にむかつて、崖を馳けをりました。

そして馬賊の大将は、街の一本路を、続けさまに馬上で二三十発鉄砲をうちながら、馳け廻りました。それはかうたくさんの鉄砲をうつていかにも、大勢の馬賊が押しかけてきたやうに街の人々に思はせるためでした。

はたして街の人々は、大慌てに、そらまた馬賊が襲つてきたと、皆ふるへながら、押入れの中やら、地下室やらに逃げこんで小さくなつてをりました。

大将は家来もつれず、たつた一人の襲撃ですから、あまり深入りをして失敗をしてはいけないと考へましたので、鉄砲をうつて、街の人々をおどかしてをいてから街の場末の二三十軒だけに押し入つて、いろいろの宝物を革の袋に三つだけ集めました。それを馬の鞍に二つ結びつけ、自分の腰に一つつけて、さつそく引き揚げようといたしました。

ところが一番最後に押し入つた家《うち》は、一軒の酒場でありましたが、酒場の家の人達は、大将が押し入つてきましたので、驚ろいて奥の方に逃げこんでしまひました。

馬賊の大将は、がらんとして誰もゐない酒場に、仁王だちになつて、髯を針金のやうにぴんぴん動かしながら

『さあ、みんなお金も宝物《はうもつ》も出してしまへ。』

と叫びましたが、酒場の中はしーんとして返事をする者もありません。

ふと棚の上をみますと、そこには、青や赤や紫や、さまざまの色の酒の甕がづらりとならんで、ぷん〳〵とそれはよい匂ひを大将の鼻の穴にをくつてきましたので、大将は『これはたまらん』と、この大好物を窓際のテイブルの上に、もちだして、ちびりちびり飲みながら、窓からお月さまをながめて、ひとやすみいたしました。

三

馬は窓際に立たしてをきました、それは、もしも大将を捕へようと、街の兵隊が押しよせてきたときには、大将はひらりと窓をのり越えて、馬の背にまたがつて、雲を霞と逃げてしまふ用意であつたのです。ところが酒場の人の知らせで街の馬に乗つた兵隊が百人ほど、一度にどつと酒場に押しよせてきたときには、大将はひらりと、得意の馬術で、逃げだすどころか、あまりお酒をのみすぎて、上機嫌で月をながめてゐましたので、それは苦もなく兵隊にしばられてしまひました。

そして馬賊の大将は、首を切られてしまひました。

一方馬賊の山塞では、いくら待つてゐても、大将が山塞に帰つてきませんので、家来達はたいへん心配をいたしました、さつそく四方八方へ手別《てわ》けをして、大将をさがしましたが、その行衛《ゆくゑ》がわかりませんでした。

一人の大将の家来が、或る街の処刑場《しをきば》の獄門の下を通りかかるとおい〳〵と家来を呼び止《とめ》るものがありました。ふと獄門の上を見あげますと、獄門の横木の上に、行衛《ゆくゑ》不明の馬賊の大将の首がのつてゐるではありませんか。

『おや、これは大将、なんといふ高いところに、家来共は夜《よ》の眼も寝ずに、あなた様の行衛《ゆくゑ》を探しておりましたのに。』かう言つて獄門の首を、家来は見あげました、すると大将の首は、たいへん不機嫌な顔をしながら『つくづくと、わしは馬賊の職業《しやうばい》がいやになつた。山塞に帰つて、みなの者に言つてくれ、大将は、たいへんたつしやで、毎日陽気に月見をしてゐるから、心配をしないでくれ。たまには人間らしい風流な気持になつて、この大将を見ならつて、酒でものんで月でもながめる気はないかとね。』

大将は、獄門のうへで、二日酔のまつ赤な顔をしながら、かう言ひました、そして陽気に月をながめながら歌をうたひました。

切られた大将の首は、酒場でたらふくお酒をのみましたので、なかなか酔がさめませんでした、そして毎日のやうに、月をながめながら歌をうたひました。

すると或る日、獄門の横木の大将の首のつい隣りのところに、新らしく切られた首がひとつのつかりました、そして大将の首に話しかけるではありませんか。それは馬賊の家来の首であつたのです。

『わたしも、すつかり悪心を洗ひ清めて、月をながめるやうな、風流な男になりましたから』

かういつて、ぺこりと家来の首はお低頭《じぎ》をいたしました。

大将の首も、喜んで、そこで二人が合唱をやりました。

するとまたその翌日新らしい馬賊の首が一つ獄門の横木にならびました、そして、それから十日と経たないうちに、山塞の馬賊の首がずらりとならんでしまつたのです。

それは人を殺したり、お金を盗つたりする悪い心が、みなお月さんをながめるやうな、風流や優しい心になつたからです。そして一人一人山奥から街の酒場にやつてきては、お酒をのんで兵隊に首を切られたからでした。

そこで大将の首は、家来の首のずらりとならんだ、まんなかで、長い頤鬚をぴんぴんと動かして拍子をとつて、にぎやかに合唱をはじめました。

どれもどれも、いずれ劣らぬお酒に酔つた、まつ赤な顔をして、大きな声を張りあげて、浮かれて歌をうたふものですから、その賑やかなことと言つたらたいへんでした。

街の人達は、夜どほし馬賊の首達が合唱をいたしますので、やかましく眠ることができませんので、兵隊に、あの沢山の首をなんとか、始末をしてくれなければ困りますと申し出ました。

そこで兵隊は、あまりたくさん獄門に首がならんで、後から切つた罪人の首の、のせ場もなくなつたものですから、処刑場《しをきば》の広場のまん中に、大きな穴を掘つて、その中に首を投りこんで、上からどつさり土をかけてしまひました。

それからのち、馬賊の首達は、月見の宴《えん》をやることもできなくなり、酒の酔もだんだんとさめてきたので、たいへんさびしかつたといふことです。

小熊秀雄（おぐま・ひでお）一九〇一～四〇（明治三四～昭和一五）年。詩人。北海道生まれ。プロレタリア文化運動の担い手として詩を執筆。美術に関心を抱き、絵も描いた。詩集に『小熊秀雄詩集』や『飛ぶ橇』がある。「お月さまと馬賊」は『ある手品師の話』（一九七六年、晶文社）に収録された。底本は『小熊秀雄全集』第二巻（一九七八年、創樹社）を用いている。天体を描いた他の作品に、「宇宙の二つの幸福」「黒い月」「太陽へ」「炭坑夫と月―夕張印象」「星の光りのやうに」「無住所の月」などがある。

月と狂言師

谷崎潤一郎

考へれば早いもので、わたしたちが終戦を迎へてからことしは既に三年になる。わたしがあの疎開先、作州の山の奥から京都へ出て来、此の洛東の白川のほとりに家らしいものを構へてからでもまる二年になん〳〵とするくらゐである。昔から京都は他国の者には住みにくい土地とされてをり、私もそれは承知の上で来たのであるが、さう云つても二年近くになるうちにはいつか町内にも顔馴染が出来、話のうまが合ふ人なども ぽつぽつ此の辺に見つかるやうになつた。その第一は永観堂の前の方に住む奥村富久子さん、そこへよく見える薬屋さんで狂言師の武藤達三さん、——富久子さんは鈴鹿野風呂氏の門人で俳句をよくする一方、梅若猶義氏について能を学び、去年の秋は室町の金剛の舞台で羽衣を、今年の春は舟弁慶を演じた人で、此の秋には観世流の師範を許され、その披露として菊慈童と葵の上を演ずると云ふことであるが、まだ三十にも足らない若さで京都には珍しい女能楽師になる此の佳人のことについては他日改めて書く折があらう。それから南禅寺の塔頭聴松院にゐる山内さん、その夫人の京子さん、母堂の栄子さんなどの人々。此の一家の人たちは、今二条大橋の西詰に竹葉が旅館料理屋をしてゐる家、あの公卿屋敷か何ぞのやうな御殿造りの邸宅に数年前まで住んでゐたのださうであるが、戦争中そこを人に譲つて此方へ移つたのであると云ふ。それと云ふのが、先代の主人が相場師として全盛を極めてゐた頃、今のお寺に庫裡を建てゝ寄進したと云ふ縁故があるからで、現に部屋借りをしてゐる座敷が昔寄進した建物の一部なのであつた。私たちは、家に飼つてゐた熊と云ふ犬が聴松院へ紛れ込んで一箇月ほど山内さんの厄介になつてゐたことなどがあつて、だん〳〵心やすくし出したのであるが、山内さんは部屋借りとは云つてもさう云ふ事情なのであるから、ひろい庫裡の中の幾室かを使つて、以前の邸宅に比べればこそ狭いけれども、幽《ゆう》邃《すい》な山内の、池をめぐらした前栽のけしきを独占めにし、如意嶽あたりの遠山の眺めをほしいまゝにしながら、なまじな町家に住むよりはなか〳〵ゆつくりと気楽に暮してゐるのであつた。当主の山内正司さんは或る会社の重役をしてゐるとやらで、尺八の名手、夫人の京子さんはこれも富久子さんと同門の俳人である外に、仕舞、踊、笛、鼓等々の諸藝に達し、目下は地唄の三味線に凝つてゐる、母堂の栄子さんも京子さんに劣らぬ藝人で、近頃は茂山千五郎氏について狂言や小舞の稽古をしてゐる、と云つたやうな訳で、此の一家はもう昔のやうな豪華な生活はしてをらず、閑雅な地域に世を佗びながらも、なほそのかみの嗜みを捨てずにゐるのであつた。

ところで私たちは、地唄が好きと云ふ点で山内さんと趣味を同じうするのみならず、昨今は又狂言の千五郎氏をもひそかに贔屓にしてゐるのであつた。実際京都に住んでゐると、すぐれた歌舞伎芝居はたまにしか見られず、と云つて新劇や音楽会なども大阪までは来るけれども此処は素通りしてしまふので、見るに堪へるものと云つては結局能か狂言よりないのであるが、私たちはたび〳〵見に行くうちに能よりも狂言の方が、分けても千五郎氏の藝が好きになつたのであつた。もちろん先代の千五郎、今の千作翁は東西を通じての巨人であり、尊敬に値する人だけれども、何と云つても八十を越えた高齢なので傷々しい感じがすることは免れず、その点千五郎氏は今が一番油が乗つてゐるやうに見える。私の妻はあの何処かフレッド・アステアに似てゐる顔だち迄が好きで、私が内々狂言小唄や小舞を習ひたがつてゐることを知り、しきりに千五郎氏を招いて稽古するやうにすゝめたりした。そんな話がいつか千五郎氏の耳にも這入つたらしく、稽古して御覧になりませんかと、富久子さんあたりを介して云つて来られたこともあり、山内さんからも、千五郎さんの稽古のある日に見にいらつしやいと、何度も誘はれたことがあつたが、さて私にして見れば、正直のところ習ひたい気はあるのだけれども、何分此の年では物覚えも悪くなつてゐようし、大阪の布施博士に血圧の治療を受けてゐる状態ではあるし、老人のたど〳〵しい足もとで小舞などは思ひも寄らず、まあ習ふなら小唄だけなとであるけれども、それすら息がつゞくかどうかを先づ試して見る要があるので、妻が仕舞を教へて貰つてゐる富久子さんに「班女」のひとくさりを授けてもらひ、それをとき〲謡つて見ると、果して夥しい息切れがする始末であつた。そんな訳なので千五郎氏に弟子入りするのも気おくれがして、ぐづ〱に日を送つてゐた折柄、来る九月十七日の十五夜に月見をかねて狂言と小舞の会をするからと云ふ案内があつて、謄写版刷の番組が届いたのを見ると、南禅寺社中主催、茂山千五郎後援としてあり、会場はこれも南禅寺境内の、上田邸となつてゐた。私はまだ此の上田と云ふ人とは面識がないのであるが、何でも奥さんの千枝子さんと云ふ人が山内さんの母堂にすゝめられて千五郎氏に弟子入りしたのが始まりで、今では主人の龍之助氏も、小学校へ行つてゐる頑是ない子供たち迄も、狂言や小舞を習つてゐるとのことであつた。そしてその邸と云ふのは、南禅寺の塔頭の中でも林泉と建物の立派さで鳴つてゐる金地院の寺中にあるとやらで、池水や座敷の配置が月を賞《め》でるのに最も好都合に出来てゐるとのことであつたし、もしも私が出席するなら、千作翁と千五郎氏とが特に一番づゝ舞つてくれると云ふことでもあつたので、私は望外の仕合せを逸してはならじと、一も二もなく招きに応ずる旨を答へた。それにつけても思ふことは、嘗て私たちは月見らしい月見をしたことがあつてからどのくらゐの年月を経たであらう。戦争中熱海西山の山荘で月を眺め、みんなみの遥けき海のたゝかひをおもひつゝ見る十五夜の月と云ふ腰折を詠んだ覚えはあるが、それは此の先日本の国や自分の身がどうなるかと云ふ不安に怯えつゝひとり大空に澄みわたる情ない月を歎いたので、格別憂ひを遣るよすがにはならなかつたし、心を慰める酒や肴があつたのでもなかつた。そのゝち作州の僻地に逃れて田舎の町の料理屋の離れ座敷に住んでゐた頃、書斎にしてゐた二階の部屋の床脇の柱に、有㆑人対㆑月数㆓帰期㆒と云ふ辜鴻銘翁の聯を掲げて、こゝでも矢張昔の流人《るにん》のやうな気持で配所の月を眺めたに過ぎなかつたが、終戦の年の翌年にやう〳〵の思ひで京都へ出て来てからも、なか〳〵落ち着いて月を見るなどの余裕はなかつた。さうかうするうち、今の家を手に入れて引き移つたのがその年の十二月のことで、春は平安神宮に、秋は永観堂に近く、二階座敷が東山と差向ひであるのを喜び、我が庵は花の名所に五六丁紅葉に二丁月はゐながらなどゝ悦に入つたものであつたが、花は幸ひ今年で二度も望みを達したけれども、紅葉と月とはそれ〴〵に障りがあつて思ひを遂げてゐないのであつた。と云ふのは、紅葉は去年は色が悪くて永観堂の庭も期待した程ではなかつたし、又十五夜には、和辻春樹氏夫妻や英国人のミツチエル氏（あの紅棒で有名なミツチエル家の一族であるとのこと）などゝ平安神宮の客殿を借りてさゝやかながら観月のむしろを設けたのであつたが、まことに生憎な空模様で月は姿を現はさずにしまつた。それやこれやで私たちはことしの十五夜に早くから望みをかけ、当夜は何処に行くことにしようか、広沢の池は、三井寺は、石山は、などゝ、妻と話し合つてゐたところだつたのが、思ひがけなく山内さんの招待に接したのであつた。たゞさうなると心配なのはお天気で、去年のやうに曇らねばよいがと案じてゐると、折あしく十四五日からアイオン颱風とやらの警報が出、十六日から十七日へかけて近畿地方に上陸するかも知れないと云ふことだつたので、ことしも月には縁がないのかと半ば諦めてゐたところ、どうやら関東へ外《そ》れたらしく、埼玉方面が又してもひどく荒らされたと云ふことであつたが、京都は運よく十七日の朝から晴れて爽やかな秋空が覗き始め、後にはだん〳〵ちぎれ雲の影も消えて行つた。ほんたうに今年の颱風ももう此の辺がおしまひであらう。これから一二箇月の間の京都は日本ぢゆうの何処よりも美しい天国と化し、月によろしく、茸狩によろしく、紅葉によろしく、一年ぢゆうで一番行楽に適する季節となるであらう。私も実は四月の花が散つてから、此の季節の到来するのを待ちこがれてゐたのであつた。で、その日は午後早々からと云ふことであつたが、皆さんがお待ちかねですからと、催促の使があつたので、私は妻をうながして三時頃に出かけた。

金地院と云ふのは、瓢亭の方からインクラインに架してある橋を渡り、上田秋成の墓のある西福寺の前を通つて真つ直ぐに行くと、南禅寺の勅使門に突き当る、その門の外の、蓮の生えてゐる拳龍池の南側に又一つ門があつて、「東照宮、金地院、けあげ大津行電車近道」と刻した石が立つてゐる、それを潜ると右側に土塀がつゞいてゐて、東に面した正門があり、そこにも石標が立つてゐて、「史蹟及名勝、金地院」と刻してある。此の寺の本堂は伏見城の書院から移したもので、小堀遠州作茶室八窓軒と共に国宝になつてをり、外に鶴亀の庭と呼ばれてゐる庭園も遠州の意匠と伝へられ、天正年中に明智光秀が建てた明智門などゝ云ふものもある。上田氏の邸は此の院内にあるのだけれども、入口は別に、その正門の少し手前に格子造りのくゞりが附いてゐて、そこに表札が上つてゐる。くゞりを這入るとひとすぢの細径が杉の植込の間を奥の方へ曲つて行つて漸く玄関に達する。下駄がたくさん脱いであるのでこゝに違ひないと思つて案内を乞うたが、誰も出て来る様子がないので、私たちは中へ上つて行つた。と、左の方へ廊下がつゞいてをり、その辺の部屋には人気がないので、なほ構はずに奥へ進むと幕の張つてあるところへ出た。途端に髪を平べつたくリボンで頭へくゝりつけた、露芝の模様のある絽の単衣を着た夫人が幕をかゝげて私たちの方を見、山内さん、谷崎先生がお見えになりましたと云ふ。それから直ぐに山内さんの母堂の栄子さんが見え、只今ちやうど京子の小舞が済んだところでございます、是非見て戴きたうございましたのに残念でございますと云ひながら、幕の向うの会場とおぼしい広間へ導いてくれた。

此の広間は畳数十畳ぐらゐであらうか。後で聞いたところに依ると、此の家は金地院の所有に属するもので、嘗て橋本関雪が銀閣寺のほとりへ移る前に住んでゐたことがあり、そのうち上田氏が、もう十年余も借りてゐるのであると云ふ。そして此の広間の建物は、もと桃山城内の毘沙門堂であつたとも云はれてをり、それを金地院が此処に移して座敷風に造りかへたのであると云ふ。だから正面の、もと内陣であつたらしいところに床の間や違ひ棚が出来てゐるけれども、太い角柱、高い天井、大きな瓦燈《がとう》窓《まど》等々の工合がどうしてもお堂の感じであり、縁側の一部には今も上げ格子が附いてゐるのである。そして、昔階段が設けられてゐたであらう階隠《はしがくし》の間に、勾欄のついた露台のやうな床張りが出来てゐて、それが庭の池の中へ突き出てをり、その床の上に毛氈を敷いて見物の人々が坐つてゐた。つまりそこが観客席になつてゐて、お堂の内部に当るところ、広間の方が舞台になつてゐるのであるが、広間につゞく小座敷のもう一つ隣の部屋が楽屋に充てられてゐるらしく、楽屋口から舞台の方へ簡単ながら橋掛なども設けてある。なるほどこゝは斯様な種類の催し物にはまことに恰好な会場であつて、かう云ふ特殊な建物であるからこそこんな風なしつらへが出来たので、普通の邸宅ではちよつとかう云ふ訳には行くまい。それに又、此の見物席の床張りは、今夜の明月を賞するのにも打つて付けの場所であることを、私は一と眼で理解した。いつたい、こゝは町名で云へば左京区南禅寺福地町であつて、私の家は南禅寺下河原町であるから、昔は共に閑寂な寺の山内だつたのであらうが、私の家のある下河原町が今では民家の立ちならぶ一種の高級住宅街に変貌してしまつたのに反し、此のあたりは今日もなほ昔日の寺域そのまゝで、現にこゝから見渡すと、林泉の向うに東山の一環を成す南禅寺の背後の山、所謂瑞龍山が逶迤《いい》として連なつてゐる。山内さんの借りてゐる聴松院の庭も矢張かう云ふ風趣ではあるが、彼処は惜しいことに北向きになつてゐるのに、こゝは東向きなので、恐らく月はあの山の頂上から昇るのであらう。とすると、此の池の水はその影を捉へて瀲灎《れんえん》ときらめくであらう。床張りの上に座を占めて勾欄に凭りかゝつてゐる私たちは、恰も池の中にゐるやうなもので、山上の月は遠くとも水面の月は手を以て掬することが出来るかも知れない。池には多くの睡蓮や菖蒲や河骨が生えてゐ、汀にはすゝきその他の秋草が茂つてゐて、水を隔てた向うの岸には一と叢の見事な白萩が人の背よりも高く伸びてゐる。家も相当に広いらしく、池のあなたにも座敷のあるのが木立を透かして見えてゐる。遠州作の庭と云ふのは大方本坊の方にあるので、此処のことではないらしいけれども、かう云ふ思ひがけないところにかう云ふ泉石の構へがあるのは、さすがに古いお寺だからである。いくら京都であるからと云つて、もしも市中でこれだけの庭園のある邸宅に住まうとならば、余程の富豪か新興階級にあらざれば為し得ないであらう。噂に聞くと上田氏は古くからの関係で、今日としては破格な家賃で此の家を借りてゐるとのことで、私たちは内心大いに羨しく感じた次第であつた。

お茶を一服差上げますからと云ふことで先づお茶席へ請《しよう》ぜられ、山内母堂の点前《てまえ》で薄茶の饗応があり、そこへ千作翁や千五郎氏が挨拶に見えた。山内母堂の言葉を引けば、今日は「南禅寺村の住人」だけの寄合であるからそのおつもりでお気楽にと云ふことであつたが、狂言師の方は千作翁、千五郎氏、同夫人、千之丞氏など殆ど茂山一家が総出で出張つてゐるのであつた。お茶が済むと、上田氏の子息たちの演ずる狂言「呼声」があり、私たちはさつきの池亭の床張りの席に戻つたが、見物人と云つてもそんなに大勢ゐるのではない。勾欄の東南の隅に小さな卓を据ゑ、尾花やあんころ餅を供へたお月見の飾り物がしてあつて、その前に十人あまりの人々が、毛氈の上につゝましく坐つてゐるのであるが、打ち見たところ、いづれも京都の此のあたりの住人らしい品のよい人柄の男女ばかりで、所謂「南禅寺村の住人」たちなのである。「呼声」と云ふ狂言は、出仕を怠つて我が家に閉ぢ籠り居留守を使つてゐる太郎冠者を、主人の大名と次郎冠者とが訪ねて来て、平家や小唄や踊り節やさまぐ〵の節で呼び出さうとする、そしてとうぐ〵太郎冠者がそれに釣り出されて居留守の化けの皮を剝がされてしまふ筋であるが、上田氏の三人の子息は兄が小学校の六年生、次が四年生、次が二年生と云ふ幼童でありながら、上手にそれを演じて見せた。かう云ふ少年をこれだけに仕込むには千五郎氏の教へ方も巧いのであらうが、いたづら盛りの年頃で、学校から帰れば近所隣の腕白共と遊び暮したいであらうに、よくも神妙に耳馴れない狂言のせりふを覚え込んだもので、矢張京都の子供たちは気象が優しくてのんびりしたところがあるのであらうか。さう云へば京都では昔から此の年頃の児に狂言を稽古させる風習があり、何かの折に余興としてしば〳〵演ぜられることがあるさうで、以前は今より一層盛んであつたと云ふ。何さま、男の児の習ふ遊藝としてはこれが一番いやみがなく、単純で素朴であるし、あの途方もなく大きな声を張り上げてせりふを云ふのが、少年には最も適してゐるし、技がつたない場合にも大人のは見てゐられないが、子供だと却つて愛嬌にもなる。それにさう云ふ小さい子供が、素《す》襖《おう》や長袴や肩衣や熨《の》斗目《しめ》など、少年用の狂言の衣裳を着た姿も大変可愛い。さて此の狂言のあとが三人の子供のお父さんである龍之助氏の「七つになる子」である。これは地唄の方でも「七つ子」と云つて三味線に合せて唄はれるもので、「松の葉」にも歌詞が載つてゐるし、井上流の舞でも舞はれるものであるが、私は此の唄の文句が好きであるから試みに左に掲げて見よう。――――

七つになる子がいたいけなこと云うた、殿がほしいと謡うた、そもさても和御寮は、誰人の子なれば、定家葛《ていかかずら》か離れがたやの、〳〵、川舟に乗せて連れておりやろにや、神崎へ〳〵、そもさても和御寮は、踊り子が見たいか、踊り子が見たくば北嵯峨へおりやれの、北嵯峨の踊りは、つゞら帽子をしやんと着て踊る振が面白い、吉野初瀬の花よりも紅葉よりも、恋しき人は見たいものぢや、ところ〳〵お参りあつて、とう下向めされ、科《とが》をばいちやが負ひまんしよこれは狂言小唄に拠つたのであるが、地唄の方でも大体同じであるやうに思ふ。「定家葛」と云ふのは謡曲の「定家」に、「これは式子内親王の御墓にて候又この葛をば定家葛と申し候（中略）定家の執心葛となつて御墓に這ひ纏ひ、互の苦しみ離れやらず云々」とあるのを云ふ。「科をばいちやが」の「いちや」は、岩波文庫本「松の葉」の故藤田徳太郎氏注に依れば、「和泉流狂言水汲新発智にいちやと云ふ女見ゆ、鷺流狂言にては、ややと云へり。いちやは即ちややにて茶屋女の事か」とある。私はこれを、井上流の舞では祇園の名手弥壽栄のを二度見てゐるが、たしか去年の正月であつたか、新門前の井上八千代さんの舞台で千五郎氏が舞つたのを見るに及び、小舞の方を一層面白く感じた。そのゝち大阪の大槻能楽殿で茂山弥五郎氏が舞つたのを見て、いよ〳〵これが好きになつた。今日の上田氏のは、千五郎氏に入門してからまだ三四箇月にしかならないとのことであつたが、お世辞でも何でもなく、それにしては著しい進歩である。後で山内さんの母堂の話に、上田氏は或る無尽会社の重役をしてゐるのであるが、近頃は金融逼迫で銀行が容易に貸出しに応じないところから、無尽会社が自然大いに繁昌するので、氏はなか〳〵景気がよいのだと云ふ。而《しか》も此の人は従来至つて無趣味な方で、今日まで遊藝に凝つたことはなく、芝居や能狂言なども余り見に行くこともなかつたのであるが、奥さんが狂言を習ひ出してから、ふと自分もやつて見る気になり、今では頗る稽古に熱心で、上達も早いのであると云ふ。蓋《しか》し、それがほんたうなら、何の下地もなかつたことが却つて都合がよかつたので、今のところ上手と云ふ訳には行かず、無骨でゴツゴツしてゐるけれども、見てゐて素直な感じがするのはそのせゐであらうと察せられる。

今日は天気が恢復した代りに午後は相当に暑かつたが、まだ日暮には間があるので、床下を水が流れてゐる此の席にゐても、幾分か肌がじつとりするのを覚える。私は背中を勾欄に靠せかけて見物しながら、とき〴〵空の方にも眼を遣つたが、ちやうど月があの辺から出るであらうと思はれる山の端に、白い雲の塊が一つ浮かんでゐて動かないのが気にかゝるけれども、その他の部分は時がたつに従つてます〳〵澄んで行くのであつた。演技は上田氏のあとが井林氏の小舞「景清」、そのあとが又狂言の「石神」であつた。これは今年の春、室町の金剛の舞台で、夫を茂山千五郎氏、妻を武藤達三氏、仲人を田中靖幸氏で見た記憶が新たであるので、ひとしほ興を覚えたが、今日のは夫が梅原照三氏、妻が山内さんの母堂、仲人が補導役の千五郎氏で、千作翁が後見である。梅原氏は中京《なかぎよう》に店を持つてゐる帯屋の旦那で、狂言の方も長年の稽古を積んでゐる半くろうとのやうな人であるが、山内さんの母堂は全くの初役にも何にも、狂言に出るのは今日が初めてゞあるとやら。しかしなか〳〵の心臓で、トチツてもニヤ〳〵するだけでいさゝか慌てる気色もない。石神が願ひを聴いてくれないので、そのつどおう〳〵と声を挙げて泣くところなど、狂言のことであるから余り写実になつてもいけず、かと云つて間が抜けてもいけず、初心の者にはちよつとむづかしい技であるのを、母堂はどうやらやりこなした。が、しまひの神楽のところになつて、笛に合せて鈴を振るのが巧い工合に間が取れない。後で聞くと、稽古の時は千五郎氏が笛の代りに口で以て、オヘエリツヘエリ、オヘエリツトルロ、……と拍子を取つて教へたゞけで、ほんたうの笛では一度もしたことがなかつたのに、いきなり千之丞氏の笛で舞つたので、さあ何処で鈴を打ち込んでよいのかさつぱり見当が付かなかつたのだと云ふ。それに後見の千作翁が何の合図もしてくれないで、澄まし込んで控へてゐるので、母堂はいよ〳〵途方にくれたらしかつたが、幸ひ仲人の役を済まして楽屋で休んでゐた千五郎氏が、それと心づいて急いで駈け着け、千作翁の隣に坐つて、オヘエリツヘエリ、オヘエリツトルロ、リツリツトルロ、トルロルロルロ、……と、小声で拍子を取つたので、漸く無事に舞ひ終へたのは飛んだ御愛嬌であつた。しかしかうして見ると、何でもないやうなあの神楽の舞一つでも随分むづかしいものであることが分つた。

「石神」の次が河村源兵衛氏の「那須語」、次が門人諸氏の「棒縛」、これで一往番組が終つて、番外として千作翁の「弱法師」と千五郎氏の「福の神」があつたが、これは特に私のために舞つてくれたのであるらしく、孰れも結構なものであつた。就中狂言界の至宝である八十五翁が、かやうな席で私のためにその片鱗を示してくれられたのは恐らく前代未聞のことで、まことに感激の至りに堪へない。翁の舞はれた「弱法師」は仕舞のそれではなく、小舞の「弱法師」なのだそうであるが、しろうと眼には仕舞と大した相違があるやうには思へなかつた。「福の神」は千五郎氏のお得意の一つであると云ふことで、此の唄も文句が面白いし、春陽堂の「狂言集成」に載つてゐる外にはあまり活字になつてゐないやうであるから、茲《ここ》に掲載しておかう。――

いで〳〵このついでに、〳〵、楽しうなるやう語りて聞かせん、朝起とうして慈悲あるべし、人の来るをも厭ふべからず、女夫の中にて腹たつべからず、さてその後に、我等がやうなる福天に、いかにもおぶくを結構して、さて中酒《ちゅうしゅ》には古酒を、いやと云ふほど盛るならば、〳〵、〳〵、楽しうなさではかなふまじ

此の「福の神」が打ち止めで、本日の狂言の会はこれを以て散会いたしますと云ふ挨拶があり、大部分の客が辞去したあとに、茂山氏の一家と門弟の人々、おくれて馳せ着けた武藤達三氏、山内家の三人、私たち夫婦、それに南禅寺村の老婦人両三人が残つた。これからこれ等の連中が月見をすると云ふ訳であるが、山の彼方の空はまだ明るく、さつきの白い雲の塊も矢張じつとして動かず、庭にも黄昏の色が迫らない。山内さんの京子夫人と、此の家の主婦、上田千枝子夫人とは、先刻私の来る前に自分の番が済んでしまつたので、こゝでもう一度私に見せてくれることになり、先づ京子さんが「おもしろの花の都や筆に書くとも及ばじ、東には祇園清水落ちくる滝の音羽の

あらしに……」と、「放下僧」を舞ふ。此の人は娘時代に仕舞の素養があるだけで、その後長いこと踊りの方に転向してをり、小舞は近頃のことなのださうであるが、下地が出来てゐる人なので呑み込みが早く、とても昨今稽古し出した人のやうではないと、千五郎氏も感心する。千枝子夫人は、さつきは「海道下り」を舞つたのださうであるが、今度は仕舞の「羽衣」を舞つた。（狂言の小舞と云ふものは番数が少いので、狂言師は門人に仕舞をも教へることがあるとのこと。千五郎氏は能の方は金剛流ださうである）此の夫人は仕舞や小舞は日が浅いが、バレーの素養があるとのことで、体のこなしはさすがに柔かく、これも全然初めての人のやうではなかつた。

本来ならば床の張り出しは下座《しもざ》であるが、月を迎へる今夜の宴には此処の方が特等席と云ふ訳で、千作翁と私たち客人一同が此処に坐らせられ、茂山一門の人々が広間の床の間を背にして居流れる。主人の上田龍之助氏が舞の袴を着けたまゝで末席に現はれ、これから甚だ粗末な食事を差上げますが、酒はいさゝか用意いたしてありますから、御ゆつくり歓を尽して戴きたいと云つて退き下ると、弁当箱のやうなものが一同の前へ一つづゝ置かれて、直ちに酒になる。箱の蓋を折敷となし、縁高《ふちだか》の中に盛つてある料理をその上に取つて食べるのである。これは上田家のお出入りに大そう器用な大工さんがあつて、その人の手に成る精進料理ださうであるが、お数は焼豆腐や里芋の煮しめ、菜の胡麻和《ごまあ》へ等々である。八十五歳の千作老人は、自分にあやかるやうにと云つて私と妻へ杯をさす。私は此の翁とこんなに親しく席を接して杯の献酬《けんしゆう》などをするのは初めてゞあるが、その昔、今から十何年も前の春の彼岸に西本願寺でお能を見た時が翁との初対面であつて、見受けるところ、翁は今日も殆ど当時と変つてゐない。それにつけても此の翁と云ひ、松本幸四郎と云ひ、祇園の老妓さだと云ひ、七十八十の高齢になつて今なほ矍鑠《かくしやく》としてゐるのは、若い時から舞踊で体を鍛へてゐるせゐであらうか。さう云へば、あの百幾歳と云ふ長寿を保つた井上流の片山春子刀自《とじ》は、晩年の頃電車に乗つて空席がなかつた場合にも決して吊り革に摑まらず、いくら揺れても平気で立つてゐて、よろけるやうなことはなかつたと云ふ話も聞いてゐる。しかしさすがの翁も、数年前から片方の眼が見えなくなりまして、これには不自由してをります、と云ひ、足の運びなども、舞台ではちやんと数がきまつてゐまして、何歩で何をすると云ふことが分つてゐますから少しも不安はありませぬが、外出の時は誰か附添人がゐないと、近年はどうも心もとなうございますと云ふ。それでも今度東京染井の能楽堂で東西合同の狂言の大会があつて、翁は千五郎、忠三郎、弥五郎等々一門の諸氏を引き具して上京することになり、両三日中に出発するのださうであるから、実に羨しい元気である。なほ当日の翁の出し物は、百歳に余る老爺がうら若い乙御前に恋をして思ひを遂げると云ふ、大変おめでたい筋の「枕物狂」と云ふもので、翁はこれを一世一代として演ずる由であるが、これはＡＫが録音しまして廿六日に放送いたしますさうですから、是非お聞き下さいと云ふ。私が十月の豊太閤三百五十年祭のことを云ひ出すと、翁は此の前の三百年祭の当時を偲んで、その折は今の金剛巌氏が十二三歳の少年で子方として出てゐたこと、その時翁が舞台の傍に植ゑた松が既に相当の大木になつてゐることなどを語ると云ふ風で、翁の話は滾々《こんこん》として尽きさうもない。千五郎氏もやがて杯を持つて割り込んで来たが、生憎此の親子は余り行けない方だとやらで、酒は専ら主人の上田龍之助氏、武藤達三氏あたりが引受けて飲んだ。そんなことをしてゐるうちにやう〳〵前栽に暮色が生じ、そろ〳〵月の出に間もないらしい空あひになつた。京都の秋は取分け朝夕が冷えるのが特色で、馴れない者はそのために風邪を引き易いのであるが、出がけに暑かつたのでうすもの丶単衣を着て来た私は、水に近い席にゐるので頓《とみ》に爽涼の気が襲ふのをおぼえた。でも、あの気が丶りであつた山の端の雲はいつの間にか跡形もなく消え失せて、今こそ空は一点のかげりもなくなつてゐるのであつた。ほんたうに、十五夜の晩にこんなにも清く天が澄むと云ふことは十年に一度もあるものではなからう。私は去年平安神宮でひどく忌ま〳〵しい目に遭つたので、ひとしほ今日の好運を喜ばずにはゐられなかつたが、他の人々も皆自分たちの席を立つて床張りの上に集つて来、どのあたりから昇るか知らんと評定しながら山の頂上の松の梢を此処か彼処かと指すのであつた。と、千作翁が何やらしづかに口のうちで微吟し出した。——

ざあ〳〵と鳴るわの、〳〵、よしの葉のよい女郎が参りて酌を取りたうは候へども、子持のならひとて子を抱いたやれ〳〵、御子抱いたやれ〳〵、殿に隠れてまどろまうとしたれば、窓から月がぎがとさすわの、やれ干せや細布、竿に干せや袖ぼそ、
今宵の月はくまない月やよの
——山内さんの母堂をはじめ、此の文句を知つてゐる程の者は千作翁のあとについて合唱し出し、「窓から月がぎがとさすわの」あたりからだん〳〵声が大きくなつて行つた。「木幡山路にゆきくれて月を伏見の草枕、………」と、千作翁は又別の唄を微吟する。「今夜は八月十五夜、明月にて候程に、をさなき人を伴ひ申し皆々講堂の庭に出で、月を眺めばやと存じ候」と、山内さんの母堂が云ふ。「名を望月の今宵とて、〳〵、夕を急ぐ人心、………」と、一同があとを附ける。「あゝ、あの辺がぽうつとして来ました、あれは月白《つきしろ》らしいですな」と誰かゞ云ふ。いよ〳〵山の彼方の空が明るくなつたが、何だか月が大勢の合唱に釣り出されつゝしづ〳〵と舞台へセリ上つて来る感じで、その堂々たる出方は千両役者が登場するやうでもある。「東遊びの数々に、〳〵」と山内さんの母堂が云ふ。「月は一つ、影は二つ、満汐の、夜の車に月を載せて、………」と大勢が謡ふ。「その名も月の宮人は三五夜中の空に又、………」「月海上に浮かんでは兎も波を走るか、………」月はすでに山の端を離れて池の面が輝き出した。円かな影が水に映つてゐるばかりでなく、睡蓮の葉の一つ〳〵

にも宿りはじめた。「月々に月見る月は多けれど月見る月は此の月の月」と誰かゞ吟じる。「お月さんはちよいと出て松の影、………」と、今度は博多節が出る。「月はおぼろに白魚の、篝りもかすむ………」と羽左衛門ばりで云ふ者がある。「月はおぼろに東山、………」と、とう〳〵祇園小唄が出たので、これには私までが加はつて謡つた。

月が中天に懸つた頃にはめい〳〵が又席に戻つて酒になつた。さあ、これからみんな隠し藝を出して下さいと号令が懸つて、先づ山内の京子さんが「京の四季」を舞ふ。地は南禅寺村の某老婦人が地唄の三味線を弾いて唄ふ。それが済むと梅原氏が引つ張り出された。「油屋々々」「薤《らつきよう》々《らつきよう》」と方々から声がかゝる。梅原氏はやゝ躊躇してから、「それでは袴を脱がんならん」と独語ちながら袴を脱いで臀をからげ、天秤棒を担ぐ恰好をして、「えゝ油屋でござい、油屋でござい」と云ひつゝ現はれた。「えゝ油屋でござい、油屋でござい」と云ひながら街を売り歩く腰つきや足つきはさすが狂言師だけのことはある。「えゝ油屋でござい」と云つてとある家の前で止り、中へ忍び込む恰好宜しくあつて、「えゝ奥さん」と、一と間の襖を開け、油のしみた指を以て或る滑稽な動作をし、次いで意味深長な身振があつてから何喰はぬ顔で往来へ出、「えゝ油屋でござい、油屋でござい」と云ひながら再び街を流して行く。一座大喝采大爆笑。此のあたりから彼方此方に酔つ払ひが出来、追ひ〳〵乱軍の巷になる。

「がんでん〳〵がんでん〳〵」と云ふ掛け声と共に武藤達三氏が引つ張り出される。「がんでん〳〵」とは壬生《みぶ》狂言の囃しのことで、武藤氏の隠し藝は壬生狂言の「桶取」なのである。と、いつの間にか又梅原氏が跳び出して来た。「薤々《らつきようらつきよう》」と声がかゝる。「都大路の隅々で、天下に聞ゆる志士の声、近藤勇が虎徹を抜けば、京の三条に花が散る、薤々、花薤、剝いても〳〵皮ばかり」と、踊りながら梅原氏はぐる〳〵廻る。「薤々、花薤、剝いても〳〵皮ばかり」と何度も繰り返してだん〳〵早口に云ひながら廻る。千之丞氏、武藤氏、千枝子夫人等々も加はり、一緒になつて唄ひながら廻る。千枝子夫人は何と思つたか、突然アクロバツトダンスのやうな姿態をし、両脚を水平に開いて臀をぴつたり畳に着けて坐つてしまつた。バレーで叩き上げた夫人は余興にしば〳〵此の手を用ひて一座を驚かすのださうであるが、キモノ姿でこれをやられると、知らない人は夫人が癲癇でも起したのではないかと思つて本当にびつくりすると云ふ。そこへ千五郎氏の長男で、千之丞氏の兄に当る七五三《しめ》氏が遅刻しましたと云つて駈け着ける。今日は早くから此方へ来たかつたのですが、丹波の方に用事があつたものですから、と、出先から真つ直ぐ此方へ廻つたものと見えて、背広服のまゝ千五郎氏に連れられて挨拶に出る。これで茂山氏の家族は、祖父翁の千作、悴の千五郎、同夫人、孫の七五三、千之丞兄弟等々全部集つたのであつた。尤も家には孫の嫁女や曽孫《ひまご》等もゐて和気靄々たる家庭であるとやらで、千作翁の満悦は察するに余りある。いつたい此れらの人々は、七五三氏千之丞氏に至るまで既に世間に名を知られた一廉《ひとかど》の藝人たちであるが、最前から見てゐると、親子兄弟が互に仲が好いばかりでなく、われ〳〵に対しても寸毫も藝人らしい気取がない。かと云つて、別にお世辞や追従を云ふのでもなく、全くわれ〳〵と同じ気分に浸り込んでゐるのである。本来ならば千作翁や千五郎氏の如き一流の人は、もう少し重々しく構へてゐてもよい筈であるが、招けばかう云ふ座敷へでも親子揃つて、孫や門人までも連れて出て来ると云ふのは、いかにも無雑作で気さくである。これが東京あたりだと、俳優は勿論講釈師や落語家などでもなか〳〵かうは行かないやうに思へるけれども、その点、狂言師と云ふものは一帯にかう云ふ気風なのか、それとも茂山一門に限つたことなのか。或は上田氏や山内氏と特別な関係があるのかも知れないが、山内さんの母堂に聞くと、さう云ふ訳でもないらしく、平素から此の人々はこんな工合で、千作翁も千五郎氏もちつとも偉がらない、呼べば何処へでも喜んで出て来てくれる、そして親子兄弟が睦しいところから、何かと云ふと一家挙つて集るのだと云ふ。それに又、藝人はとかく藝の出し惜しみをして、めつたに「おしろうと衆」と一緒に馬鹿騒ぎなんぞしないものだが、さう云ふ点も此の人たちは捌けてゐて、興に乗ずれば隠し藝などもさらけ出す。就中千之丞氏は、下戸の父親達に似ず行ける口と見えて、もうさつきから上機嫌で、とき〴〵広間のまん中へ躍り出して、権兵衛が種蒔きをやつたり、一人相撲をやつたり、口上役を買つて出たり、一手に余興を引き受けてゐるのであるが、何しろ日頃咽喉を鍛へてゐる人であるから、破れ鐘のやうな声が満堂に響き渡る。千作翁は孫どもの騒ぐのをさも楽しさうにニコニコ笑つて眺めてゐるだけであつたが、千五郎氏はやをら立ち上つて「北州」を踊つた。此れは山内母堂がお師匠さんだと云ふことであるが、まだ習ひたてゞあるらしく、母堂が蔭で振をするのをチラと横眼で見ながら踊るのが此の人だけに面白かつた。

それからあと、いろ〳〵な人が代る〴〵跳び出して来てはありとあらゆる滑稽、猥雑、狼藉の限りを尽したが、誰が何をやつたのであつたか一々は覚えてゐない。私は依然として勾欄に靠《もた》れながら、をり〳〵外に眼を移すと、中天にある月も、水面にある影も、此の騒ぎとは無関係にいよ〳〵冴え渡り、睡蓮の葉は前にもましてつやゝかにきらめいてゐるのであつた。私はひそかに、二千里外故人心と吟じて見たり、永夜清宵何所為と呟いて見たり、月白風清如二此良夜一何と詠じて見たりして、眼前の明月をたゝへないではゐられなかつたが、座敷の方ではまだ入れ代り立ち代り藝づくしがつゞいてゐた。花に浮かれる人々はしば〳〵見ることがあるけれども、かやうに月に浮かれる人々は珍しい。が、藝をやりたい人だけが夢中で熱心にやつてゐるので、誰ももう余りその方へは注意せず、めい〳〵勝手に、ところ〴〵に輪を作つて飲んだりしやべつたりしてゐるのであつた。それでも私が覚えてゐるのは、「十七八は竿に干した細布《さいふ》、たぐり寄りやいとし、………」と、誰か若い人が二人で舞つてゐた。それから千之丞氏が「東西々々落語を一席やらして戴きます」と云つて、「タヒラバヤシかヒラリンか、一八十《いちはちじゅう》のボウクボク、一つに八つに十《と》ツ木《き》ツ木《き》」と怒鳴つてゐたこともあつたし、山内さんの母堂が誰かと二人で掛合漫才をしてゐたこともあつた。それから東京音頭や瑞穂踊りが出たやうであつた。千作翁がいつの間にか座を移して、広間の方へ乗り出してゐた。そして此の翁一人だけは、実に熱心に、つく〴〵感心したやうにこれらの余興の一つ〳〵に見惚れてゐるのであつた。

その夜迎への自動車が来て千作翁や千五郎氏夫妻が辞去したのにつゞいて、一門の人々が大波の引くやうに退散したのは八時半頃だつたであらうか。あとには此の邸の亭主夫婦、山内さんの母堂と京子さん夫婦、それに私たちの夫婦が残つて、改めて勾欄のもとに酒を酌み、しんみりと更け行く空の月を賞でた。九時過ぎに私は妻を促して月下の路を帰つて行つたが、山内さんたちはまだあの床張りの席を去らないでしめやかに話し込んでゐるらしかつた。

谷崎潤一郎（たにざき・じゅんいちろう）一八八六～一九六五（明治一九～昭和四〇）年。小説家。東京生まれ。関東大震災を機に関西に移住し、伝統文化に触れて古典回帰の作風に変化する。「吉野葛」や「陰翳礼讃」にその傾向は明瞭で、『源氏物語』の口語訳を行い、『細雪』を執筆した。「月と狂言師」は一九四九年一月に『中央公論』に発表されている。底本は『谷崎潤一郎全集』第二〇巻（二〇一五年、中央公論新社）を用いた。天体を描いた他の作品に、「西湖の月」「仲秋の季節」「月の囁き」などがある。

月夜のあとさき

津村信夫

「戸隠では、蕈《きのこ》と岩魚に手打蕎麦」私がこのやうに手帖に書きつけたのは、善光寺の町で知人からきかされたのによる。

岩魚は戸隠山中でもさう容易には口に這入らない。岩魚釣を専門にしてゐる、さる農家の老人をひとり知つてゐるが、その他に所謂素人《アマチユア》で、ひそかに釣に出るやうな人もある。

一日歩いて骨折つてみても、まづこんなものですよと云つて、石油の空缶をのぞかせて呉れたのは、山の写真屋の隠居であつた。空缶のなかには膚の美しい岩魚が、僅か二疋だけ泳いでゐるにすぎなかつた。

水の綺麗なところを選ぶこの川魚は、いささか神秘に属するものかもしれない。足の悪い老人は、今朝から牧場のあたりから川に沿つてきたのだと云つて、額の汗をふいてゐた。「土地の人はかうして水を飲むのですよ」と云つて、笹の葉を一枚舟の形に折つて、私にも美しく澄んだ水を飲ませてくれた。

秋には坊の食膳にかならず蕈《きのこ》の類が上《のぼ》される。ふかい秋のもの哀しい風味がある。

晩《おそ》夏の一日、私が奥社に詣でたとき、逆川のほとりの茶店に、新聞紙の上に一杯黄色い小さな蕈《きのこ》を干してゐるのを見た。傍にはグリムの物語にでも出てきさうな老婆がぽつねんと坐つてゐた。私が何と云ふ蕈《きのこ》かと尋ねると、これは楡《にれ》の木に生えるものですと答へた。少し分けてくださいと頼むと、気持よく承知してくれた。

老婆がもう店を閉ぢるから、よかつたら里まで御一緒に行きませうかと云ふ。老婆の里と云ふのは、戸隠中社のことである。

私が待つてゐるからお婆さん早く支度をしなさいと云ふと、品のいい顔立のその老婆は、いささかあざけるやうにして云つた。

「わしは足が早いからすぐに追ひつきやす、一足さきにおいでなして」

老人《としより》のくせにと私は意外に思つた。山路をものの十分と行かぬうちに、後の方で声がする。振り返つて見ると、老婆は店の品物でも入れたらしい大きな風呂敷包を肩にして、飛ぶやうに歩いてくる。木曾地方で軽サンと云ふ袴、あの立つけ袴をはいて、思ひなしか腰のあたりもすつくりのびたやうである。

「随分早かつたね」と云ふと、「いいえ、年するとね」さう答へて一向に平気さうである。

店の番をしながら、暇をみて蕈を採る、採つた蕈は中社まで持つて帰り、あちらこちらの坊の厨房《くりや》にわけてやるのだと云つた。

越後の海も一度見たいね、だがそれよりも孫が長野で教員をしてゐるから、その方に行つてみたい、善光寺に行くには、余程朝早く立たないとね、さう云つて話しかける。お婆さんのやうな丈夫な足なら、すぐ行かれるよと云ふと、老婆はいかにも嬉しさうに相好を崩した。

私の宿つた坊では、月夜の晩にはきまつて蕎麦を打つた。

蕎麦は更科と云ふけれども、信州蕎麦のほんとに美味しいのはこの戸隠飯綱の原を中心とするあたりで、この地方に多い麻畑は刈りとつてしまつた後は、みんな蕎麦畑になるのである。

山の月を見るためには、畳を敷いた坊の廊下に、薄や吾木香が供へられた。

蕎麦を打つのは、家内総出であつて、少年と雖《いへ》ども心得てゐる。もつとも、少年少女の場合は、蕎麦打ちを手伝ふひまに、こつそり蕎麦粉を盗んで、あたかも粘土細工のやうに牛や犬の動物を作つたり、鳥居をこさへたりするのが、楽しみなのである。

蕎麦の玩具は戸隠の子供部屋の雛様である。

坊の娘が片方の手に蕎麦を入れたザルを持ち、一方の手にお膳を持つて、月のいい晩にやってきた。

「お蕎麦がおいやなら、こちらに御飯も御座います」

蕎麦は色が黒いが、口触りがまことによい。山中の夜はそれを口にすると、何かひやりとした感触がある。何かひ

娘はいつも着物を長目にきるので、歩くたびに、かすかな衣ずれがする。書院作りの広い間を二つ三つ通りすぎて行く足音は、まるで燭の火で足もとを見つめて行く、昔の人のそれのやうである。

「お蕎麦を召上つたら、御庭に出て御覧なさい」と云ふ。「私共もこれからお月さまを拝みに参ります」

山中の月の出は晩いときいたが、庭に出て見ると、いつのまにかうつすらした光が射してゐた。海抜幾千尺、庭の萩の花が咲き乱れてゐた。一つびとつの小さな花は秋の眸のやうに鮮やかであつた。

坊の娘は何処でお月さまををがんでゐるのか、一向に姿を見せなかつた。

津村信夫（つむら・のぶお）一九〇九〜四四（明治四二〜昭和一九）年。詩人。兵庫生まれ。軽井沢で出会った室生犀星を生涯の師とする。一九三〇年代半ばから立原道造・丸山薫・三好達治らと『四季』に参加。著書に『愛する神

の歌』『或る遍歴から』などがある。「月夜のあとさき」は『戸隠の絵本』（一九四〇年、ぐろりあ・そさえて）に収録された。底本は『津村信夫全集』第二巻（一九七四年、角川書店）を用いている。天体を描いた他の作品に、「天の川」「月」「月夜」「春の星」「星へ」がある。

月、なす、すすき

西脇順三郎

私は自然の風物とか情緒といったようなことを好むけれども風流とか俳味ということになると又すこし、てれくさくなってそれに対して警戒するのである。しかし九月の二十日頃になって、すすきが穂の先を少し出しかかった時分は私はなんともいえない自然の風味を覚える。これは風流心とか俳味を解するからでなく、ごく普通の素朴な自然愛からであろう。

仲秋の月を祭るためにろうそくをつけたり団子や秋の初栗や柿などを飾って月をおがむことなどはおもしろくてやってみたいと思うが家の近代人はその旧式なことを笑うのであろう。けれどもすすき位は郊外へ行ってとって来て家の花びんにさす程度のことはやってみた。

渋谷駅からあまり遠くないところに住んでいた時（戦前）ある九月の仲秋頃すすきをさがしに出たことがある。代々木の練兵場のぐるりの土手や崖にはたくさんあるということも知っていたし、今の東大の教養学部（旧一高）の前の井之頭線の線路のわきの草地にたくさんあるということも知ってはいたが、その時はすすきなどはどこにもあることだと思って、出かけた。渋谷から井之頭線にのって東松原でおりて歩き出した。どうしても見あたらない。ついに小田急の通るところへ出た。仕方がなくあきらめて桜ヶ丘か中原か（どちらか忘れたが）の駅まで来て駅の中へはいった。するとその駅は土手の下にあって車を待っていると、ふとすばらしいすすきの株がたれさがっている。それを少し折って来たことを覚えている。

　すすきは旧東京市内では今日はあまり見えない。しかしすすきというものは日本国土の風情をあまりにも代表しているので今日では少し月並の雑草である。昔は「かや」と言って農家の屋根をふいたものであろうから実用的なものであったらしい。すすきときつねなどは実に日本的な感じがする。すすきの中に刺客や追いはぎがかくれたりしている景色は日本の歴史小説家が普通月並であるが描くところである。

　すすきはいわゆる秋の七草の一つであるから、昔から文人画人にも一般的によく知られているものである。特にすすきは秋の代表的な雑草であるからそれ自体興味あるものであるが、それがお月様と連結されてまた更に月並なものとさえなった。

　昔から十五夜にかざる草はすすきである。世田谷のおくに深沢という里があったが（今は東京駅からバスが出ているから、その近くまですぐいける。昔なら旧市内からは一日仕事であった）その辺で私は「がまずみ」（江戸時代はこの辺の方言でヨソドメとかヨツドメという）を折ってきたことを覚えている。その辺の百姓さんにきいてみると、その辺の農家では、十五夜のときは、すすきと一緒にヨツドメをかざると言っていた。この「がまずみ」という雑木も日本中どこの藪の中にもはえているものであって、九月の末には深紅色の小さい実をつける。

すすきに関連して私は思うのに、なすも日本の夏から秋への風情をますものであると思う。十五夜の月にはなすびをもかざるべきものであろう。仲秋の月の見方はあるやんごとなき人の説ではなすに穴をあけて、そこから月を見ることであるそうだ。これは一つの民俗学的にいえば仲秋の祭の儀式であったのかも知れない。なすをかざるどころか、なすを通して月を見るというおもしろい習慣さえあったという説になる。

なすはインドから来た日本人の野菜ということであるが、特になすは日本独特なものとして発展したように思われる。なすは味がないところに味があるように私などは思う。私などはなすのテンプラでも煮たものでもうまく思わないが漬け物になるとうまいと思う。しかしその味といわれても何とも説明が出来ない。昔から「秋のなすはよめにくわすな」という俚言があるが、それほど秋になるとなすの味がよくなるとも思われない。またモダンなおよめさんは大体漬け物などはてんできらいのようだから、その里言葉は通用しない。

すすきとなすと仲秋といった存在はなにか非常に原始的な力をもっていて、時々こんな原始的な思考へもどることは人間の文明に対して皮肉でよい。私はすすき、なす、月といった人類の原始文化の一つの象徴を愛する。決して俳人的風流のためでない。しかし人から風流のまねをしやがるといわれても結構であって決してうらまないが、私がそういうものを愛するということは単に機械文明、貨幣文明に対する自分のか弱い反抗として自ら満足するからであろう。

私は十五夜のくるたびごとにいつか一度宋の画人が描くような河に小さい舟を浮かべて仲秋の月というものを天高くかざって酒を友人と飲んでみる計画をしたいと思う。九月の末ならどうにか寒くはない晩であろう。舟のへさきがすすきの中へ半分かくれているという条件で舟をつなぐことにしたい。なすの漬け物だけがおさいだ。またこれは全く空想だが、そこにいる二人は文人画に出ているチョンマゲを結びたいものだ。

実は今晩が仲秋の月を見る晩であったが東京はあいにく月がかくれているためにおじゃんになったが、実は前からの計画があった。私の友人で西洋風のお城をもっている人がいる。その屋上にあがって、むしろをしいて五六人で仲秋を惜しむ会をやるのであった。ここに集まろうとした男は私と同じように英文学をやっている人たちと、また仏文学をやっている人たちとであった。どうみても俳人らしいところがない。ないところにまたおもしろ味がある。『セキヘキノフ』からおよそ遠いものである。本当は琵琶かなにかひける男がこの一行にいるといいが、いない。

今晩はその計画はだめになったけれども白金の丹波町に友人のお寺をもっている英文学をやった人がいるので、その座敷からどんよりした仲秋のくもを見るつもりだ。

西脇順三郎（にしわき・じゅんざぶろう）一八九四～一九八二（明治二七～昭和五七）年。詩人・英文学者。新潟生まれ。イギリスでモダニズムの洗礼を受け、帰国後にシュールレアリスム運動を担う。詩集に『Ambarvalia』が、評論集に『超現実主義詩論』がある。「月、なす、すすき」は『あざみの衣』（一九六一年、大修館書店）に収録された。底本は『定本西脇順三郎全集』第一一巻（一九九四年、筑摩書房）を用いている。天体を描いた他の作品に、「宇宙的な心細さ」「宇宙の神秘を夢見る」「太陽」「月」「土星の苦悩」などがある。

名月の夜に

横光利一

昨夜の睡眠不足のところへ写真である。今夜は名月だから月見をしたいと思つたが眠い。夕食後、床へ入りかけたところを、月が出たからとの報らせで二階へ上る。どこから持つて来たのか芒に餅も供へ、縁に出てゐる。かすみながらも円い月がのぼつてゐる。燈を消して空を眺めてゐると、次男の一年生の方が読本を両手に捧げ、「オツキサマ」のところを月に向ひ、大きな声で読み始めた。その傍で黙つて林檎を剝いてゐた家内の手から、皮がさくさく音たてて下に垂れていく。句を一つ作らうとしてみたが林檎の匂ひばかりひどくあたりに漂つて、句にならぬ。それよりもやはり眠い。

「名月やあるじ眠らん香のなかに」

かう泛ぶものの、子供の読み上げる声がますます高くつづく。私の子供のころのオツキサマの発音とは、子供のはひどく違つて東京弁である。あるじの発音はも早子供には伝染らない。子の発音もあるじにはもう影響しない今日このごろの時節でも、名月の夜にはまだ芒と餅を出して、月を迎へてゐる。もしどこの家もこんなことをしなくなれば、そのときこそ用心をしなければならぬだらう。ときどき一年に二三度は名月が出て人々に休息を与へてほしいと思ふ。

横光利一（よこみつ・りいち）一八九八～一九四七（明治三一～昭和二二）年。小説家。福島生まれ。川端康成と共に新感覚派の代表的作家として文壇に登場する。その時代の「春は馬車に乗つて」、長篇小説『上海』、新心理主義文学期の「機械」や「鳥」が代表作。「名月の夜に」は一九三九年一一月に『大洋』に発表された。底本は『定本横光利一全集』第一四巻（一九八二年、河出書房新社）を用いている。天体を描いた他の作品に、「淫月」「月夜」「日輪」「日輪挿話」「名月」などがある。

中秋の名月

太田治子

中秋の名月が近い。私はまんまるなお月さまが大好きである。十五夜の満月になる前の、十三夜もよい。これからいよいよ満月になるという楽しみがある。月の光も清らかである。うなじの清らかな少女に似ているといったのは、三年前に空にいった母である。

「十二、三歳の少女がきれいなように、お月さまも満月になる前が一番清らかで美しい」

母は満月が近づくと、よくそういうのだった。丁度、その年頃には、母のいう言葉の意味がしかとわからずにいた。中学生の私は、今の自分の年令がそんなにいいものだとは少しも思われなかったのである。にきびらしきものが額の隅にぽつりとでき始めていて、胸がふくらんできたことも恥ずかしかった。何やら得体の知れない重たいものに、自分のからだが包まれているように思われた。

一足飛びに、大人になりたかった。新派のお芝居にでてくるようなしゃっきりとして、しかも匂やかな女らしさの漂う明治の奥さまに、ひたすらあこがれていた。鏑木清方画伯描くところの『築地明石町』の世界である。朝霧たちこめる中に、黒の羽織、薄みどりの着物姿の奥さまが立っている。何かにふり返った感じの奥さまの表情は、あくまで静かである。遠くに、外国船のマストが煙ってみえる。

ほの白い足許に、ひっそりと咲く一輪の薄紫の朝顔が、その清らかな雰囲気にふさわしい。頬に一筋、二筋かかるほつれ毛さえも、清らかなのだった。かぎっ子の私が母の留守中にたまたまみた画集の中に、その奥さまはいた。こんなにも清らかなすっきりとした女性に、初めておめにかかった気がした。

中学校の休み時間、女の子同士、「十年後の私」という実演をして遊んだことがある。皆それぞれ、わざと突っぱった役柄を演じる中で、私はあえて着物姿の奥さま役を演じた。

「太田さん、うまいわね。なんだか本当にもう奥さんの感じがするわ」

じっと黙って動かずにいる私をみて、友だちが半ばあきれたようにいう。秘かに心に浮かぶのは、あの『築地明石町』の女性であった。早く、「奥さん」と呼ばれるようになりたいと思った。

ところが実際に大人になって、やがて独身のまま二十五を過ぎると、奥さんでもな

いのに奥さんと、呼ばれることにこだわりを感じるようになった。八百屋さんの店先で、

「奥さん」

と呼びかけられるものなら、

「あら、私はまだミスなのに」

と思ってしまうのである。これは考えてみれば、大変おかしいことだった。私よりはるかに若い奥さまが沢山いるのである。それでも、独身の間は決してそのように呼ばれたくなかった。それを母にいうと、

「あらおかしい子ね。あなた位の年になったら、かえって『奥さま』といわなくては失礼だというものよ」

といわれてしまった。

　その母の一言にはひっかからなかったけれど、満月が近付くにつれてよく口にする例の言葉にはこちらが年を取る毎にひっかかるのだった。すなわち、

「十二、三の少女の頃が一番きれい」

という言葉である。私はもう満月なのだ、しかも満月になって大分月日がたっていると思うと、満月をみるのがかなしかった。

　十五夜の翌日あたりから、やけに月が赤くみえることがあった。ぼってりと重苦し

い感じのする月をみながら、やがて私もそうなるのだと思うと、心がふさいだ。

或る日、虫の居所の悪かった私は母に食ってかかった。

「それでは、満月になってしまった私はもう駄目だというの？　汚いとでもいうの？」

母はあきれたようにしばらく私をみつめていたが、やがてゆっくりとこういったのである。

「奥さまになっても、清らかな女性はいます。満月のあでやかさは、清らかさの中にあるのよ」

その時、胸の中に『築地明石町』の女性の姿が満月のように浮かび上がった。あの奥さまこそ、十三夜の清らかさをたたえた満月の女性なのだった。

中秋の名月には、母の生きていたころと同じようにお団子を供える。たとえその日に雨が降っても、満月のように丸いお団子を食べていると、心もまろやかになっていく気がする。ずっとこのまま一人でいることになっても、満月のような心の女でいたい。

太田治子（おおた・はるこ）　一九四七（昭和二二）年〜。小説家。神奈川生まれ。父は太宰治、母は「斜陽」の主人公かず子のモデルとなった太田静子。

美術への造詣が深く、NHK「日曜美術館」のアシスタントを務め、『私のヨーロッパ美術紀行』『夢さめみれば　近代日本洋画の父・浅井忠』の著書がある。『心映えの記』で坪田譲治文学賞を受賞。「中秋の名月」は『気ままなお弁当箱』（一九八九年、中央公論社）に収録された。底本は同書を用いている。天体を描いた他の作品を集めた本に、『星空のおくりもの』がある。

6　大陸の月、近世の月

月光都市

武田泰淳

ある一日の印象が、少年の眼に映じた幻灯の一場面のように、いつまでも消えやらずにいることがある。その一日はながくのちの日まで、いつも新しい意味を持ちつづけ、親しみぶかく語りかけてくるものである。一度胸にしみ入ったその印象は、何か事あるごとに、または或る想いにしずむごとに、紅緑の色あざやかに浮きあがり、狭くるしくとざされがちな人の心を、ゆるめひらき、ときほぐすはたらきをもっている。あのあわただしい、黒々と息づまるような戦時の異国の記憶の中にも、そのような一日があって、今の杉をやさしくさとしおしえるのであった。その夜は月が明るかったが、その明るさには、さまざまな物の形やうごきを、一つの象徴につつみ高めてくれる秘力があって、ふだんなら想ってもみない神々のことなど想い起させるのである。

それは上海のある中秋節のことであった。

「おや、一番あとで葉をつけたポプラが一番さきに葉がおちる」と、その朝、杉の下宿している家の夫人がベランダに立って言った。よく晴れた空に、柳がしずかに動くほどの風があった。隣家のドイツ人の花園の朝鮮朝顔の棚が、赤い小さな星のような花をつけているほか、残りのカンナが艶のわるい紅色を見せているだけで、すべて秋らしい翠緑の色どりであった。ことにポプラの下葉の枯れ落ちたのが寒々として秋らしかった。（それは普通のポプラと異り、青桐に似た葉を持つ樹であるが、杉たちはそう呼んでいた）裸の枝はだらしなく真直ぐで、柘榴《ざくろ》や楊柳のような繊細さもないし、樫や松のような頑丈さもなく、どこか馬鹿げて見えた。このような愚かしい樹木のくせに、同じポプラで葉の落し方がちがっているのを、いつも眼ざとい夫人が見つけたのであった。

「ポプラでも木によって衰え方がちがうのかな」杉は庭をとりまいて並びたつポプラを見くらべながら湿った芝の上に出た。一番あとで葉をつけたポプラが一番さきに葉を落とすのは、その木の生命がはかないからであろう。樹木のおとろえをこれほどあからさまに示すものはなく、西洋夫人の急調子な変貌を眺める気がするのだが、やはりその中にもことに弱い質のポプラがあるのが、今こと新しく面白かった。夏の夜はこのポプラがはげしく風に鳴って、博士と夫人と三人で語り合う話をとだえさせたこともあった。その頃は雨のあとなど、透明なやにを水晶のようにしたたらせた細い梅の幹が油を塗ったようによく光り、壁に着いた飾り電灯をともすと、葛や立葵《たちあおい》が芝居の舞台のように色つや美しく浮き上り、そしてポプラの葉ずれだけが、少し威のある少しおどけた音をたてていたのだが。

「ほら、その一本だけよく目立つでしょう」

夫人の言葉のように、隅の一本が葉の落ち方がひどい。ほかのポプラの後には楊柳の緑や葡萄葉の緑がよりそっているため、裸の枝が目立たないのかとも考えたが、やはりその一本だけは、上部の残りの葉まで痛々しく枯れていた。

「杉さん。秋人間に到り、遍体《へんたい》寒を生ずよ」

夫人は紺と緑のセーターの腕を高くあげて勢い良く、鶏の餌を撒いていた。それは杉が昨日、電車を待ちながら、洋品店のショー・ウインドーの硝子に書かれてあるのを見て帰った文句であった。「秋人間に到り、遍体寒を生ず」と言うのが、客に暖衣を買えとすすめる商人らしい広告にしても、どこかまじめな教訓とも見え、妙に人間味のある秋が感ぜられた。

昨夜きかせたその文句をもうすぐ使うのは、いかにも利発できかぬ気の夫人らしく、その言葉が、遠慮もなく庭にひびきわたって、ポプラの枝の彼方まで流れて行くのを杉は、日曜の朝らしい、ゆっくりした心できくことができた。

「今日の日曜は何処へおでかけ。今日はお月見ですよ」

「さあ、まだ何処とも」

夏から秋へかけ杉はよく附近へ自転車を走らせた。博士の屋敷がフランス租界のはずれなので、鉄道線路の向うや、徐《ジ》家滙《カウエイ》クリークの西や、龍華寺や万国公墓など、気のむくままにひとりででかけた。京劇《けいげき》や申曲《しんきよく》（上海劇）や越劇《えつげき》を観《み》るかたわら、あけがたや黄昏に、物に憑かれたように散歩に外出する杉を、博士夫妻はいくらかあわれむようによく言った。

「杉さん、半年位で帰るつもりなの。そんなに慾張って見て歩いて」

慾張っているという批評はよく当っていた。

杉は下痢をしたり、読書に疲れたりしても、瘦せた身体を下手な自転車にのせ、或は満員の電車に押し込んで、何かを探し求めるように毎日上海の何処かへ運んだ。支那文化の研究をつづけていた杉は上海に居留してみると、暫くはとりつくしまもなく呆然としていなければならなかった。半ズボンや黒眼鏡の人々が往来する夏の上海に暮し、毎日さまざまな中国人に接触していると、今まで身につけていた「研究」が、流れる汗と共にあとかたもなく消えて行く感じだった。支那文化に対して抱いていた僅かな思想、ようやくにしてつかみ得たと思っていた考え方の順序までが今は雲散霧消して、後にはあたり前の旅人の感覚だけが残っていた。

「半年やそこらで何でもわかろうとしたって駄目よ」と夫人は杉を頭から子供あつか

いにしたが、物しずかな博士の言葉の端々にも「ともかく君はまだ何も知らないのだよ」と告げる先輩らしい教えが読みとれるのだった。夫人は八年、博士はすでに十五年の歳月を上海で送っていた。「この二人にはもう物珍しいものはなくなっているのだ」と杉はいつも反省してみた。「しかし自分は何物かを求めなければならない。研究が無用だったのなら、旅人の感覚で感じるだけでもよい。今まで日本の文学者の見出し得なかったものを、自分で見出さなければならない。何か深い美しい感情で、この上海を新しく発見できないであろうか。何か身にしみわたる啓示がこの町に足をとどめた自分の上に降りかかって来ないであろうか」

博士の家は安和寺路にあった。旧交通大学に近く、外人の邸宅ばかり並ぶ閑静な一角であった。コロンビア・サークルと名づけられたその住宅区は、建物も街路も住民もほとんど支那らしい趣がなかった。古い幹をはなれ、家近い路に落ちた柳の細枝や、時たま牧童をのせてゆるやかに歩み去る水牛など、自然の景がわずかに江南の秋をしのばせていた。ドイツ人の家の正門の煉瓦塀には半円の飾り窓が沢山並び、それには支那風を真似たのであろう、竹筒の形をした緑色の陶器がはめこんである。その竹型の陶器の緑色がごく濃いもので、艶々と光り、そのあたりの緑をそこへ吸収しているように見えた。そしてそんな瑣細な部分に支那風を見出すことが全体をかえって欧洲風にあらわしているのであった。そのため杉は、家を出て南市《なんし》や楊樹浦《ヤンジッポ》へ行く時には、これから西洋的支那をはなれて中国的支那へ行くわけだなど、自分に言いきかせるようなこともあった。

「徐光啓の墓は行かれましたの」

「この前行ったんですが、どうも路がわからないで、徐家滙の教会だけ見てきました」

「ああ、そうだったの。あの孤児院は？　いろんな細工物造ってるところ」

「日曜に行ったんで工場は休みだったので、本を四、五冊買って来ました」

「そう。本てキリスト教の御本でしょう？」

「ええ、その晩読んでみましたが、なかなか面白いと思いましたよ」

「そう。わたしキリスト教はどうも好きでないのよ」

夫人はちょっと顔をしかめるようにしてズボンの埃をはたいた。いかにも若々しい夫人がそんな時だけ、年よりらしい、ちょっとかたくなな強さを示すのだった。

「僕も別に好きというわけじゃありませんがね。しかし徐家滙の教会やなんか、ああいう建物は実にいいと思いましたね」

「大きいことはずいぶん大きいわね。しかし上海まで来て教会なんか見て歩かなくても、まだ見るところ沢山あるでしょう」

「そりゃそうですがね。僕はあの教会は三回ばかり見に行きましたよ」

「おやおや御苦労さまね」

「一度は事務所の給仕と一緒に」

「給仕と一緒に？　ああ、あの閹姑娘《えんクーニャン》と」

夫人は鋭い眼でチラリと杉の横顔を見た。

「あの子、キリスト教なの？」

「そうですよ。一家揃って」

「そうなの。ずいぶんわがままな子なんですってね、その給仕。この間も事務所の阪口さんがこぼしていましたよ。乱暴でやりっぱなしで仕方ないそうよ。キリスト教ならもう少しおとなしそうなものなのにね」

「さあ、口は達者な子ですね。事務所の評判はたしかに、あんまり良くありませんよ」

杉は人物の批評となると、いつも心が重くなり、口をつぐんでしまうたちであった。何か決定的に人を論断する能力が自分には欠けているのではないかと疑いたくなるほどであった。ことに相手が中国人である場合、余計自分の判断に自信がなくなった。好悪はかなりはげしい方であるのに、対人関係では考えきらぬ態度になりやすい自分をもどかしく思う事がしばしばあった。そして一人一人の中国人に対して同情心と同時に少し冷い観察力が知らず知らず働き、結局二重の眼で相手を見ているのではないかと、常にあやぶむのである。

対中国文化事業に関係しているために、いつも事業的下心がブレーキをかけ、本心の発露をさまたげ、単純に人間が見られなくなっているのかな、とも思う事があった。それともこれは自分の性格で、対人関係を朦朧とさせ、流れにまかせておくいくらか老子的なぼんやりした態度から出たことかとも考えていた。

良く言えば飄々とした、悪く言えばはっきりしないところが杉にはたしかにあるにちがいなかった。話に出た閻姑娘の場合でも、杉はどっちにつかずの心の動きをここ二、三週間つづけていたのである。

ある夏の朝、杉は事務所の机に向い「新経釈義」の頁をめくっていた。朝の早い杉はいつも一番先に机に向っていたが、その日もまた給仕とボーイ以外は誰もいなかった。ロシア人の古本屋でごく少しの金で手に入れたその漢訳聖書は、黒クロースに金文字の表紙で、銅版の挿絵も入っていた。杉はその頃、欧洲人の出版した支那語学習書をあつめていたので、そのついでに一冊買って来たのである。漢字とローマ字とが相並んで横組にされている学習書の印刷が杉にはどれも、奇妙に美麗な、そして暗示的なものに思えて、内容を調査するでもなく、眺めて楽しむことが多い。全部漢字で組まれたこの聖書も同じような感じをあたえた。「天主降生一千八百九十七年訳印」と銘うたれたその版は古い純支那風で、聖者の挿絵など見なければ、四書五経の類とかわりはない。ローマ字であらわされた支那音と同様、漢字にあらためられた欧洲の信仰の形が杉には面白かった。

「爾《なんじ》禱《いのり》を行ふには偽善者に似たる勿《なか》れ。会堂市隅《しぐう》に立ちて禱り、人をして之《これ》を見しむるを喜ぶは、我実に汝に告げん、彼已《すで》に其報を受けたり矣。凡《およ》そ禱《いの》るには乃《なんじ》の室に入り、乃の戸を閉ぢ、密地に爾《なんじ》の父に祈求すれば則《すなわ》ち爾の父は隠微に鑒及《かんきゅう》して将《まさ》に爾に報ゐんとす焉」「密地祈求」と言うぎこちない四つの漢字が中国人自身にはどのように汲みとられ、どのような音色で溶け込んで行くのであろうかとしばし想をこらしている杉の背後に、ひそやかによりそう者の衣服がさわった。ふり向くと少しうつむきかげんに、少し笑いながら、両眼をじっとこちらに注いで給仕の闇が立っていた。血色はあまりよくなく、十九という年にしては子供じみていた。朝から晩まで寧波《ニンポー》語で喋りちらし、ほかの給仕やボーイを屈服させていた彼女が、その瞬間はひどくおとなしく、尋常であった。

「杉先生、バイブルを読んでいますか」

彼女は瑪竇《マタイ》経第六章の頁の上に眼をおとして、杉の眼つきをさぐるようにした。

「杉先生はキリスト教徒ですか？」

「いいや、ちがう」

「キリスト教徒はきらいですか」

「きらいじゃないよ、どうして?」

「わたしはキリスト教信者です」

杉は意外なこともあるものだなと、彼女の小柄な身体を見なおした。口ぎたなく相手を罵り、ちょっとした不平不満でも大げさに表現しなければ気のすまない閻が、信仰を持ち、しかも天主教の信者であることが、急にうなずけぬほどであった。

彼女はそれから自分の手提《てさげ》の中から、小さな皮表紙の祈禱書を出して見せた。それはかなり読み古されたらしく手垢でよごれていた。

彼女の家は父母兄弟みなキリスト教信者だと告げた。

その後も時にふれ、二人ぎりの折など閻は近寄ってきて信仰の話をした。一度は教会の素人芝居の切符を杉にくれたりした。灰色の紙に赤い文字で印刷されたその切符には「聖愛と血仇」と戯題《ぎだい》がしるされてあった。

「あまり面白くないけれど、わたしの弟が出場します」と言って彼女は、切符に印刷されている閻某の名を示した。暑気に負けてその劇はついに見に行けなかったが、「聖愛と血仇」と赤文字で印刷された題名が、いつまでも印象に残っていた。

閻は杉の言う事は割によく守った。しかしその行動は不規則で自分勝手で、中国人の職員もみな彼女を嫌っているらしかった。「杉さん、あんな女、やめさせてしまいなさいよ」と言う者もいた。「だが無邪気なところもあるからな」と杉はそんな時弁護してやったこともあった。

ある朝早く、やはり二人だけの折、閻は月給の昇額を杉に頼みこんだ事があった。泣き顔をしながら、とてもこれだけでは苦しくてやりきれません。自分一人の食事にも足りません。ボーイとくらべたら自分の方が遥かに割がわるい、等としきりに彼女は苦情をのべた。

杉にならどんなことを申込んでも大丈夫だと、杉を味方と信じ談じ込んだ様子であった。

「まだ昇給の話はないし、君だけ上げるわけにはいかないよ」と杉はなだめるように言った。ただでさえ評判がわるいのに、今そんなことを言い出せば、閻は馘首《かくしゅ》されるにきまっているのに、と杉は腹の中で思った。

「それは僕から話してはあげるが、どうせ無駄だよ」と、杉はしばらく考えてから閻に申しわたした。「それより君、僕に上海語を教えてくれたまえ。暇な時、一週間に三回だけ。いいだろう」そしてごくわずかではあるが、上海語の教授料として杉自身が毎月彼女に金をあたえることにきめた。

「杉さんは良い人です。天主教の人はみな良い人です」と彼女がいかにも嬉しそうに笑うのを見て、杉は苦笑せずにはいられなかった。

「もしかすると闇は、最初から自分の要求が通るはずはないと知っていて、僕を泣き落して少しでも恵んでもらおうとしてかかったのかもしれない」と杉は闇の喜び方の簡単なのを、そう解釈した。

夏の終り頃から杉は朱という娘さんに来てもらって上海語の勉強をつづけていた。朱さんは、はなやかな顔つきのおとなしい娘で、実に美しい発音であった。この朱さんと二人で杉が応接間で勉強をはじめると、よく闇は不意に入ってきて意地悪そうな眼をして、いつまでもそこに立ちつづけていた。そして食堂へもどってドアをバタンと閉めたり、湯呑をガチャンと落したりして、また足音荒々しく応接間の前を通った。「ふん、上海語ならわたしだって教えられるのに」とボーイに向って残念そうに告げた事もあったという。それ故、闇は杉に上海語を教えるとなると文字どおり嬉々として教えた。声は朱さんなどとくらべると問題にはならなかったが、元気が良くて遠慮のない点は朱さんの真似のできないところだった。教えることが得意らしく、他の給仕やボーイが面白がって彼女の教授法を見物に来ると、彼女は彼等の方を睨みながら、高声で笑ったりして教科書を読みあげた。

そのくせ時には疲れが出るせいか、椅子にもたれて睡りかける事があった。

闇が杉に上海語の教授を始めてから少したって、事務所の人員の整理の話が起きた。衆目の視《み》るところ闇はやめさせる事に一致していた。「杉さん。どう？　闇はやめさせるつもりだ」と責任者の阪口がたずねた。「十月になったらすぐ申し渡すつもりだ」

「みんなの意見がそうなんだから、いいよ。やめさせても」と杉は何気ない風に答えたが、一種の苦しさが胸の片隅に満ちて来るのを感じた。もしも杉があくまで弁護し固執すれば、この馘首はとりやめになったかもしれない。しかし公平に見て一般の意見は正しかったのだし、杉自身も反対する理由を見出すことがむずかしかった。それだのに杉は何物かに負けたかのごとく、あたかも自分が偽善者となりおおせたかのごとく感じた。自分は結局、闇を救う「良い人」でなくて、ただちょっとした傍観者であったということが、何か自分の性格がもたらした致命的な屈辱のように思われてならなかった。ある一人の無邪気ではあるが乱暴な中国嬢に対する態度だけでなく、上海に住みついて対中国文化事業にたずさわって行く自分の精神の有様が、このように模糊たる、淡い感情状態だけにとどまっていてよいのかどうか。杉は苦いあと味を噛みしめるように何度もその事を想いめぐらした。

「今日は十月一日ですか」

「そうよ。中秋節よ。どこかもう少しパッとしたところで遊んでいらっしゃいよ」

夫人は闇の話は忘れ去ったように香りの高い日本茶を注いでくれた。

「明日は阪口がきっと闇に、もう来なくともよいと申しわたすだろう。或はもう申しわたしてしまったかもしれない。そして闇は明後日からは事務所に来なくなるだろう。そして上海の市民の中に消え去り、再び自分の前にはあらわれなくなるだろう」、杉は日本茶の甘みをあじわいながら、人間の関係のはかなさをしみじみと感じていた。「闇は僕をたよりにならぬ、実のない日本人だと思い、それからやがてすっかり忘れてしまうであろう。彼女は果して本当のキリスト教徒だったのだろうか」杉はその時フト「聖愛と血仇」という、はげしい、いかめしい劇の名を想い出した。「聖愛にしろ血仇にしろ、明確な、決定的な主張が自分の身体を鉄のように緊張させるまでは、自分は人間に対して曖昧な態度しかとれないのかも知れない。あたかも旅人が路傍の花を見て心に感じても、わずかに一眼をなげかけたままに折りとろうともせず歩み去ってしまうように」

「あんまりお酒を飲まずに、月餅《げっぺい》でもおみやげに買って来て」

「今日は昼御飯も晩御飯もいりませんから」

杉は何処というあてもなしに外へ出た。

足はいつとはなしに徐家滙の方へ向いた。

「やはり一度、徐光啓の墓をたしかめておかなくては」

異国の宗教を上海の街にひろめた明代の新思想家徐光啓が埋められている墓地を見ておくことが、杉にはこの際どうしても必要欠くべからざる務めのような気がしていた。大げさに言えば闇の問題やその他、何か考えを明かにする鍵がそこにしずかに横たわっているのぞみがあった。

「もしつまらなかったら、街へ出て、何かおいしい肉を食べよう」

旧同文書院の前を通り、事変当初の難民がそのまま居ついたらしい掘立小屋の集団の横をすぎて、地図で見当をつけておいた通りに路をえらびながら、教会の裏手へ廻った。幾曲りもして狭い民家の路のつきたところに急に徐氏の墓田《ぼでん》があらわれた。教会の塀と汚い住民の家にとりかこまれたその墓田はなかば耕されて畠の姿をしていた。畠の土は白く乾き、踏み越えて行くと食用クローバーの香りがしていた。瘦せた土地にしがみつくようにしてクローバーはやっとのことで青い菜の色をしめしていた。墓の正門の石坊《せきぼう》は小さなクリークに面し、年老いた農夫が一人、そのクリークの水を桶で汲出しては畑に注ぎかける、その音だけがのんびりときこえた。

キリスト信者だった徐光啓の墓は純支那式の形で残されてあった。石坊の後方、塚の前の十字架は徐氏三百年祭に立てられたものであった。このまだ新しい十字架の灰白色の姿がなかったら、そこは一大官の墓所にすぎない。石坊には天を仰いだ鶴の彫刻があり、坊柱の土台には怪奇な動物が鼻孔を空へ向けていた。石馬の上には大きな子供が、石羊の上には小さな子供が跨り、木馬のつもりか身体をゆすぶって遊んでいた。塚の前の石畳の上では、別の子供が二人将棋に余念が無い。子供達は誰も無言で、めいめいが悟りをひらきでもしたかのように、誰に気がねすることなく各々の場所を占領していた。

「徐光啓の墓はですね、塚がね、土饅頭が五つあるからよく見ていらっしゃい。これは何も徐光啓の墓にかぎらんのだけれど。つまり正夫人と三人の妾と、合計四人の方々の墓なんで、真中の少し高いのが徐光啓自身のものなんでね」

そう博士が懇切に教えてくれたとおり、塚には五つの凸所がある。それを眼の前に眺めると杉はとまどったような、ちぐはぐな感慨に襲われてしまった。

「これが真実、キリスト教区徐家滙の創始者、明代唯一の科学者徐光啓の欲した墓の形式なのだろうか」

杉はいつかの夜、睡い眼をこすりながら読んだ土《ど》山湾《ざんわん》発行「文定公徐上海伝略」の清浄な夢が破られるのをどうすることもできなかった。一九三三年十一月二十四日、即《すなわ》ち公逝世三週世紀紀念発行のそのパンフレットには確かに次のようにしるされてあった。

「公ハ終身二色ナシ、洗礼前後、好ク一夫一妻ノ聖誡ヲ守リ、家人他ノ妾ヲ納レ嗣《し》ヲ広メンコトヲ要《もと》ムレドモ、公ツヒニ動カス所トナラズ」

パンフレットの物語る徐公の葬礼は三日に及んだはずである。第一日には一百四十の教友が喪服を着け手に白燭を執り、上海城内の聖堂を出発して南門の双《そう》園別墅《べっしょ》におもむいた。まっ先には十字架をささげた者が先導となり、耶蘇《やそ》苦難旗がこれに継ぎ、次に四人の青年が手に香炉《こうろ》を持ち、一路香を燃やして前行し、更に後には教友たちが一擡《だい》を肩に負い、台の中には綺麗な装飾のある金の十字架を立て、擡の周囲にはあたの燭火が輝きをらめいていた。最後には棺の紼《ひも》を曳《ひ》く教友が念珠《ねんじゅ》をつまぐり高声に玫瑰経《くかいきよう》を誦《じゅ》していた。第二日には熱鬧《ねっとう》は更に高まり、双園から徐家滙まで十一、二里の路程を、徐公の主、聖保禄《パウロ》をはじめ、もろもろの聖なる宗徒の像描きたる旗押して、鼓楽かまびすしく、行列が続いたはずであった。

そして第三日の朝まだき、追想の弥撒《ミサ》の後徐公の墓の中には金の拉丁《ラテン》文字をしるした白絹がおさめられたはずであった。その訳意は次のようなものであったはずである。「中国大博士徐保禄、礼部尚書、文淵閣大学士、乃ち《すなわ》全国最有名最大の名士、彼は聖に帰依してより、之を敬ひ、之を愛し、之を守り、将《まさ》に後世の為に永く名を留めんとす。耶蘇会全体は因《よ》つて公の恩徳に感じ、至愛至情を以て此の紀念標記を立つ」

塚の裏手の数本の公孫樹《いちょう》の葉はまだ完全に色づいてはいないが、秋の陽の下でいかつい枝を包み、金色に輝いていた。塚の両側の土手には青草が生え、塚の裏の泥は誰が持ち去ったのであろうか、えぐられていた。墓地の最初の規模は相当に大きかったらしく、石幢《せきとう》の一本は人家の煉瓦塀の中で樹の茂みの中に淋しくかくれていた。塚の裏手には醜い工場や織機所がせまり、汚水の中に鵝鳥《がちょう》が餌を求めてけたたましく鳴きわめいている。赤煉瓦の巨大な尖塔の上に槍先のように冷く光って立つ教会の銀色の屋根は、中世聖教のおもかげをしのばせているといえ、すでにあからさまに荒れはてた墓地を守るものではなかった。荒れはてたという感が杉を打ったのではなかった。荒れはてたより何より、誰一人訪ねる者もなく、秋の陽《ひ》のあたためるままに、その墓地が置かれてある、そののびやかさ、そのあまりにもあたりまえな姿が、その日の午後の、街の市民の雑沓にまぎれて行く心をさそったのであった。

彼はそこから大世界《ダスカ》へ行くことにした。

杉は何か心淋しくなったり、腹立たしくなったりした時は、中国人の街の雑沓と喧騒の中に歩み入ることにしていた。物売る声や物買う声、ののしり笑う顔や呆然たる顔、それらあからさまな騒音や表情にとりかこまれていると、かえって猥雑な憩《いこ》いが単純な、いくらか考えぶかい想いに変って来て、足どりもおちついて来るのであった。

しかしデパートに似た大きな建物の中に、驚くほど沢山の市民をつめ込んで、無風流に立っている大世界《ダスカ》に入る時は、さすがに抵抗を感じた。そこには混乱した魅力がみちていたけれども、やはりこちらを嘲笑せんばかりの低俗さ、馬鹿々々しさ、荒々しさがふくまれていた。この民衆娯楽場へ入るたびに、杉は自分の精神が、そこで試めされているような気がした。たとえば外人墓地など散歩して、青々とした芝生や白い十字架や、しめやかに置かれた花環など眺め、「女児は死せるにあらず睡れるなり」などという石碑の銘に心をうたれてから、澄み切った死に対する心境や、天上の楽園に対する異国風のあこがれなど、キリスト教のただよわすおだやかな雰囲気に沈み込んでいる時に、フト酒のいきおいにかられ、白昼の大世界《ダスカ》の門をくぐってみる。そして邪教的な、また意慾的な俗悪さに、ことさら自分の顔をつきつけてみる。すると、自分で自分の精神の殻や服装をぬぎかえるような、肌寒いが緊張した瞬間を味わうのであった。甘い空想に身をまかせたがる自分が、そこではいきなり自分の動物的体臭にハッと目ざめる仕組ができているのであった。

徐家滙から街の中心まで洋車《ヤンチョ》に乗り、小さな広東菜館で、薬の匂いのする酒を飲み、大世界《ダスカ》の灰色のコンクリートの石段をあちこち上下しはじめた頃は、曇天の夕暮の光がしずかに、この露天とも屋内ともつかぬ大娯楽場の上へ降りていた。誰が落したか秋の風に吹かれる灰色のハンケチなど見つめながら、階下へのぞきこんだりして渡る階段は、たしかにゆれているようであった。

自由に階下を見下せる、ぐるりと長い廊下や、その途中のバルコニーのベンチには、女人児童ではなく、青年男子たちが藍や黒の服に身をかため、屈強な肉体を休めていた。蝦《えび》のように身を曲げ、ベンチの隅で無心に寝入る男もいた。みんな不満げな、また物うい表情を示し、遊びたくても遊べない、困った想いをあらわしていた。十月一日が中秋節にあたると禍があるといい、それが日曜だとまた禍があるという。その年の中秋節は十月一日の日曜であった。だが、そんな流言とはかかわりなく、ただ困った日常を困ったと考えた風に、それらの市民は坐り込んでいた。たまたま肉色靴下の若い女が、やや年老いた女と二人、ヒソヒソ立話をしていた。二階から三階へ、三階から四階へ、奇妙につづく露天の階段の間から、階下の露天で物食う人々の頭の群が見られた。そしてゴチャゴチャと虫のようにかたまった多くの頭のはるか上方に、屋上花園の下なる壁には、一天霊や惜花散など、花柳病薬の広告が、色あせて残っていた。これらの広告は、曇天の夕刻の灰色の裡に、ことさら毒々しい色彩を見せ、そのためうらぶれた淋しさをただよわせていた。

北のはずれ、もう民家の屋根が迫っている屋上まで杉は登って行った。そこには済公牌楼《はいろう》と名づけられたまずしい廟《びょう》があった。そしてその門前には、金色や紅緑の飾りのついた茶褐色の異様な塔があり、煙を吐いていた。その煙は、その小さな塔の頂上の、裂けた花か、凝固した焰ともおもわれる形の、華やかな紙や布の飾りの中央から、ゆるやかに、うす白く、上海の空へ昇っていた。よく見ると塔はすべて、線香を束ねて出来ていた。

「そうか、中秋節の祭りのためにこしらえたんだな」

「霊雲四照」の額のかかった済公殿には、参詣する者も少かった。「哲学博士」と紙に墨書して、占師がひとり、客のない机のうしろに端坐していた。そして牌楼の下には、無遠慮なことに、ベンチがさかさまに何台も積みかさねられたままであった。トタン屋根や汚い壁に面し、都塵《とじん》のつもったその廟は、忘れられたように、娯楽場の隅でその情ない運命を甘受している風であった。

「霊雲四方を照す」という、おごそかな、華麗な言葉は、酔った杉の眼にうつる、廊下や階段や、廟のあるバルコニーの精気のない風景には、あまりにもそぐわなかった。

しかし一歩屋内に入り、祭りらしくざわめきたった観客の群にまじると、たちまち「霊雲」は大世界《ダスカ》の奥ふかく、密集充満していた。「幻境」とか「別に世界開く」とか「宛《えん》として天仙の如し」とか、黄色い芝居幕に、赤や黒で書かれた文字は、そのまま現実となって酔った杉を襲った。紹興文戯《しょうこうぶんぎ》や笑飛《しょうひ》劇団、国風劇団や童子団維《い》揚戯《ようぎ》、松竹梅や花鳥など墨絵の額をかかげ、コリントやのぞき写真にとりかこまれた屋内劇場では、金石紙竹の音もかまびすしく、この世ならぬ華やかな服装と怪奇な音調がうごいていた。

杉は興にかられ、次から次へと見世物小屋に出入した。神秘電光、YS光線、The Strange Rayと書かれたのがあった。「春色人を悩まして眠り得ず、一枝の紅杏牆《こうきょうかき》を出でて来る」としるされた貼出しには、曲線美輪流表演《りんりゅうひょうえん》と説明がほどこされていた。「一枝紅杏」の「杏」の字の口だけが赤く色彩がほどこされているのも、くすぐったい、興業主の智慧のはたらきであった。中は小さな暗室で、子供の観客が二十人ばかりいた。大人は一人もいない。ポッと電光が小さな画面を映しはじめる。服を着た中国女人の下半身の着物がなくなり、上半身の着物もなくなり、やがて女人は骸骨と化し、骸骨は再び女人と化し、裸身はやがて平常の服装に復帰する。一種の科学的魔術であろうが、いかにも愚かしく、冷えびえと、淋しいあこがれを持った科学であった。幻想というには、あからさまにすぎていた。

隣りの桃花歌舞団の前に来ると、そこには、月亮走《ユエリヤン》、月下佳人、清亮映明月、月亮在那裡《ツアイナアリ》、月宮玉兎、明月想思夜、月下思郷、円月当空、花前月彩、月光善照など、月づくしの戯題が、にぎやかに並び、この日の明月を想いやる趣向であった。しかしながら、「招領小孩《チヤオリンシヤオハイ》」の札を立てて迷子の親をさがし歩く係りの鈴が鳴りひびき、滑稽理髪店を演ずる喜劇役者の挙動に、重なりあって打ち興ずる民衆の口から吐き出される熱気は場内をみたし、階段の間の紙屑よけの金網には、数日間の埃と屑が或は白く、或は黒くへばりついているこのけたたましい空気のうちには、自然の月を拝し、その光に喜びそうな気配はなかった。わずかに自然の緑を貯えたゴムの樹や植木類も、人間の精気にうちまけて哀れにしぼまっていた。「月」という文字が乱雑に散らばっているのに、誰一人として月を想う者はいない模様で、杉自身さえ、空の明月を忘れはてているのであった。

杉は一階の乾坤《けんこん》大劇場へ入ってみた。乾坤という文字が「天地」よりも面白く、親しめる感じである。もう前の方の席はなくて、後の席にも子供や老人がつめかけていた。椅子は固く、汚れていた。子供たちは赤い飲物を買ったり、瓜子児《クワツル》を噛んだりしていた。その子供たちはみな一人前な顔つきをして幕のあくのを待っていた。そして売物屋を呼び、金をわたす時の自信たっぷりのしぐさなど、全く大人とかわりがなかった。杉は、いかにもこんな場所にふさわしい、ひねた女の子から大世界《ダスカ》の案内書を一枚買った。その少女は閻姑娘によく似ていた。色けのわるい顔をうつむかせた折など、見まごうほど似ていた。彼の前に坐った男の子供が、呼びつけてからかうと、一声高く叱りつけ、「いやらしいわ」という表情を極端に示すと、少しそりみになってよそへ行ってしまった。その強気な無邪気さに杉は思わず微笑した。

「閻は今日どこで遊んでいるだろうか。やはりこの子供たちのように娯楽場へ出かけているだろうか。それとも働いているだろうか」

劇がはじまると若い衆が、後から後から補助椅子を持ち込んだ。頭の上に五つばかり重ね、前方の席の通路にかまわず置いた。それでも足りなくて、窓のへりにも、舞台の横にも、熱心な観客があふれていた。

「平貴《へいき》登殿」の中途で、杉は人を押しわけて外へ出た。街頭に立つと、少し寒いくらいで、早足に歩いた。黄金大戯院の西の角で天津良郷の焼栗を一袋買った。赤い木版刷の細長い袋はホカホカと暖かった。それを一つずつつまみだしては食べて歩いた。その朝、夫人にたのまれていた月餅を買いに、菓子屋にも入った。しかし懐中の金は残り少く、月餅は目のとびでるほど高価であった。それでもやっと、セロファン紙につつんだ大きな月餅を二つだけもらい、福開森路《フッカイセンロ》行きの電車の通りまで歩いた。頭は疲れ、心は浮き浮きしていたのに、杉はその間、一度も空を仰がなかった。いそがしげな通行人の例にならってかも知れない。別の想いにとらわれていたのかもしれない。天上の月がただの一度も念頭に浮ばなかった。

ようやくにしてその忘れていた月を発見したのは、電車がアルベール路から動き出した頃であった。八仙橋からここまで、月はたしかにクッキリと空にかかっていたはずであった。その月は金紙でこしらえたように、やや赤みがかった金色で、平たく中天に見えていたはずであった。月自体が建物の陰になってはまたあらわれる。陰になるたびに、その光がかえって明るくひろがり、市街全体が青白く浮き上ったはずであった。なかば睡入っていたのか杉はそれに気づかなかったのだ。

それ故、白い壁も黒い樹木も窓の灯火もみなやわらかい月光に浴しているのを発見すると、杉は思わず「好月亮《ハオユエリャン》」と叫んで、隣に坐った中年の中国人の肩を叩いた。男は洗いたての木綿の服の下にガッシリした肩を持ち、善良そうな笑いをうかべてうなずいた。

上海の街がこのように美しく見えたことはかつてなかった。醜い形がことごとく消え、あざやかな、清い色だけが洗い出されていた。もう大世界《ダスカ》の喧騒も忘れ去った。忘れ去ったとは言えない、あの場内のざわめきはまだ耳の底にひそみ、この月明の静けさの中でかすかに鳴ってはいた。だがわずか二十分ほど前の親しげな群集が、今思いかえすと、遠い物哀しい彼方にあって、杉からはなれ、次第に見えなくなって行く感じだった。そしてあれらの人々が、この同じ月光の下に暮しているという事実が重大神秘の如く、ひしひしと彼の胸に迫って来るのであった。

青く淡い月の光りに押しつつまれた街は、それが街であるために、なおのこと良かった。それはただ月の光りの明るさが良いばかりではない。自然の月の光りではあるが、やはり、自分の住む上海の街に照りわたってくれる光りであった。そして大世界《ダスカ》をはなれ、安和寺路へもどる異国人の路を照らす月であった。

善鐘路を曲り、アパートの立ち並ぶあたりを電車は疾走した。月のせいで、遅い電車が速く走る感じがした。

その時、夜気を顔にうけながら、杉はついこの間見た「六十年後之上海灘」という映画を想い出した。六十年の後、高層建築が夢のようにそびえ立つ空間を、奇怪な航空機が自由に動いて行く。その高層建築の無数の窓には明るい灯火が輝き、ギリシャ風のガウンをまとった中国の男女が活動している。それは映画製作者が頭脳をしぼって仮想した未来の都市なのであろう。だがその未来の街の風景は、いま眼前にする月明のフランス・タウンにくらべ、何と田舎くさく、濁り、みじめなことであろう。月明とともに変貌した租界の街々には、もっと新しい、もっと未来的なものがあった。ショー・ウインドーやテラスやヴェランダや破風《はふ》や門や石段や、各国の人々がさまざまに工夫をこらした家の部分々々が、それぞれ特殊の科学的な意味を持っているようにさえ思われた。杜美路《トメロ》をすぎ、Culty Dairy の牛小屋の前を通り越しても、今日はしめった臭気が鼻をつかなかった。いつもは自転車などで通ると、長い塀の中の並んだ牛小屋から、夜の獣の匂いが漂って来るのであるが。

「俺は何という贅沢無比な楽しみにふけっているのだろう」

杉は無神経に窓外を眺めている隣の男の方をチラリと見た。それは実におちついた表情の男で、服もサッパリしていた。コックかもしれない。それとも大工か。愛想もなく無表情なのは、何か自分の家庭上のもめごとでも考えなやんでいるのか。電車が揺れて、とまり、その男は太い渋い声で「再会《ツエウエ》」と言った。立ちあがると見上げるような大男で、顔はかすかに笑っていた。

杉は月光にまどわされ、酔わされた興奮を失いたくないので、少し歩くことにした。福開森路の停留所の右側は空地で、闇の中ではほとんど色のない草が、光の下ではやや青さをとりもどしていた。畠とも芝生とも定かでない土のひろがりの中に夜気が冷えびえとたまっていた。そして虫がすぐ足もとでないた。設備の良いアパートの並ぶ泰安路はひっそりして、人影もない。足音もせぬほどゆっくりと、杉はアスファルトの上を歩いた。或るアパートの楼上では、ゆるやかな支那歌がきこえ、療養院の奥ではまだかすかにピアノの音がしていた。派手な客間の窓がすっかり開かれ、ロシア人らしい男女が鮮明な色彩の服装を電灯に輝かしながら、にぎやかに酒くみかわしている家もあった。茶色や緑色、クリーム色や藍色など、色とりどりの屋根や壁もすべて一色に朦朧として、しずかな安息日らしい夜が、恵まれた西洋人の生活のゆたかさをしのばせた。清潔でみち足りた日常が、月明のなかでは、なおのこと目立った。泰山路をつきあたると華山路である。

鉄条網に小さくあいた通路から華山路へ出ると、震旦《しんたん》附属中学の正門が高々と立っている。その門が一つとびぬけて高いだけで、そこからは今までと全く異った、屋根の低い、みじめな支那家屋である。

そのみじめな、小屋にちかい支那家屋の前で、チロチロ赤い火が一つ燃えていた。街では全くみかけなかったのに（それは時刻の関係であろうけれども）、ここまで来て突然、ひかえ目に、秘密の光をゆらめかす風に、その小さな火は燃えていた。中秋の祭の線香や紙銭を焚《た》くのである。

はじめは二、三軒と思ったのが、気をつけて見ると、どの家の前にもかならず、銀色の紙銭や束ねた線香を焚く焰があがり、かすかな煙がただよっていた。そして狭い汚い部屋の内部には、金紙銀紙、紅緑青黄の色紙も美しく、ささやかな月宮殿が飾られていた。月宮殿のかたわらに、三角の槍旗などさして華やかさをそえたのもあった。車行《くるまや》、木行《だいく》、寿木行《そうぎや》など、貧しげによりそった家並は、月光の下でもやはりみすぼらしい姿であるが、気をそろえて焚きはじめた小さな焰が、お互いの気心を結びあわせるようで、「中秋節なのだな」と思わせる力はなかなかに強かった。子供や老人はボソボソささやきながら燃えない灰をかきたてている。燃えつきた灰からわずかに立ち昇るうすい白煙のまわりを、痩せた小犬が嗅ぎまわっていたりする。

いつもはこのあたりの麵《めん》や粥《かゆ》を売る店では朝早くから麻雀牌の音がして、たくましい車夫や物売りが集っているのに、今宵はしずまりかえっている。紙製の月宮殿はそれらの店の中にもすえられて、家族の者がしんみょうに卓に向っている。物音など淋しいのに、やすらかな、楽しさのようなものが、天上の月と、下界の人々をつないでいるように思われた。

普陀《ふだ》禅寺《ぜんじ》へ入る口にもことさら賑かな灯火もなく、巡捕の立番する蘆山路を右へ折れると、路はたちまちひろがり、月の空が高く開ける。そしてそれだけ人家がまばらになる。路のひろさが右側の家々を、ますます低く狭いあばらやに見せるのである。しかし中秋の聖火はまだ点々として蘆山路の上にともっていた。交通大学の裏門の前で路は二股に分れる。右は中山路《ちゅうざんろ》へ、左は徐家滙へ通じている。

そこへさしかかった時、杉は夜気を貫いて流れよる笛の音をきいた。笛の音は、暗く戸を閉じた一軒の家の前から、軽く楽しげに起こっていた。若い男が一人、家の前に切り倒されている樹木に片脚をかけ、首を振りながら吹く笛であった。その前で子供が一人、火の消えかけた紙銭をつまみあげ、口を寄せて息を吐きかけていた。そのほかに笛の音に気をとめる人影もなく、広々と遠く烟《けむ》るまでつづく路のみが月明の街のはずれにあった。杉が汚い水のたまった路の端に足をとめると、白蝶が一つ、彼の顔をかすめ、腰のまわりを一周すると、いずくとも知れず、つッと姿を消した。月はなかば雲にかくれ、笛の音はいつまでも同じ調子をつづけた。子供の吹く紙銭の焔は燃え上ったと思うと、また消えかかった。

「杉先生！」

杉は不意によばれて後をふり向いた。少女が一人笑いながら、からかうように瞳をかがやかせて立っていた。

「なんだ、君か」

闇であった。月光のため、不思議な白粉でも塗ったように白い顔が見ちがえるほど綺麗に見えた。

「杉先生、今日はどこかへ遊びに行きましたか」

「うん、方々。大世界《ダスカ》やなんか。君は？　君はどこかへ遊びに行った？」

「いいえ」

「月餅やなんか、おいしい物たべた？」

「いいえ」

「変だね、今時分、一人でどこへ行くの」

「教会の牧師さまのところですよ」

月が雲に入ったのか、黒々とした徐家滙の町の方を彼女は指さした。指さす方角にはもとより教会の尖塔は見えず、ただ陰気な空だけが垂れ下っていた。

「徐家滙の？」

「ええ、お父さんと一緒ですよ」

彼女は身軽にふり向くと後から歩み寄った男のそばに寄った。白い上着に藍のズボンをはいた大きな男である。

「オヤ、君は」

「オウ、オウ」

男は先刻「再会《ツエウエ》」と言って別れた人であった。

「この人、君のお父さんなの。さっき電車の中で会ったよ」

大きな男はゆるやかにうなずいて、自分からも娘に、杉との会見について説明してやっていた。

「そうか。えらいね。こんなにおそく、牧師さんのところへ行くなんて」

笛の音のやんだ闇の中に立ちすくむようにして、杉はあらためて二人の姿を見なおした。娘は小さき、父は大きなるバイブルらしき書物を、それぞれ手にしていた。

「しかし、中秋節には、君のところでも紙銭を焚いたり、月宮殿を祭ったりするんじゃないの」

杉は念のために彼女にたずねた。

「いいえ、キリスト教徒はそんなことはやりません」

彼女がやや高い声でそう答えるのを、父なる男は賛成するように首うなずかせて聞いていた。杉は何か強いショックで身体がすくみ、やがて顔がほてる気持がした。少女は賢そうな眼つきで杉の表情を眺めていた。

「君ね。君、事務の阪口君から、何か話きかなかった?」杉は無理に気をしずめながら、たずねた。「君のことについてさ」

「ええ、ききました」少女は急にひきしまった、強い表情を示してキッパリ答えた。

「わたし事務所をやめることになりました。どうもいろいろと有難うございました」

「……まえもって僕から、君に相談すればよかったんだけど、事務所ではどうしても人を減らさなきゃならなかったもんでね、つい……」

「いいえ、杉先生はいい人です。杉先生の気持はよくわかります。キリスト教徒はみんないい人です」

少女は勝ちほこったとでも言うように、自信にみちたおももちで言った。それはあたかも、杉ばかりでなく、自分の少女友だちなどと話し合う時の、あの無邪気な、きかぬ気な口調であった。そしてそのような口調は、あいまいな杉の心を刺し、おぼろげな月明の想いを、何か別の強い光線で焼き貫くかの如くであった。


「今日はどうでしたの。何か収穫あった？」帰るとすぐ夫人はたずねた。「中秋節はどう？　面白かった？」

「そうですね。いろいろのものを見ましたがね」杉はのろのろと考えこむようにして答えるばかりであった。「どうって、とてもいろいろのものを見たり聞いたりしましたからね」

杉は買って来た月餅を夫人にわたした。「ああ、そう、本当に買って来て下さったのね」夫人は笑いながらその包みを受けとってテーブルの上に置いた。見るとそこには、すでに綺麗な箱につまった立派な月餅が、誰から贈られたのか載せられていた。


武田泰淳（たけだ・たいじゅん）　一九一二～七六（明治四五～昭和五一）年。

小説家。東京生まれ。敗戦を上海で迎える。戦後文学の旗手の一人として、中国での戦争体験を反芻した。『司馬遷』『風媒花』『富士』は代表作。「月光都市」は一九四八年一二月に『人間美学』に発表された。底本は『増補版武田泰淳全集』第一巻（一九七八年、筑摩書房）を用いている。天体を描いた他の作品に、「宇宙的なるもの」「宇宙博士の恋愛」「月明、笛と風が聞こえる」「地球人について」「日蝕と桜の頃（一大学教師の手記）」などがある。

月の詩情

萩原朔太郎

昔は多くの詩人たちが、月を題材にして詩を作つた。支那では李白や白楽天やが、特に月の詩人として有名だが、日本では西行や芭蕉を初め、もつと多くの詩人等が月を歌つた。西洋でも、Moonlight の月光を歌つた詩は、東洋に劣らないほど沢山ある。かうした多くの月の詩篇は、すべて皆その情操に、悲しい音楽を聴く時のやうな、無限のノスタルヂアが本質して居り、多くは失恋や孤独の悲哀を、その抒情の背景に揺曳させてゐる。

月とその月光が、何故にかくも昔から、多くの詩人の心を傷心せしめたらうか。思ふにその理由は、月光の青白い光が、メランコリックな詩的な情緒を、人の心に強く呼び起させることにもよる。だがもつと本質的な原因は、それが広茫極みなき天の穹窿で、無限の遠方にあるといふことである。なぜならすべて遠方にある者は、人の心に一種の憧憬と郷愁を呼び起し、それ自らが抒情詩のセンチメントになるからである。

しかもそれは、単に遠方にあるばかりではない。いつも青白い光を放散して、空の燈火の如く煌々と輝やいてゐるのである。そこで自分は、生物の不可思議な本能であるところの、向火性といふことに就いて考へてゐる。

獣類と、鳥類と、昆虫との別を問はず、殆んどすべての生物は、夜の燈火に対して不思議なイメーヂと思慕を持つてゐる。海の魚介類は、漁師の漁る燈火の下に、群をなして集つて来るし、山野に生棲する昆虫類は、人家の燈火《あかり》や弧燈に向つて、蛾群の羽ばたきを騒擾する。鹿のやうな獣類でさへも、遠方の燈火に対して、眼に一ぱいの涙をたたへながら、何時迄も長く凝視してゐるといふことである。思ふに彼等は、夜の燈火といふものに対して、何かの或る神秘的なあこがれ、生命の最も深奥な秘密に触れてゐるところの、不思議な恋愛に似た思慕《エロス》を感じてゐるにちがひない。今日の学者と生物学は、まだこの動物の秘密を解いてゐない。しかし同じ動物の一種であり、同じ生命本能の所有者である人間、そして最も原始的な宗教の起原に、民族共通の拝火教や拝日教を有する我等は、自己の主観から臆測して、殆んど彼等の心理を想像することが出来るのである。飛んで火に焼かれる虫の心理は、おそらく彼等が恋愛の高潮に達した時や、音楽の魅力が絶頂に高まつた時やの、あのやるせない心の焦躁、何物かの認識できない、或るメタフイヂツクな実在の世界に、身も心も投げ捨ててしまひたいと思ふ時のそれと、殆んどよく類似したものであらう。おそらく多くの動物は、美しく燃える火のなかに、彼等の生命の起原であるところの、実在の故郷を感じてゐるにちがひない。それはすべての動物に共通する、生命本能の最も原始的な神秘に属してゐる。そして詩や音楽やの芸術は、かかる原始的な生命の秘密を、経験以前の純粋記憶から表象して、人の本能的なる感性や情緒に訴へるものなのである。

月とその月光とが、古来詩人の心を強く捉へ、他の何物にもまして好個の詩材とされたのは、その夜天の空に輝やく燈火が、人間の向火性を刺戟し、本能的なリリシズムを詩情させたことは疑ひない。西洋の詩では、月と共に星が最も多く歌はれてゐるが、それもやはり同じ理由に基くのである。日本の漢詩人頼山陽は、少年の時に星を見て泣いたと言はれるが、おそらくその少年の日に、星を見て情緒を動かさなかつた人は、すくなくとも文学者の中には無いであらう。星は月よりも光が弱く、メランコリックな青白い銀光がない。しかし月よりも距離が遠く、さらに尚無限の遠方にあるといふことから、一層及びがたい思慕の郷愁を感じさせる。そして「この及びがたいものへの思慕」といふことは、それ自体が騎士道のプラトニック・ラヴと関連してゐる。西洋の抒情詩に月よりも星の方が多く、星がそれ自ら恋愛の表象とさへなつてゐるのはこの故である。しかし日本でも、平安朝時代の貴族文化には、西洋の騎士道とやや類似したものがあつた。当時の智識人や武士たちは、自分より身分階級の高い所の、所謂「やんごとなき」貴族の姫君等に対して、心ひそかに思慕の恋情を寄せ、騎士道的崇拝に似たフエミニズムを満足させてゐた。おそらく彼等は、その恋が到底及ばぬものであり、身分ちがひの果敢ないものであるといふことを、自ら卑下して意識することで、一層哀切にやるせないリリシズムを痛感し、物のあはれの行きつめた悲哀の中に、自らその詩操を培養して居たであらう。それ故に日本歌史上に於て、月の歌が最も多く詠まれてゐるのは、実に当時の平安朝時代であつた。特にさうした失恋の動機によつて、山野に漂泊したと言はれる西行には、就中月の歌が極めて多く、且つそれが皆哀切でやるせないフエミニストの思慕を訴へてゐる。

かくの如く、月は昔の詩人の恋人だつた。しかし近代になつてから、西洋でも日本でも、月の詩が甚だ尠なくなつた。近代の詩人は、月を忘れてしまつたのだらうか。思ふにそれには、いろいろな原因があるかも知れない。あまりに数多く、古人によつて歌ひ尽されたことが、その詩材をマンネリズムにしたことなども、おそらく原因の一つであらう。騎士道精神の衰退から、フエミニズムやプラトニツク恋愛の廃つたことなども、同じくその原因の中に入るかも知れない。さらに天文学の発達が、月を痘瘡《あばた》面の醜男《ぶをとこ》にし、天女の住む月宮殿の聯想を、荒涼たる没詩情のものに化したことなども、僕等の時代の詩人が、月への思慕《エロス》を失つたことの一理由であるかも知れない。しかしもつと本質的な原因は、近代に於ける照明科学の進歩が、地上をあまりに明るくしすぎた為である。

かつて防空演習のあつた晩、すべての家々の燈火が消されて、東京市中が真の闇夜になつてゐた時、自分は家路をたどりながら、初めて知つた月光の明るさに驚いた。そして満月に近い空の月を沁々と眺め入つた。その時自分は、真に何年ぶりで月を見たといふ思ひがした。実際自分は田舎で育つた少年の時以来、実に十何年もの久しい間、殆んど全く月を忘れて居たのであつた。

「月を忘れてゐた」といふ意味は、何の感動も詩情もなしに、無関心にそれを見て居たといふ意味なのである。そしてその時、自分は久しぶりに月を眺めて、既に長く忘れてゐた数多い古人の歌を思ひ起した。

わが心慰めかねつ更科や姨捨山に照る月を見て
月見れば千々に物こそ悲しけれ我身ひとつの秋にはあらねど
中庭地白ウシテ樹ニ鴉棲ム。冷露声ナクシテ桂花ヲ湿ス。今夜月明人尽ク望ム。
　知ラズ秋思誰ガ家ニ在ル。
独リ江楼ニ上テ思ヒ渺然タリ。月光水ノ如ク水天ニ連ル。同ジク来ツテ月ヲ翫ス
　ル人何処ゾ。風景依稀トシテ去年ニ似タリ。

かうした古人の詩歌が、月に対していかに無量の感慨を寄せてゐるかも、その真闇

な都会の夜に、自分はこと珍らしく知つたのである。つまり自分等の近代人が、月に対して無関心になつてゐたのは、照明科学の進歩によつて、地上があまりに明るくなり過ぎて居た為であつた。すべて明暗の関係は対比による。昔の人がそんなにも月に心をひかれたのは、彼等の住んでゐる夜の地上が、甚だ閑寂として居たからである。暗く寂しい夜の広野に、遠く輝やく燈を見る時ほど、悲しくなつかしい思ひをすることはない。行燈や蠟燭の微かな燈りが、唯一の照明であつた昔は、平安朝の京都や唐の長安の都でさへ、おそらく今人の想像ができないほど、寂しく真闇なものであつたらう。さうした暗い地上に、生魂《すだま》や物の化《け》と一所に住んでゐた彼等にとつて、月光がどんなに明るく、月がどれほど巨大に見えたかは想像できる。

月天心貧しき町を通りけり

といふ蕪村の句で、月が非常に大きな満月の如く印象されるのは、周囲が貧しい裏町であり、深夜の雨戸を閉めた家から、微かな燈が僅かにもれるばかりの、暗く侘しい裏通と対比するからである。この句がもし「月天心都大路を通りけり」だつたら、月が非常に小さな物になり、句の印象から消滅してしまふ。実際に銀座通りを歩いてゐる人々は、空に月があることさへも忘れて居るのだ。ところが近代では、都会も田舎もおしなべて電光化し、事実上の都大路になつてゐるのだから、彼等の詩人に月が閑却されるのは当然である。科学は妖怪変化と共に、月の詩情を奪つてしまつた。

ペルシアの拝火教で、人間の霊魂が火から生れたことを説いてゐるのは、生物の向火性と対照して、興味の深い哲理を持つてゐる。

萩原朔太郎（はぎわら・さくたろう）　一八八六〜一九四二（明治一九〜昭和一七）年。詩人。群馬生まれ。感情詩派の詩人として登場し、『月に吠える』『青猫』『氷島』などの詩集をまとめる。「月の詩情」は一九四〇年六月に『文明評論』に発表された。底本は『萩原朔太郎全集』第一一巻（一九七七年、筑摩書房）を用いている。天体を描いた他の作品に、第一詩集『月に吠える』のほか、「火星の謎」「月蝕皆既」「地球を跳躍して」「地球の地軸に近く居るもの」「天界旅行への幻想と錯覚」などがある。

町中の月

永井荷風

燈火《とうくわ》のつきはじめるころ、銀座《ぎんざ》尾張町《をはりちやう》の四辻《よつつじ》で電車《でんしや》を降《おり》ると、夕方《ゆふがた》の澄《す》みわたつた空《そら》は、真直《まつすぐ》な広《ひろ》い道路《だうろ》に遮《さへぎ》られるものがないので、時々《とき〴〵》まんまるな月《つき》が見渡《みわた》す建物《たてもの》の上《うへ》に、少《すこ》し黄《き》ばんだ色《いろ》をして、大《おほ》きく浮《うか》んでゐるのを見《み》ることがある。時間《じかん》と季節《きせつ》とによつて、月《つき》は低《ひく》く三越《みつこし》の建物《たてもの》の横手《よこて》に見《み》えることもある。或《あるひ》はずつと高《たか》く歌舞伎座《かぶきざ》の上《うへ》、或《あるひ》は猶高《なほたか》く、猶遠《なほとほ》く、東京劇場《とうきやうげきぢやう》の塔《たふ》の上《うへ》にかゝつてゐることもある。

街路《がいろ》の上《うへ》はこの時間《じかん》には、夏冬《なつふゆ》とも鉛色《なまりいろ》した塵埃《ぢんあい》に籠《こ》められ、一二町先《いちにちやうさき》は燈火《とうくわ》の外《ほか》何物《なにもの》も能《よ》くは見《み》えないほど朦々《もう〳〵》としてゐる。その為《ため》でもあるか、街上《がいじやう》の人通《ひとどほ》りを見《み》ると、誰一人《たれひとり》明月《めいげつ》の昇《のぼ》りかけてゐるのに気《き》のつくものはないらしい。

服部時計店《はつとりとけいてん》の店硝子《みせがらす》を後《うしろ》に、その欄干《らんかん》に倚《よ》りかゝつて、往徠《ゆきき》の人《ひと》を見《み》てゐる男《をとこ》や女《をんな》は幾人《いくにん》もあるが、それは友達《ともだち》か何《なに》かを待《ま》ち合《あは》してゐるものらしく、明月《めいげつ》の次第《しだい》に高く昇《のぼ》るのを見《み》てゐるのではない。車留《くるまどめ》の信号《しんがう》の色《いろ》が替《かは》るのを待《ま》ち兼《か》ねて、通行《つうかう》の車《くるま》と人《ひと》とは、前後《ぜんご》に列《れつ》を乱《みだ》して休《やす》みもなく走《はし》り動《うご》いてゐる。わたくしがたま〳〵静《しづか》に月《つき》を観《み》ようといふやうな――それも成《な》るべく河《かは》の水《みづ》の流《なが》れてゐるあたりへ行《い》つて眺《なが》めようと云《い》ふ心持《こゝろもち》になるのは、大抵尾張町《たいていをはりちやう》の空《そら》に、月《つき》の昇《のぼ》りかけてゐるのを見《み》る夕方《ゆふがた》である。

東京《とうきやう》の気候《きこう》は十二月《じふにぐわつ》に入《はひ》ると、風《かぜ》のない晴天《せいてん》がつゞいて、寒気《かんき》も却《かへつ》て初冬《しよとう》のころよりも凌《しの》ぎよくなる。日《ひ》は一日《いちにち》ごとに短《みじか》くなり、町《まち》の燈火《とうくわ》は四時《よじ》ごろになると、早《はや》くも立迷《たちまよ》ふ夕靄《ゆふもや》の底《そこ》からきらめき初《はじ》める。

わたくしはいつも此時間《このじかん》に散歩《さんぽ》を兼《か》ねて、日常《にちじやう》の必要品《ひつえうひん》を購《あがな》ひに銀座《ぎんざ》へ出《で》る。それ故明月《ゆゑめいげつ》を観《み》るため、築地《つきぢ》から越前堀《ゑちぜんぼり》あたりまで歩《ある》くのも年《とし》の中《うち》で冬至《とうじ》の前後《ぜんご》が最《もつと》も多《おほ》いことになるのである。

むかしは銀座通《ぎんざどほり》の東裏《ひがしうら》を流《なが》れてゐる三十間堀《さんじつけんぼり》の河岸《かし》も、月《つき》を見《み》ながら歩《ある》けるほど静《しづか》であつたが、今《いま》は自動車《じどうしや》と酔漢《すゐかん》とを避《さ》けるわづらはしさに堪《た》へられない。築地川《つきぢがは》は劇場《げきぢやう》の燈火《とうくわ》が月《つき》を見《み》るには明《あか》るすぎる。閧《かちどき》のわたし場《ば》は近年架橋《きんねんかけう》の工事中《こうじちゆう》で、近寄《ちかよ》ることもできない。明石町《あかしちやう》の真中《まんなか》を流《なが》れてゐた堀割《ほりわり》は、その両岸《りやうがん》に茂《しげ》つた柳《やなぎ》の並木《なみき》と、沿岸《えんがん》の家《いへ》の樹木《じゆもく》とに、居留地《きよりうち》のむかしを思出《おもひだ》させた処《ところ》であつたが、今《いま》は埋立《うめた》てられて、乗合自動車《のりあひじどうしや》の往復《わうふく》する広《ひろ》い道路《だうろ》となつた。

こんな有様《ありさま》なので、わたくしが月《つき》を見《み》ながら歩《ある》く道順《みちじゆん》は、佃《つくだ》のわたし場《ば》から湊町《みなとちやう》の河岸《かし》に沿《そ》ひ、やがて稲荷橋《いなりばし》から其向《そのむか》ひの南高橋《みなみたかばし》をわたり、越前堀《ゑちぜんぼり》の物揚場《ものあげば》に出《で》る。

稲荷橋《いなりばし》は八丁堀《はつちやうぼり》の流《ながれ》が海《うみ》に入《い》るところ。鉄炮洲《てつぱうず》稲荷《いなり》の傍《かたはら》にかゝつてゐるので、その名《な》を得《え》たのであらう。この河口《かはぐち》は江戸《えど》時代《じだい》から大《おほ》きな船《ふね》の碇泊《ていはく》した港《みなと》で、今日《こんにち》でも東《とう》京湾汽船会社《きやうわんきせんぐわいしや》の桟橋《さんばし》と、船客《せんきやく》の待合所《まちあひしよ》とが設《まう》けられ、大嶋行《おほしまゆき》の汽船《きせん》がこの河筋《かはすぢ》ではあたりを圧倒《あつたう》するほど偉大《ゐだい》な船体《せんたい》と檣《ほばしら》と烟突《えんとつ》とを空中《くうちゆう》に聳《そびや》かしてゐる。道路《だうろ》は汽船《きせん》の発着《はつちやく》する間際《まぎは》を除《のぞ》けば、夜《よる》などは人通《ひとどほ》りがないくらゐで、立《た》ちつゞく倉庫《さうこ》のあひだに、わびし気《げ》な宿屋《やどや》が薄暗《うすぐら》い灯《あかり》を出《だ》してゐるばかり。外《そと》から見《み》た様子《やうす》では、泊《とま》りの客《きやく》も多《おほ》くはないらしい。これに反《はん》して、水《みづ》の上《うへ》は荷船《にぶね》や運送船《うんそうせん》の数《かず》も知《し》れず、日《ひ》の暮《く》れかゝるころには、それ等《ら》の船《ふね》ごとに舷《ふなばた》で焚《た》くコークスの焔《ほのほ》が、かすみ渡《わた》る夕靄《ゆふもや》のあひだに、遠《とほ》く近《ちか》く閃《ひらめ》き動《うご》くさま、名所絵《めいしよゑ》に見《み》る白魚舟《しらうをぶね》の篝火《かゞりび》を思起《おもひおこ》させる。

わたくしは稲荷橋《いなりばし》に来《き》て、その欄干《らんかん》に身《み》をよせると、おのづからむかし深川《ふかがは》へ通《かよ》つた猪牙舟《ちよきぶね》を想像《さうざう》し、つゞいて為永春水《ためながしゆんすゐ》の小説《せうせつ》春暁八幡佳年《しゆんけうはちまんがね》の一節《いつせつ》を憶《おも》ひだすのである。それは月《つき》の冴渡《さえわた》つた冬《ふゆ》の夜《よ》ふけ、深川《ふかがは》がへりの若檀那《わかだんな》が、馴染《なじみ》の船頭《せんどう》に猪牙舟《ちよきぶね》をこがせ、永代橋《えいたいばし》の下《した》をくゞる時《とき》身投《みなげ》の娘《むすめ》を救上《すくひあ》げ、稲荷橋《いなりばし》へ来《き》かゝると云《い》ふところである。春水《しゆんすゐ》は現代《げんだい》の作家《さくか》の如《ごと》く意識《いしき》して、その小説中《せうせつちゆう》に河上《かじやう》の風景《ふうけい》を描写《べうしや》したものではないが、然《しか》し対話《たいわ》の間《あひだ》に歴々《れき〱》として能《よ》くその情景《じやうけい》を現《あらは》してゐる事《こと》は、さすがに老練《らうれん》の筆《ふで》と云《い》はなくてはならない。わたくしは之《これ》を抄録《せうろく》したい。
客弥三郎《きやくやさぶらう》「ナントい丶月夜《つきよ》ぢやアねへか。」
船頭兼《せんどうかね》「左様《さやう》サ歌《うた》でもおよみなせいまし。」
客《きやく》「歌《うた》どころか寝言《ねごと》も言《い》へねへ。」
船頭《せんどう》「左様《さう》でもごぜへますめへ。秀八《ひではち》と寝言《ねごと》の手《て》がありやアしませんか。」
客《きやく》「大違《おほちが》ひ〳〵。」
船《せん》「御簾《みす》になる竹《たけ》の産着《うぶぎ》や皮草履《かはざうり》かね。」
客《きやく》「大分風流《だいぶふうりう》めかすノ。そりやアい丶。船《ふね》はどこにある。」
船《せん》「ソレさつき木場《きば》から直《すぐ》に参《めへ》りましたから八幡《はちまん》の裏堀《うらぼり》にもやつてあります。」
客《きやく》「ム、左様《さう》だつけの。」（ト言《い》ひながら船《ふね》にいたる。）
船《せん》「サアお乗《の》ンなせへまし。お手《て》をとりませうか。」
客《きやく》「サアよし〳〵御苦労《ごくらう》ながらやつてくんな。」
……中略……
客《きやく》「トキニこ丶は閻魔堂橋《えんまだうばし》あたりか。」
船《せん》「どういたして。モウ油堀《あぶらぼり》でごぜへます。」
客《きやく》「たいさう。早《はや》いのう。然《しか》し是《これ》からは大川《おほかは》の乗切《のつきり》が太義《たいぎ》だのう。」
船《せん》「ナニまだ今《いま》の内《うち》は宜《よう》ごぜへますが、雪《ゆき》の降《ふ》る晩《ばん》なんざア実《じつ》に泣《な》くやうでごぜへますぜ。」
客《きやく》「左様《さう》だらうヨのウ。」
船《せん》「早《はや》く稲荷橋《いなりばし》まで乗込《のりこ》みてへもんだ。ヱ、モシ、旦那《だんな》。思《おも》ひの外《ほか》に夜《よ》がふけましたねへ。何《なん》だか今時分《いまじぶん》になると薄気味《うすきみ》がわるウごぜへますぜ。」
客《きやく》「浪《なみ》へ月《つき》がうつるので、きら〳〵してものすごい様《やう》だの。」
船《せん》「おつなもんだ。夜《よる》と昼《ひる》ぢやアたいさうに川《かは》の景色《けしき》が違《ちが》ひますぜ。」
客《きやく》「闇《やみ》の夜《よ》より月夜《つきよ》の方《はう》がこわい様《やう》だぜ。おやもう永代橋《えいたいばし》だの。」
船《せん》「御覧《ごらう》じまし。昼間《ひるま》だと橋《はし》の上《うへ》の足音《あしおと》でドンドンそうぞうしうごぜへますが、夜《よる》はアレ水《みづ》の流《なが》れる音《おと》がすごく聞《きこ》へますぜ。ドレドレ思《おも》ひきつて大間《おほま》を抜《ぬ》けやう。」
……此時《このとき》いづれの御屋敷《おやしき》にや八《や》ツの時廻《ときまは》り河風《かはかぜ》にさそひてカチカチカチ。」
稲荷橋《いなりばし》をわたると、筋違《すぢか》ひに電車《でんしや》の通《とほ》る南高橋《みなみたかばし》がかゝつてゐる。電車通《でんしやどほ》りの燈火《とうくわ》を避《さ》けて、河岸《かし》づたひに歩《あゆ》みを運《はこ》ぶと、この辺《へん》は倉庫《さうこ》と運送問屋《うんそうどんや》の外《ほか》殆《ほとん》ど他《た》の商店《しやうてん》はないので、日《ひ》が暮《く》れると昼中《ひるなか》の騒《さわが》しさとは打《う》つて変《かは》つて人通《ひとどほ》りもなく貨物《くわもつ》自動車《じどうしや》も通《とほ》らない。石川島《いしかはじま》と向《むか》ひ合《あ》ひになつた岸《きし》には栄橋《さかえばし》と、一《いち》の橋《はし》とがかゝつてゐて、水際《みづぎは》に渡《と》海神社《かいじんじや》といふ小《ちひ》さな祠《ほこら》がある。永代橋《えいたいばし》に近《ちか》くなると、宏大《くわうだい》な三菱倉庫《みつびしさうこ》が鉄板《てついた》の戸口《とぐち》につけた薄暗《うすぐら》い燈影《ほかげ》で、却《かへ》つてあたりを物淋《ものさび》しくしてゐる。そして倉庫《さうこ》の前《まへ》の道路《だうろ》は、すぐさま広《ひろ》い桟橋《さんばし》につゞくので、あたりは空地《あきち》でも見《み》るやうにひろ〲としてゐる。わたくしはいつも此桟橋《このさんばし》のはづれまで出《い》で、太《ふと》い杭《くひ》に腰《こし》をかけ、ぴた〲寄《よ》せて来《く》る上潮《あげしほ》の音《おと》をきゝながら月《つき》を見《み》る……。

永井荷風（ながい・かふう）一八七九～一九五九（明治一二～昭和三四）年。小説家。東京生まれ。歌舞伎や落語のような伝統文化に関心を抱く一方で、上海・タコマ・リヨンで異文化体験を重ねた。代表作に『あめりか物語』『ふらんす物語』『すみだ川』『濹東綺譚』など。「町中の月」は『おもかげ』（一九三八年、岩波書店）に収録された。底本は『荷風全集』第一七巻（一九九四年、岩波書店）を用いている。天体を描いた他の作品に、「かたわれ月」「月の悲しみ」「月佳夏夜話」「ましろの月」がある。

句合の月

正岡子規

句合の題がまはつて来た。先づ一番に月といふ題がある。凡そ四季の題で月といふ程広い漠然とした題は無い。花や雪の比で無い。今夜は少し熱があるかして苦しいやうだから、横に寝て句合の句を作らうと思ふて蒲団を被つて験温器を脇に挟みながら月の句を考へはじめた。何にしろ相手があるのだから責任が重いやうに思はれて張合があつた。判者が外の人であつたら、初から、かくや姫とつれだつて月宮に昇るとか、或は人も家も無き深山の絶頂に突つ立つて、乱れ髪を風に吹かせながら月を眺めて居たといふやふな、凄い趣向を考へたかも知れぬが、判者が碧梧桐といふのだから先づ空想を斥けて、成るべく写実にやらうと考へた。これは特に当てこまうと思ふ訳では無いが自然と当てこむやうになるのだ。

先づ最初に胸に浮んだ趣向は、月明の夜に森に沿ふた小道の、一方は野が開いて居るといふ処を歩行いて居る処であつた。写実々々と思ふて居るのでこんな平凡な場所を描き出したのであらう。けれども景色が余り広いと写実に遠ざかるから今少し狭く細かく写さうと思ふて、月が木葉がくれにちら〳〵して居る所、即ち作者は森の影を踏んでちら〳〵する葉隠れの月を右に見ながら、いくら往ても〳〵月は葉隠れになつた儘であつて自分の顔をくわつと照す事は無い、といふ、斯ういふ趣を考へたが、時間が長過ぎて句にならぬ、そこで急に我家へ帰つた。自分の内の庭には椎の樹があつて、それへ月が隠れて葉ごしにちら〳〵する景色はいつも見て居るから、これにせうと思ふて、「葉隠れの月の光や粉砕す」とやつて見た、二度吟じて見ると飛んでも無い句だから、それを見捨てゝ、再び前の森ぞひ小道に立ち戻つた。今度は葉隠れをやめて、森の木の影の微風に揺らるゝ上を踏んで行くといふ趣向を考へたが、遂に句にならぬので、とう〳〵森の中の小道へ這入り込んだ。さうすると杉の枝が天を蔽ふて居るので、月の光は点のやうに外に漏れぬから、暗い道ではあるが、忽ち杉の木の隙間があつて畳一枚程明るく照つて居る。こんな考から「ところ〴〵月漏る杉の小道かな」とやつたが、余り平凡なのに自ら驚いて、三たび森沿ひ小道に出て来た。此度は田舎祭の帰りのやうな心持がした。もぶり鮓の竹皮包みを手拭にてしばりたるが将に抜け落ちんとするを平気にて提げ、大分酔がまはつたといふ見えで千鳥足おぼつかなく、例の通り木の影を踏んで歩行いて居る。左側を見渡すと限りも無く広い田の稲は黄色に実りて月が明るく照して居るから、静かな中に稲穂が少しばかり揺れて居るのも見えるやうだ。い、感じがした。併し考が広くなつて、つかまへ処がないから、句にならうともせぬ。そこで自分に返りて考へて見た。考へて見ると今迄木の影を離れる事が出来ぬので同じ小道を往たり来たりして居る、丸で狐に化されたやうであつたといふ事が分つた。今は思ひきつて森を離れて水辺に行く事にした。

海のやうな広い川の川口に近き処を描き出した。見た事は無いが揚子江であらうと思ふやうな処であつた。その広い川に小舟が一艘浮いて居る。勿論月夜の景で、波は月に映じてきら〳〵として居る。昼のやうに明るい。それで遠くに居る小舟迄見えるので、さて其小舟が段々遠ざかつて終に見えなくなつたといふ事を句にせうと思ふたが出来ぬ。併しまだ小舟は無くならんので、ふわ〳〵と浮いて居る様が見える。天上の舟の如しといふ趣がある。けれども天上の舟といふやうな理想的の形容は写実には禁物だから外の事を考へたが兎角その感じが離れぬ。やがて「酒載せてたゞよう舟の月見かな」と出来た。これが（後で見るとひどい句であるけれど）其時はいくらか句になつて居るやうに思はれて、満足はしないが、これに定めうかとも思ふた。実は考へくたびれたのだ。が、思ふて見ると、先日の会に月といふ題があつて、考へもしないで「鎌倉や畠の上の月一つ」といふ句が出来た。素人臭い句ではあるが「酒載せて」の句よりは善いやうだ。これ程考へて見ながら運坐の句よりも悪いとは余り残念だから又考へはじめた。此時験温器を挟んで居る事を思ひ出したから、出して見たが卅八度しか無かつた。

今度は川の岸の高楼に上つた。遥に川面を見渡すと前岸は糢糊《ママ》として煙のやうだ。あるとも無いとも分らぬ。燈火が一点見える。あれが前岸の家かも知れぬ。汐は今満ちきりて溢る丶ばかりだ。趣が支那の詩のやうになつて俳句にならぬ。忽ち一艘の小舟（また小舟が出た）が前岸の蘆花の間より現れて来た。すると宋江が潯陽江を渡る一段を思ひ出した。これは去年病中に水滸伝を読んだ時に、望見前面、満目蘆花、一派大江、滔々滾々、正来潯陽江辺、只聴得背後喊叫、火把乱明、吹風胡哨趕将来、といふ景色が面白いと感じて、こんな景色が俳句になつたら面白からうと思ふた事があるので、川の景色の連想から、只見蘆葦叢中、悄々地、忽然揺出一隻船来、を描き出したのだ。併し此趣は去年も句にならなんだのであるから強ひては考へなんだ。連想は段々広がつて、舟は中流へ出る、船頭が船歌を歌ふ。老爺生長在江辺、不愛交遊只愛銭、と歌ひ出した。昨夜華光来趁我、臨行奪下一金磚、と歌ひきつて櫓を放した。それから船頭が、板刀麵が喰ひたいか、餛飩《うんどん》が喰ひたいか、などゝ分らぬことをいふて宋江を嚇《おど》す処へ行きかけたが、それはいよ〱写実に遠ざかるから全く考を転じて、使の役目でこゝを渡ることにせうかと思ふた。「急ぎの使ひで月夜に江を渡りけり」といふ事を十七字につゞめて見やうと思ふて「使ひして」〱と頻にうなつて見たが、何だか出来さうにも無いので、復もとの水楼へもどつた。

水楼へはもどつたが、まだ水滸伝が離れぬ。水楼では宋江が酒を飲んで居る。戴宗も居る。李逵も居る。こんな処を上品に言はうと思ふたが何も出来ぬ。それから宋江が壁に詩を題する処を連想した。それも句にならぬので、題詩から離別の宴を連想した。離筵《りえん》となると最早唐人では無くて、日本人の書生が友達を送る処に変つた。剣舞を出しても見たが句にならぬ。兎角する内に「海楼に別れを惜む月夜かな」と出来た。これにせうと、きめても見た。併し落ちつかぬ。平凡といへば平凡だ。海楼が利かぬと思へば利かぬ。家の内だから月夜に利かぬ者とすれば家の外へ持つて行けば善い。「桟橋に別れを惜む月夜かな」と直した。此時は神戸の景色であつた。何《ど》うも落ちつかぬ。横浜のイギリス埠頭場へ持つて来て、洋行を送る処にして見た。矢張落ちつかぬ。月夜の沖遠く外国船がかゝつて居る景色を一寸考へたが、又桟橋にもどつた。桟橋の句が落ちつかぬのは余り淡泊過ぎるのだから、今少し彩色を入れたら善からうと思ふて、男と女と桟橋で別を惜む処を考へた。女は男にくつゝいて立つて居る。黙つて一語を発せぬ胸の内には言ふに言はれぬ苦みがあるらしい。男も悄然として居る。人知れず力を入れて手を握つた。直に艀舟に乗つた。女は身動きもせず立つて居た。こんな連想が起つたので、「桟橋に別れを惜む夫婦かな」とやつたが、月が無かつた。今度は故郷の三津を想像して、波打ち際で、別を惜むことにせうと思ふたがそれもいへず。遂に「見送るや酔のさめたる舟の月」といふ句が出来たのである。誠に振はぬ句であるけれど、其代り大疵も無いやうに思ふて、これに極めた。

今迄一句を作るにこんなに長く考へた事は無かつた。余り考へては善い句は出来まいが、併しこれが余程修行になるやうな心持がする。此後も閒《ひま》があつたら斯ういふやうに考へて見たいと思ふ。

正岡子規（まさおか・しき）　一八六七〜一九〇二（慶応三〜明治三五）年。俳人・歌人。愛媛生まれ。俳句では俳句分類の仕事を行い、『獺祭書屋俳話』をまとめた。また短歌革新のために根岸短歌会を組織し、『ホトトギス』発行所を東京に引き取っている。「句合の月」は一八九八年一一月に『ホトトギス』に発表された。底本は『子規全集』第一二巻（一九七五年、講談社）を用いている。天体を描いた他の作品に、「月下聞蟲」「古城の月」「立待月」「月の都」「星」「星の巻砂」などがある。

7 月面着陸と月の石

月に飛んだノミの話

安部公房

1

会議の報告などというものには、まるで興味を示さない人がいる、そうした気持も、分らぬではないが、しかしこれからお話する会議のことなら、いくら諸君でも、いささかの関心はもたざるを得まいと思うのだ。いや、それどころか、絶対に面白いことうけあいである。とにかく、「全国害虫協議会」という、このうえもなく現代的で、しかも風変りな会議だったのだから。

もっとも、それさえ、すこしも現代的ではないし、また風変りでもないと言う徹底した人のためには、さらにちょっとした註釈が必要かもしれない。正確に言うと、これはただの害虫協議会ではなく、衛生害虫協議会だったのである。衛生ということになれば、話がちがってくるはずだ。大体、会議ぎらいの人は、反比例して衛生問題には特別の趣味をもっているはずである。

衛生害虫というのは、説明するまでもなく、さまざまな害虫の中で、とくに人畜の血を吸う、吸血昆虫のことをさす。蚊とか、ノミとか、シラミとか、南京虫とか、ああ言った一連の手合いである。こうした特性によって、生態学的分類が全盛をきわめた一時期には、誤って寄生虫会議の一部会に組入れられるようなこともあったが、現在ではむろん、害虫協議会の中の代表的部門として、正当なポジションをあたえられている。

名称にふれたついでに、誤解のないため、もう一言つけくわえておくと、この会議は、いわゆる害虫対策協議会とは、まったく別種のものだ。対策という二字があるかないかという、わずかなちがいのようにも見えるが、その性格は、まるで異質なものなのである。どんなふうにちがうかは、いずれ自然に分ってくることだから、ここでは省略することにしよう。ともかく、ちがうことだけを、念頭においていていただければよろしい。

さて、その会議は、去る八月の下旬、東京新宿のあるビルの地下室で開かれた。似つかわしくない場所だと思う人もいるかもしれないが、今年はじめの世界大会でさえ、やはりニューヨークの下町のビルの地下室だったことを思い合わせれば、なるほどとうなずいていただけるのではないかと思う。害虫対策協議会では、不似合かもしれないが、ただの害虫協議会には、やはり地下室くらいがぴったりしているのだ。対策の二字があるかないかでは、つまりこれくらいの相違があるのである。

集まった数は、数万とも言われるし、数千ともいわれている。数万と数千では、ひどい数のひらきがあるような気もするが、実際にはたいした違いではなかったのかもしれない。とにかく腰の落着かない連中のことだし、珍しく長時間の会議だったから、途中でそれくらいの出入があっても、べつに不思議なことはない。

会議は午前零時きっかりにはじめられた。なぜそんな時間がえらばれたかというと、理由は簡単で、それより前はこの会場がふさがっていたからである。すなわち、午前零時以前は、ここは私の行きつけのバーだったのだ。ふだんなら、零時五分前に、私はここを追い出され、五分後には、後ろからぴったりドアを閉められてしまう。ところが、その晩にかぎって、私は少々ジンを飲みすぎていた。ジンを飲みすぎると、頭の芯まですっぽり黒いマントにくるまったようになってしまう。自分に自分が見えなくなるばかりでなく、他人の目からも見えなくなるという、隠れミノのような効能があるらしい。とつぜん、脇の下にもうれつな痛みを感じて目を覚ますと、私はバーの片隅の、椅子と椅子とのあいだに、たった一人で取残されていたのである。あわてて閉ったドアをめがけて駈出そうとすると、呼びとめられて、ちょうど始まりかけていたその会議を傍聴して行かないかという誘いをうけたのだ。つまり、私がその会議の模様にとくに詳しいのは、私が医学士であるとか、中学生のころ昆虫採集に熱中したというような特別な理由のためではなく、単なるそうした偶然の事故によるものにすぎなかった。おそらく、彼等にしてみれば、人間でありさえすれば、誰でもよかったのだろう。いや、生きてさえいれば、生れたての仔猫でもよかったのかもしれない。

しかし、ドアには固く鍵がかけられ、いずれ一晩を彼等と共にしなければならないとすれば、いたずらに逆らうのはかえって損だと思い、素直に彼等の申し出に従うことにした。ヒゲ剃りあとのかぶれどめに、常時抗ヒスタミン軟膏をもっていたことが、思わぬ助けになってくれた。

2

出席者の大半はノミだった。いや、シラミや南京虫も、いるにはいたが、ただ目立たなかっただけかもしれない。それにしても、彼等が、自ら害虫協議会などと名乗っていることに、おそらく諸君は疑問を感じられたはずである。私もはじめは不思議でならなかった。

「あなたがたは、多分、ひどく謙遜なさっていらっしゃるんでしょうねえ?」

「謙遜だって?!」と、耳のうしろあたりにいた一匹が、あっけにとられたような声で叫んだ。

私はあわてて言いなおし、

「いや、つまり、ユーモアの精神というつもりだったんですがね……」

相手は——と言っても、私にはどのノミも一様に見え、果して前のノミと同一の相手かどうかは、断言のかぎりでないが——「ユーモア?!」と、たたみかけるように問い返し、その調子があまり挑戦的なので、私はすっかりまごついてしまった。

「つまり、自分のことを、大っぴらに、害虫と名乗るというのは……」

「じゃア、益虫と呼ばれることが、それほど名誉だとでも言うんですかな?」

結局、立場のちがいからくる、くいちがいだったのである。人間だって、ファシストと呼ばれて、よろこぶ者もいるくらいだから……私は、愛相笑いでごまかすことにした。

それよりも、もっと諸君が怪しく思うにちがいないことは、私がどうやって彼等と意志を疎通できたかということだろう。常識的に考えれば、たしかに怪しい。第一、昆虫に思考できたりするはずがない。したがって、すべてがジンの作用にすぎなかったと考えられないこともないが、そう言いきってしまう前に、ちょっと考えなおしていただきたいこともあるのである。

人間が思考し、意見を交換し合えるのは、人間がすばらしく発達した大脳皮質をもっているからだという。しかし、同時に、大脳皮質だけでは駄目で、それを思考できるように訓練する、集団生活がなければならないこともまた事実なのだ。そしてこの部分は、もはや生理学だけではかりがたい、哲学的領域に属している。……だとすれば、この哲学的領域が、ノミやシラミの集団にも働いていないなどと、誰に断言できるだろうか?

むろん、私だって、絶対の確信をもっているわけではない。私が相当量のジンを服用していたことも、かなりたしかなことなのだから。それにしても、発見はつねに疑わしき事実からはじめられるものだ。とりあえず私は事実を尊重したいと思うだけである。

3

では、そろそろ、会議の内容の説明にうつるとしよう。当夜の議題は、なかなか本格的なもので、「せまりくる平和の危機をどう克服するか」……しかし、実をいうと、私にはその詳細をお伝えする資格はないのである。抗ヒスタミン軟膏のチューブは、またたく間にからになってしまった。全身を掻きまくって、血だらけになりながら、焼けた砂のような意識の中で薄目をあけ、かろうじてその全体の雰囲気をまとめることができるだけなのである。

そこで、簡単に要約してしまえば……論議の中心は、もっぱらソ連の月ロケットに関する対策に終始していたもようである。どんなところにでも楽にもぐりこんでいける彼等の特性を思えば、この情報キャッチの素早さには、べつに驚くこともないようだが、しかしその国際情勢に対する政治感覚には、やはり敬服にあたいするものがあるように思うのだ。

彼等に言わせると、住居の合理化、上下水道の発達、石鹼の発明、ＤＤＴや電気洗濯機の出現、等々……と、人間は年を追うて自然から遠ざかり、つき合いにくい存在になってくる。ただ、あるところまで来ると、かならず戦争というやつが勃発して、人間を彼等の近くまで引戻してくれる習慣になっていた。兵士とスラム街の住人は、つねに彼等のよき友だった。戦争がたえ間なく繰返され、戦場や廃墟をめざして、何百万、何十万という害虫たちが、群をなして移動しつづけることが出来た、あのよき時代！

しかしあれから十五年……今度ばかりは、いささか平和がながすぎた。来月こそは、来年こそは、と学者や予言者の言葉に希望をつなぎ、なんとかもちこたえては来たものの、結局大した戦争もなかったばかりか、電車の中や銭湯の板の間までが、馬鹿に清潔になってしまい、ついに月ロケットの実現という、危機的状況にまでたちいたったのである。ようやく、あせりの色も濃くなってきた。

月ロケットがなぜ害虫たちにそれほどのショックをあたえたかというと――人工衛

星の時も同じことだったが――つまりこれでますます戦争の可能性が遠のき、下手をするとこれっきり、もう戦争がなくなるのではないかという不安……。

とは言え、すべての害虫が、同一意見に統一されてしまったわけではない。たとえば、せんだってのニューヨークにおける国際会議のときでも、まことに国際色ゆたかなもので、ゆたかすぎて、あぶなく分裂しかかったほどだったという。

大別すると、意見の相違は、次のように色分けされるらしい。一つは、アメリカ・ノミで代表される見解である。彼等も、戦争が遠のいたことは認めるが、戦争が遠のいたこと、かならずしも資本主義の敗北を意味せず、したがってスラム街は永久に保存されるだろうという、アメリカ的楽観主義。次はソ連・ノミの見解。こちらは、さすがにマルクス主義を聞きかじったノミだけあって、戦争は資本主義の産物であり、戦争の敗北はすなわち資本主義の敗北を意味し、ひいてはスラム街の壊滅を意味するものだという、絶望論に立っている。しかしソ連・ノミは、とくに自説を押しとおそうとはしなかったということだ。彼等はすでに運命論的なあきらめの境地に近づいていて、衛生害虫の死滅はもはや時の問題であり、それまでをせいぜい美しく充実した生き方で飾りたいものだと、すこぶる宗教的な気分にひたっているらしいのである。

そこで、もっとも活潑だったのは、第三の意見だったことになる。わが日本国のノミたちも、むろんこの第三のグループに属している。彼等は、ソ連・ノミの、その運命論をなじると同時に、アメリカ・ノミの楽天主義をも強く攻撃した。ソ連・ノミは命をかけて、月ロケットの妨害を試みるべきだし、またアメリカ・ノミは、屈せずに平和に対する挑戦をくりかえすべきだと、強調したのである。しかしこの第三の意見は、現実離れのしたヒステリックな観念論として、二大国の衛生害虫から簡単に笑殺されてしまった。とにかくアメリカ・ノミは、数が多いうえに、体が大きく、頭も発達していたし、またソ連・ノミには、蚊や南京虫のような、比較的気の弱い害虫たちのほとんどが同調してしまっていたから、やはり数のうえでかなわなかったらしいのだ。

とはいえ、第三のグループが、そのまま引込んでしまったわけではない。国際会議での否決は、ただ彼等に、国際会議への不信をうえつけただけで、その信念までもくつがえすというわけにはいかなかったのである。国際害虫会議の日和見主義は、たしかに戦争のチャンスを、世界のノミたちから奪い去ったかもしれない。しかしそのことは、ますます彼等の確信を固めるのに役立っただけだった。

4

今回の全日本衛生害虫協議会が、かくも熱気をおびた興奮につつまれているというのも、その背景に、こうした事情があったからに他ならないわけである。

「どうだい、すばらしいじゃないか、え？」

さっきから、首筋にへばりついたままの一匹が、飲みすぎて一杯になった腹を重そうにゆすりながら、溜息まじりに呟いた。私は、叩きつぶしてやりたいのを、じっとこらえて、歯をくいしばったまま早口に答えてやった。

「分りませんね……月ロケットの成功は、それだけ戦争の希望がなくなったことなんでしょう？」

「そうだよ……」

「それだのに、こんなお祭りさわぎにうつつをぬかしているだなんて……」

「馬鹿だなあ、君は……だから、言ってるじゃないか……われわれは、もはや国際会議などは相手にせず、単独で自分たちの未来を開拓することに決めたんだ……」

「でも、どういう手段で……」

「なんだって？……君は、いまの決議を聞いていなかったのかい？」

「いや、聞いてはいましたがね……しかし、どうもうまく飲込めなくて……」

「ふん、相当に血のめぐりの悪い方なんだな……」

「さんざん吸っておいて、勝手なことは言わないで下さいよ」

「いや、失礼……つまり、われわれは、月ロケットに便乗して、月にわれわれの子孫を送り込もうというわけなのさ」

「たとえ、地上で、おれたちが亡ぼされてしまったとしても、月の上では、子孫が、じっと機会を待ちうけている……」

「なるほど……」

「そのうちまた、戦争があるだろうと言うわけですね？」

「そうあってくれりゃ、何よりだが……」

「じゃ、いったい何を待つんです？」

「何をって、きまっているじゃないか、人間をだよ！」

「人間？」

「そうさ、おれたちは、信念をもっているからね」

「そりゃ、いずれは人間も月に行くだろうけど……でも、人間が着いたら、地上と同じことで、さっそく殺虫剤をばらまいて……」

「そうじゃないったら！……君は、人間のくせにして、まるでソ連・ノミのようなことを言うんだなァ……ソ連のノミは、ぜんぜん心理学というものを知らんよ……われわれの信念というのはだねえ、つまり、人間というやつは、一時は余勢をかりて、地上のあらゆる衛生害虫を抹殺しようとするかもしれないが……」

「しれないが……？」

「うん、昔、ほら、なんとかいう詩人がうたっていたじゃないか……」

が、残念ながら、その先を聞くことは出来なかった。腹の重さに耐えかねて、ぽとりと床に落ちて行ってしまったのだ。と同時に、一番電車の音がひびいて、夜が明けた。閉会の辞がのべられて、ザッと笹藪が鳴るような音がしたかと思うと、床の上一面に水しぶきがはねた。いや、水しぶきではなく、ノミの大群がいっせいに跳びはねたのだった。

5

同じ会議でも、こんなに愉快な会議もあるのである。私は、肉体的には苦痛だったが、しかし心理的には、かなりのたのしみを味わった。

ところが、それから一週間ほどして、ふとした機会に……たぶん、意識下の関心が働いていたのだろうが……私は図書室で、ノミの生態についての記事を読んでしまったのだ。

それによると、ノミというやつは、真空状態におくと、口から内臓をすっかりはきだして、裏返しになってしまい、そのまま二十四時間以上生きて、空気にふれるとすぐに内臓を吸込み、またもとどおりになれるというのである。おまけにその卵は、三年以上の乾燥にも耐えるらしい。こうなるとあの日本・ノミの全国会議の決定も、あながち大言壮語ばかりとは言えなくなる。

そのうえ、最近の学説によると、月にも現在噴火中の火山があり、地殻の割目やほこりの下には、わずかながら、水や酸素もありそうだということだ。ますます具合がわるい。急に私は不安になってしまった。あのノミは、人間の心理について、一体なにを言うつもりだったのだろうか？　もちろん想像して出来ないことではない。しかし出来れば、ノミ自身の口からはっきりした答えを聞くまでは、そんなことを信じたくない気持だった。

私は幾度か、思いきってソ連政府に手紙を出し、日本・ノミの計画を知らせてやろうかとも思った。しかし、そう思っているうちに、手おくれになり、とうとうソ連は月ロケットを打上げてしまった。新聞によると、技師たちは、バクテリヤに対しては厳重な警戒をおこたらなかったらしいが、ノミに対しては、べつに特別な措置は講じなかった様子である。

もしかすると彼等は、計画どおり、あのロケットに便乗して、月に飛んで行ってしまったのではあるまいか？

その夜、私が例のバーに、ジンを飲みに行ったのは言うまでもない。ところが、一歩店に踏みこんで、私はぎょっとした。殺虫剤のにおいが、むっと鼻をつき、床が真白になっていたのである。思わず私は大声で怒鳴りだしていた。こんなにおいがして、酒が飲めるものか！　バーの主人は素直に謝って、二度と殺虫剤をまいたりしないことを約束してくれた。……一体何時になったら、ノミたちがこのバーに戻ってきてくれるのだろう?

不安なうちに幾日かがすぎた。それから、意外に早く、彼らと再会する日がやってきた。たしかあれから四日目のことだったと思う、私がいつものように、辛抱づよくジンを飲んでいると、まだ零時になっていないのに、急に首筋のあたりをチクリとやられたのだ。反射的にふり上げた手を宙でとめ、出来るだけやさしく声をかけてやった。

「君、うっかり床に降りたりしちゃいけないよ。下は、殺虫剤でいっぱいなんだ」

「ふん、馬鹿馬鹿しい!」

「え?」

「これっぽっちの殺虫剤、ちょっとくしゃみが出れば上等さ……」

「なるほど……それはそうと、例の計画、うまくいったんですか?」

「例の計画?」

「ほら、月ロケットに便乗する計画ですよ……」

「ああ……」

「どうしたんです、馬鹿に元気がないじゃありませんか……?」

「うん……はじめは、大体計画どおりにいったんだが……」

「あいにくと、ほかの国のノミのやつらが同じような計画をしていてね、ロケットの上で、両方がかち会ってしまったんだよ……まずいことに、その相手というのが、あの強情っぱりの、ドイツ・ノミの野郎どもでねえ……」

「なるほど……」

「ロケットの上で、大ゲンカになってしまったのさ。やつらは、日本・ノミの腹にある黒い斑点が、退化のしるしだから、月旅行は遠慮すべきだなんて言いだしやがって……」

「それ、本当なんですか？」

「とんでもない！　本当のことを言えば、やつらの腹の曲線こそ、明瞭な退化のしるしなんだ……」

「へえ……で、それから、どうなったんです？」

「食うか、食われるかの大勝負の結果……」

「どっちが勝ちました？」

「二匹とも、死んでしまったよ……なんせ、互いに、はらわたを出しっぱなしだったからなあ……」

「しかし、どうしてそんなことが分ったんです？」

「というと……？」

「つまり、哲学の領域における思考の結果だよ……」
　それからしばらくの間、私は黙ってジンをすすり、彼は黙って私の血をすすってい
た。……結局ノミは、月にたどりつくことは出来なかったのだ。そうは思ってみても、
すこしもほっとした気持になれないのは、いったい何故なのだろう？
「それはそうと……」
「例の、この前の話のつづきは……？」
「つづきだって……？」
「ほら、人間の心理に対する、君たちの信念とやらいうやつですよ」
「ああ、あれか……」彼は、そう言うと、いかにも皮肉な目つきでじっと私を見すえ
た。いや、ノミがにらんだりできるはずはない。おそらく私の思いすごしだったのだ
ろう。
「しかし、君、本当に、聞きたいのかい？」
「いや、まあ、聞かなくても分っているつもりだけど……」
「それはそうだろう……」
「けど、一体、どういうわけなんだろうな……日本やドイツのノミが、とくにそう言
う信念を強く持つに至ったというのは……？」

「いや、ひとえに、君たちのおかげだね……」

「というと……?」

「だって、君たちは、ぜんぜん衛生害虫のいない世界なんて、やはり我慢できやしないだろう……おれたちがいなければ、おれたちを殺すたのしみもなくなるし、痒いとこをかくたのしみも、なくなってしまうし……」

とっさに私は、耳の下まで這上っていた彼を、力いっぱい叩きおとしてやっていた。彼はまっすぐ、私のジンのグラスの中におちこんで、くるくるまわりだした。まわりながら、私を見上げて、にやりと笑った。どうも変だ。唇もなければ眼瞼もない彼に、笑ったり出来るはずがないのだが……。

「なあに、これがつまり、哲学的領域の笑いというやつさ」

その声に、居合わせた客が、びっくりしたように振向いて、私のグラスをのぞきこもうとした。私はあわてて、一気にその中味を、彼ごと胃袋の中に流しこんでしまった。考えてみれば、軽はずみなことをしてしまったものである。真空でも平気な奴等が、アルコールや胃酸くらいで参るはずがない。なぜあんなにあわてて飲込んだりしたのだろう。せめて、苦しがる奴の頭をマッチの軸でつついたりして、みんなと一緒に笑ってやればよかったのに。こんなふうだから、奴等につけこまれてしまうのだ。おそらく奴等は、時機が来るまで、月の上でも、私の腹の中でも、ねばりつづけるつもりにちがいない。
（私は腰をあげ、とりあえず下剤を買いに行くことにした）

安部公房（あべ・こうぼう）　一九二四～九三（大正一三～平成五）年。小説家。東京生まれ。満州体験や、シュールレアリスム・マルクス主義への関心が、個性的な作品世界を生み出す。「壁―S・カルマ氏の犯罪」で芥川賞を、『砂の女』で読売文学賞を獲得。勅使河原宏が映画化した後者は、カンヌ国際映画祭審査員特別賞を受賞した。「月に飛んだノミの話」は一九五九年一一月に『婦人公論』に発表されている。底本は『安部公房全集』第一一巻（一九九八年、新潮社）を用いた。天体を描いた他の作品に「日本の日蝕」（テレビドラマ脚本）がある。

月世界征服

北杜夫

現在ポリネシア諸島の中で、独立しているのは、トンガ王国と西サモアである。一九六×年、クック諸島とラロトンガ島の間にあるイッツアライ島という小島が独立をした。環礁にかこまれた平和な島である。ココナッツの植林があり、海亀の産地として知られ、文明の余波は日とともにこの島を侵しつつある。ある日本商社の男がこの島へゆき、シャボン玉の製法を伝えた。以来、島民たちは日がなシャボン玉をふくらまして暮している。

夏がきて——むこうの夏は一月ごろだ——この島の大酋長は暑さのためか突然ふきげんになり、牛のようにうなった。

「おれの島は独立国である。国威を発揚せねばならぬ。さっそく科学大臣を呼べ！」

大酋長は象皮病のため、下半身が異様にふくれている。そのため立居ふるまいも厳《おご》そかに見え、島民にとっては絶対の権力者といえた。

科学大臣は、ケンブリッジ大学に留学したインテリであった。彼はなんでもできた。漁船の焼玉エンジンの修理、自転車のパンク、電球が切れたかどうか調べる術、ゴム鉄砲の作り方、大酋長が食べすぎたときにイチジク浣腸《かんちょう》をやってやること、それこそ万能の科学者であった。

大酋長は言った。

「アメリカやソビエトが月へロケットやらを射ちあげようとしているのは事実か？」

「さようにございます」

「それならば」と、大酋長は厳然と言った。「わが国も負けてはならぬ。大体わが祖先はあの月より花嫁を迎えたという伝説がこの島にある。聖地を色の白い奴輩にけがされてはならぬ。直ちにそのロケットを製造し、月の一番乗りをやってほしい」

科学大臣は平伏した。大酋長の命は絶対である。この国では、まず大酋長、次に魔術師のグラグラア、次に科学大臣が権力を握っている。ロケットを製造しないことには地位も危ない。それに大酋長の父君はたいそう人肉を好み、大酋長も単にそれをこらえているにすぎないということを彼は知っていた。

そこで科学大臣は、島じゅうの科学の粋を集めることにした。まず大量のトタン板、これは部落から離れて海につきだしたところにある便所の屋根をすべて徴集した。一般の家はパンダヌスの葉でふいてあったからだ。島にある五台のトラックと一台のジープをすべて分解した。ドイツ製のミシンが十二台集った。日本製のトランジスター・ラジオが六個。そのほか、あるかぎりの金物、針金、クギ、電球の球、等々。

これでもって科学大臣は、天才的な頭脳と霊感をもってロケットを製造した。トタン板をつなぎあわすハンダが不足したため、ところどころバンソーコーではられてあった。そうして完成したロケットは、だれが見てもシャックリをもよおし、かつて地球上に存在したいかなる実体にも似ていなかった。

ロケットの燃料として、あるかぎりのガソリン、アルコール、ベンジン、ヤシ酒などが注入された。搭乗者として、常々すもぐりで長時間呼吸をとめていられる若者が選ばれた。もっとも科学大臣は、白人の宣教師兼医師のところから、何本もの酸素吸入のボンベをくすねてきてはいた。

そして——歴史的な某月某日、ひやかし半分の各国新聞記者の面前で、ロケットは出発した。科学大臣はふるえる手で、一本のマッチをすり、ロケットの尾部に近づけた。すると濛々《もうもう》と起る白煙と黒煙、地獄のうなり声とともに、ロケットは上昇を開始した。しかしそれはぐらぐらとゆれ、すぐにも落下しそうに見えた。大酋長がやっきになってののしり、自分の首も心配になった魔術師グラグラアは、とんだりはねたりして呪文をとなえた。

「エン・ビーバ、ビーバ・サラ・アビアバ！」

するとロケットは機首を立て直し、ぎらつく空の中に姿を没した。そして――詳細は略すが、まがいようなく月世界に到着してしまったのである。すもぐりの達人の土人は立派に生きていた。

大変な騒ぎとなった。米国ケープカナベラルのロケット計画は、事実上解散に近い状態となった。ソ連では、長官、科学陣の大立者、すべてが解職され、その波紋はどこまで広がってゆくかわからなかった。

理屈ではあんなロケットが一センチでも飛べるはずがない。世界中の記者がイッツアライ島に飛んだ。しかし、魔術師グラグラアは、泣きそうな顔をして、通訳を通じてこう言ったにすぎなかった。

「おら知らねえ。おら、ただこう言っただ、シャボン玉あがれ、天まであがれ、ってな」

北杜夫（きた・もりお）一九二七～二〇一一（昭和二～平成二三）年。小説家。東京生まれ。父は斎藤茂吉。『どくとるマンボウ航海記』が人気を博し、「どくとるマンボウ」シリーズが生まれる。『夜と霧の隅で』で芥川賞を、『楡家の人びと』で毎日出版文化賞を受賞。「月世界征服」は一九六三年五月一一日に『朝日新聞』に発表された。底本は『北杜夫全集』第八巻（一九七七年、新潮社）を用いている。天体を描いた他の作品に、「人工の星」「月と10セント」「星のない街路」がある。

月世界旅行

安西冬衛

クラブ「ダイアナ」
ボックスへきたのは
森田という厚木育ちのホステスで
黒い絹靴下の留金の十仙銀貨《ダイム》が
三文オペラのモリタートを思わせた。
バー「ムーン」
カウンターでしけていたのは
上越線月夜野がふるさと
「だもん、月乃」と
繊い糸切歯を見せた
眼の隈蒼い織娘《おりこ》くずれの少女。

キャバレー「ルナ」
白いイブニングで現われたのは
福岡県浮羽町の生れで
歌劇リゴレットの詠唱
「風の中の羽根のように」エアリーな女。
麻布六本木、遠州浜松、そして小倉砂津と
遍歴した夜のツアーで垣間見た女の裏側
ぼくのアポロ計画――月世界探険のリポートです

安西冬衛（あんざい・ふゆえ）一八九八～一九六五（明治三一～昭和四〇）年。詩人。奈良生まれ。大連で短詩運動の拠点となる詩誌『亞』を創刊し、一九二〇年代の前衛詩の一角を築く。代表的詩集に『軍艦茉莉』がある。「月世界旅行」は一九六四年二月に『小説新潮』に発表された。底本は『安西冬衛全集』第四巻（一九八三年、寶文館出版）を用いている。天体を描いた他の作品に、「尾のない太陽」「カシオペア」「火星人との結婚」「銀河に悼む」「新月の匂ひ」「地球儀」「天秤座」「菜の花月夜」「日食」「星のロマンス」がある。

私のなかの月

円地文子

アポロ8号が月のまわりをまわって無事に地球へ帰って来たころ、私の若い女友だちの一人が興奮して、これからは月をみる目が違って来るといった。私は、あの宇宙服に身を固めた飛行士が月のまわりを幾めぐりしても、今度の11号の人たちが月面に足をつけても、それは自然科学の歴史の上ではエポック・メーキングな出来ごとに違いないけれども、仮に人工嬰児が生れて来たとしても（それも可能でないことはないようだ）、ほんとうの赤ん坊がかわいくないはずはないように、子供の時から、夜空にかかっていて、その欠けたり満ちたりする光の美しさを眺めて来た私の目には、月はそのままの月であって、餅をつくうさぎもかぐや姫も結構住わせて置くことが出来るのである。

そういえば、月の美しさや魅力を多く惑じるのは、ちょっと反語的な言い方だけれども都会育ちのものの方に多いかも知れない。

私などは、生れたときから東京の町中に育っていたから、月は、家々の瓦屋根や物干台の上の空にあるのを見上げることが一番多かった。時に、家と家との間の細々した露地の庇間《ひあわい》に、常よりも一層高く、冴え冴えと三日月のかかっているのを眺めた覚えもある。

その癖、子供心にも、月と言えば、果てもないほど広い原の薄の穂並みをぬいてのぼって来るものであったり、なだらかな山の端の黒さが少しずつ明るんで、やがて、青く照らし出される月の出が何となく自然なものに印象されていて、そういう自然の風景に月を配してあくがれる思いは、いくつになっても少しも衰えないのだった。

もう十何年か前になるが、平林たい子さんとヨーロッパ旅行をしたとき、ちょうど、夏の季節で、ローマからヴェニスにかけてよい月夜がつづいた。

ローマのカラカラ浴場あとの野外オペラを見た晩には、古代建築をそのまま背景に使った「トーランドット」の豪華な舞台の真上に、十日余りの月が雲一つない空高く輝いていて、何ともぜいたくな眺めであったし、ヴェニスでは、ゴンドラの浮ぶ波を金の蛇のようにゆらめかせて、満月が照り渡っていた。

これは、日本の山の端や、薄野に見る月とは趣を異にしているので、私はわけもなく悦に入って、

「きれいだわねえ。いい月だわねえ」

と空を見上げては幾度となく感嘆していた。すると同行の平林さんが、

「私は月は子供の時から見ているから、何ということもないわ」

というので、私は、ちょっと、びっくりしたが、その後で、なるほど彼女は諏訪地方の生れだから、小さい時から、小唄にも言う「諏訪の湖水を鏡にかけて、雪で化粧するお月さま」を大方見飽きて育ったのだろうと思った。平林さんのほかにもう一人「月は見飽きている」といった地方出身者を私は知っている。

人により好みによることはもちろんであろうが、月を愛する思いは、ちょっと気取った都会風流趣味からも来ているようで、平林さんなどはそれに反撥を感じるのかもしれない。まあ、他人はどうでも私は子供の時から今に至るまでお月さまが好きで、あの欠けたり満ちたりする変化にも、自分の思いが自由に運ばれて行くのだから、美しい妖精としての月は私の心にいつになっても死ぬことはないだろう。

円地文子（えんち・ふみこ）一九〇五～八六（明治三八～昭和六一）年。小説家・劇作家。東京生まれ。歌舞伎が好きで、戯曲家として出発した。『ひもじい月日』で女流文学者賞、『女坂』で野間文芸賞、『なまみこ物語』で女流文学賞、『朱を奪うもの』などで谷崎潤一郎賞を受賞する。『源氏物語』の現代語

訳も行っている。一九六四年に敬愛する平林たい子とヨーロッパを旅行した。

「私のなかの月」は『本のなかの歳月』(一九七五年、新潮社)に収録されている。底本は『円地文子全集』第一六巻(一九七八年、新潮社)を用いた。

月の石

高橋新吉

月の石を見た
四十五億年の黒い色
それは地球の黒さとちがっている
今まで見たことのない色である
深々とした黒い色だ
不思議な色だ
これほどまでに地球のものと
ちがっているとは思わなかった
豊かな色である
これから先五十億年は変色しないだろう
このような色があるとは

想像もしなかったことである
月に着陸した飛行士たちが異口同音に
スバラシイといったことが
嘘ではないことがわかった
黒い色ばかりでなく褐色のものもある
それらのどの色も
四十五億年の神秘を秘めている
どんな画家もこんな色を表現したものは
一人もいない
地球にない色だからだ
月は生物などに荒されていない
純潔さを保っている
生物よりももっと傑れた価値のあるものを
生み出す力を持っているようだ
月の地平線に浮んだ地球
ここでこの石を見るとは
想像もしなかったことだ

蓋し真理はこの石よりも固い
何もないところから月は生れた

高橋新吉（たかはし・しんきち）　一九〇一～八七（明治三四～昭和六二）年。詩人。愛媛生まれ。ダダイズムと仏教的虚無思想を接木させて、詩集『ダダイスト新吉の詩』で日本を代表する前衛詩人になる。「月の石」は『高橋新吉詩集』（一九七二年、彌生書房）に収録された。底本は『高橋新吉全集』第一巻（一九八二年、青土社）を用いている。天体を描いた他の作品に、「宇宙の呼吸」「宇宙の力」「火星の石」「月面車」「コメット」「星雲」「太陽」「月と足」「月とロケット」「日食」などがある。

月のいろいろ

花田清輝

十歳になったばかりのレノア姫が、むしょうに月を欲しがったので、王様をはじめ、宮廷の大人たち一同は、頭をかかえた。そこで家来の一人が、一同を代表して、姫にむかって、月に関して質問した。まず、その大きさは如何。姫は、自分の親指で、月の大きさを測ってみたが、爪がかくれるていどだったという。つぎに、月への距離は如何、とたずねると、木のてっぺんの枝にひっかかることもあるので、月が、つい近くまでおりてくることに疑問の余地はないと断言する。そして、最後に、では、いったい、月はなんでできているかときくと、きまってるじゃない、金よという答えである。

とすると、姫をごまかすのはわけはない。その家来は、苦心の末、手にいれた月だと称して、まるい金のメダルに金のくさりをつけて、姫にむかって献上した。はたしてかの女は大よろこびをして、そのにせものの月を首飾りにした。そこまではとんとん拍子にうまくいったが、それで問題がおわったわけではない。宮廷の大人たちは、姫の胸にぶらさがっているにせものの月のほかに、もう一つ、ほんものの月が、ふたたび夜空にあらわれるのをみて、姫が、かれらのごまかしに気づくのではなかろうかとおそれないわけにはいかなかったのだ。ところが、これまた、案ずるよりも生むがやすしだった。その後、たしかにほんものの月はあらわれたが、かの女は、いささかも意に介さなかった。歯が一本ぬければ、またあたらしい歯がはえてくる。同様に、空から一つ月をとれば、またべつの月がうまれてくるというのが、かの女の論理だったのだ。

以上は、サーバーの『たくさんの月』という話のあらましであるが、作者は、月を、最初から、手のとどかないところにあるものだときめてかかって、月へのアプローチをあきらめている常識的な大人たちよりも、まがりなりにも自己流の論理をもって、月をわがものにしたがっているあどけない子供たちのほうが、まだしも見どころがあるといいたかったのであろうか。それとも子供たちというものは、大人たちのあたえる、ほんものによく似たにせものを、さっそく、ほんものそのものと信じこむほど、おめでたくできているといいたかったのであろうか。あるいはまた、子供たちにはあって、大人たちにはない、歯が一本ぬければ、またあたらしい歯がはえてくるという再生の実感が、なにものにもまして貴重だということをいいたかったのであろうか。

しかし、ひるがえって考えるならば、あらゆるものの再生を信じてうたがわなかったがゆえに、レノア姫は、やすやすと大人たちにごまかされ、にせものの月とほんものの月との区別がつかなかったのだともいえるのだ。

たしかにレノア姫は、今日の子供たちにくらべると、いくらか時代おくれかもしれない。いかにも現在、月への飛行が可能になったのは、人類が、レノア姫のように、親指で月の大きさを測り、高い木で月への距離の見当をつけ、金いろにかがやく月をみて、月を金でできていると推定し、辛抱づよく月を観察し続けてきたからであろう。しかし、テレビの宇宙中継を見なれている子供たちは、まさかレノア姫のように、金のペンダントを、月ととりちがえるようなことはあるまい。もしもそうだとすれば、いまではレノア姫は、時代おくれの子供であるばかりではなく、知恵おくれの子供でもある、ということになる。もっとも、いささかひねくれたものの見かたかもしれないが、わたしには、テレビの月も、ペンダントの月も、にせものの月であるということにかけては、さして変りはないような気がしないこともないのだ。どちらも、これがほんものの月だといって大人たちの差し出した、にせものの月にすぎないのではなかろうか。

そんなふうに考えてくると、テレビの月の前にへばりついて指一本うごかそうとはしない現代の子供たちよりも、ほんものの月をながめながら、かの女なりの月のイメージをつくりあげたレノア姫のほうが、一歩前進しているともいえるのだ。すくなくともこちらには、ささやかながら、主体性がある。たとえばペンダントの月を、ほんものの月とおもいこんだとしても、かの女には、宇宙の生誕と消滅と再生についてのかの女一流の考えがあった。しかるに、今日の子供たちにむかって、どこかの砂漠で、宇宙服をきた人物が、月面車にのって走り廻る場面をフィルムにとって、これが、ほんものの月だといって差しだしたなら、かれらは、コロリとだまされてしまうであろう。かりにその砂漠が、ハリウッドの砂漠だったにしても。

といって、べつだん、わたしは、月ロケットを打ち上げることに反対ではない。ただ、わたしには、わざわざ、月まで出かけていって、国旗をたててくる習慣だけはやめたほうがいいような気がしてならない。それでは、せっかくの月が、お子様ランチに似てくるではないか。

花田清輝（はなだ・きよてる）一九〇九～七四（明治四二～昭和四九）年。評論家・小説家。福岡生まれ。野間宏らと綜合文化協会を結成し、戦後芸術運動を推進した。代表作にエッセイ集『復興期の精神』、小説集『鳥獣戯話』がある。「月のいろいろ」は『Reed』一九九二年八・九月合併号に発表された。底本は『花田清輝全集』第一五巻（一九七八年、講談社）を用いている。天体を描いた他の作品に、「宇宙バカの出現」「月と六ペンス」「月の道化」「月夜に釜を抜く」「天体図—コペルニクス」「平安朝の火星人」などがある。

湖上の明月

瀬戸内寂聴

敦賀の女子短大へ通うようになって、湖西線を利用しているので、琵琶湖の四季の景色や、朝や夕の湖の表情を見なれてきた。

ついこの間も、教授会で遅くなって夕方の「雷鳥」に乗って帰る途中、ふと、車窓を見ると、いつのまにか大きな満月がぽっかりと空中に浮き、白金色に光り輝いていたのだった。

思わず私は、まわりの見知らぬ乗客のだれにともなく、

「まあ、きれいなお月さま、見てごらんなさい」

といってしまった。その車輛には、温泉ツアーの帰りらしい一団の乗客でほとんどの座席がしめられていた。それまで口々に仕事の話や、世間話や、人の噂を声高に喋っていたのが、ふっと静かになり、「ほう、こりゃすごい月だ」「満月かあ」「ええ、月見やなあ」とかの言葉が湧いてきた。

月の真下の湖水のさざなみが金色に幅広く染められていた。

月は白金色で、さざなみは金色が不思議だったが、だれかがだみ声で、

「まんまるな月が水に映るとまんまるかと思うたのに、そうやないんやなあ。あんなふうに帯みたいに波が染まってる」

といった。ほんとうにそうだ、そうだと、みんなが相槌を打つ。私の背の方の座席では、月見酒だとビールをのみ廻しながら、いっそう話が弾んできた。話題はそれまでの、パチンコ疑惑から急にメタフィジックな方向に転じていた。

「あんな月見ると、なにやら死後のことが思われてくるなあ」

六十すぎの男らしい。

「そうかなあ、ぼくらまだ死ということピンときいしまへんなあ」

二十代の若者らしい黄色い声。

「そらそうやろ、あんたらまだ嘴黄色いさかいなあ、今から死について考えたりしたら気色悪いで。そやけどなあ、わしら子供の時は、人は死んだら魂は天に上ってお月さんの中に行くんやと、よう年寄りに聞かされたもんや、そう思うて月を眺めると、ほんまに人の魂がいっぱい住んでるように思えたもんやった」

「そうそう」

五十くらいらしい男の声が相槌を打つ。

「わしらもそうでしたなあ、ロケットが月に行ってしもうて、なあんにもない月は炭酸ガスで出来てるんやといわれた時は、妙にがっかりしたもんでしたわ」

「そうやなあ、わしもあれは拍子抜けやった。あばたみたいな月の表面テレビで見て、月宮殿も、もちつく兎もいいへんのは、だまされたような気《きい》がしましたなあ」

「しかし、死んだら、やっぱり魂はあるような気がするなあ、あんな月みると、神秘的でそんな気するなあ」

「そらそうですわ、死んでなあんにも無いんやったら、生きてるっていうことが、あほらしなってくるわ、月には居らんかて、やっぱり、どこかの星に先に死なはった人の魂が集まってると思うた方が落ち着きますわなあ」

「ちょっとうかがいますけど、うちは真宗でんねん、真宗と、真言宗はどないちがいまんねん」

　若い男が質問する。

「それはやな、ええと、真宗はナンマイダで、真言はナムダイシヘンジョウコンゴや、そうやったかいな」

　月はますます冴えわたり、列車と共にゆっくり湖を渡っていた。


瀬戸内寂聴（せとうち・じゃくちょう）一九二二（大正一一）年〜。小説家。

徳島生まれ。瀬戸内晴美の名前で小説を発表していたが、一九七三年に出家している。『田村俊子』で田村俊子賞、『夏の終り』で女流文学賞、『花に問え』で谷崎潤一郎賞を受賞。『源氏物語』の現代語訳も行っている。「湖上の月」は一九八九年一〇月に『寂庵こよみ』に発表された。底本は『寂庵まんだら』（一九九三年、中央公論社）を用いている。天体を描いた他の作品に「嵯峨野の月」などがある。

編者エッセイ　月の鏡――死と狂気、美と生誕

和田博文

1　月の起源と、ルナティックな世界

天空の世界で、月は特別な存在である。目に見える星は大きく分類すると、自ら発光する恒星、恒星と共に太陽系のような系を構成する岩石やガスでできた惑星、惑星の周囲を回る衛星、太陽の周りを楕円や抛物線の軌道で運行する彗星に分けられる。月はそのなかで、地球の唯一つの衛星である。地球の八〇分の一の質量を持つ月は、いつ頃、どのように生誕したのだろうか。最も有力なジャイアント・インパクト説に従うなら、四五億五〇〇〇万年前にテイアと呼ばれる、火星と同程度の大きさの星が、原始地球に衝突した。その衝撃でテイアの核は、地球の中心部に沈んで、地球の核と一体化する。他方でテイアと地球の破片が宇宙空間に散らばった。そのうち地球の軌道上に留まった破片が合体して、月が生まれたという。

山川方夫「月とコンパクト」（本書八四頁）の、「あの凍死した古い地球の過去は、

ああしていつも若々しい生きている産みの親をはるかな高みから眺め下ろしながら、無言のままいつまでもそれを巡りつづけている」という月の形象化は、月の生誕のドラマを、遠い記憶として揺曳させているように見える。この小説の月は、地上の人間の生死に不思議な魔力を及ぼす。あるとき夜汽車の向かい側の席にいた、新婚旅行中の女性が、列車から鉄橋越しに投身自殺する。その夜、川の小波は美しい月を浮かべていた。それから長い歳月が流れて、死ぬ直前の女性がコンパクトを送っていた元恋人に、「私」は出会うことになる。コンパクトを開けると、それは単なる鏡ではなく、「神秘な宇宙」につながる円窓だった。そこには「彼女の死を無言で眺め」ていた、「あの秋の夜の孤独な月」がかかっている。

生誕時の満月の大きさは、地上で眺めると、現在の四〇〇倍の大きさだった。もしヒトがそれを目にしていたら、月の魔力をリアルに実感しただろう。もちろん四五億年以上前の地球に、ヒトは存在していない。しかし原初の月につながる表象は、文学に現れてくることがある。千家元麿「月」（本書一〇五頁）はこう始まる。「大きな怪物めいた剝皮体のやうな／赤く破壊《こは》れた半月が／暗い水のやうな地平に浮いてゐる／何かにぶつかつて二つに割れた断片のやうに／酸鼻の姿である」。千家の月を織り込んだ作品は多いが、ヒューマニズムを特徴とする白樺派の詩人らしく、貧しく労苦に満ちた地上の人々を暖かく見守る月という、美化された表象が多い。そのような千家が、月の「酸鼻の姿」を描くのは異例である。この詩の最後は、「天変地異でも起りそうだ」と結ばれている。

イタリアのＳＦ作家イタロ・カルヴィーノは、一九六七年に『柔かい月』という短編集をまとめた。日本語訳はその四年後に河出書房新社から刊行されている。書名になった「柔かい月」の巻頭に、月は太陽系の惑星だったが、地球の引力に引き寄せられ、地球の衛星になったという記述が見られる。これはジャイアント・インパクト説ではなく、一九七〇年代に否定される捕獲説である。しかし月が地球に引き寄せられる場面の不気味さは、衝撃的なインパクトを持っている。地球の引力のために、月の表面に瘤が隆起する。そこから「蠟の滴り」のようなものが伸びてくる。月は溶解し、無数の「蠟の滴り」が「ゼラチンと毛髪とかびとよだれ」で出来た分泌物を降らせ、やがて地球の表面は落下し続ける月の欠片で覆われてしまう。

月が生誕するドラマに、ヒトは立ち会っていないが、月はヒトの時間認識に関わることで、誕生と生、死と復活の物語を規定してきた。近代日本は一八七三年一月一日から太陽暦を導入している。地球が太陽の周りを公転する周期、約三六五日を基に太陽暦は作られた。季節は太陽と共にあるから、太陽暦では時間単位としての月と季節がずれることはない。しかしそれまでは長らく、太陰太陽暦を採用してきた。月の満ち欠けの周期である約二九・五日を基に、太陰暦は作られている。二九・五日に月数の一二をかけると、太陰年は三五四日となり、太陽暦と比べると年に一一日短い。したがって閏月を設けることで、季節とのずれを調節することになる。

太陽と違って、地上で見る月はその姿を変えていく。月は地球の周りを、楕円形の軌道で回っている。月が太陽と地球の間に来たときが新月で、月の周期の開始と捉えられてきた。新月を旧暦一日とすると、三日月は旧暦三日、満月は旧暦一五日。この前半の時期を上弦の月といい、太陽の光が当たる月の部分が拡大していく。満月の翌日の旧暦一六日は十六夜月で、月は欠け始める。旧暦三〇日は三十日月で、月は再び見えなくなってしまう。この後半の時期を下弦の月という。新月から経過した日数が月齢。古代から月の満ち欠けは、上弦が誕生から成長に向かう、下弦が老いて死に向かう、人生と対照して捉えられた。したがって三十日月から再び新月に移行する過程は、再生や復活を意味することになる。

日本が太陽暦を採用して以降の文学でも、月はしばしば死の意識に寄り添うように描かれてきた。上林暁は「月魄《つきしろ》」（『群像』一九五三年二月）で、脳溢血を患った後、月をどう感じるようになったかを記している。病後に初めて見た月は、「満月にはまだ二三夜あるかと思はれるいびつな月」、つまり上弦の十三夜月の頃だった。月を見ながら「私」は、「自分の命をしかと摑んだ感じ」がする。月に引き寄せられた「私」は、その後も夜になると月を見に行くようになる。家族は外出中に倒れたらと心配するが、「私」は月光を仰ぎながら、雪のぬかるみで息絶える自分を想像する。それは「月の精を抱いて死」ぬことを意味するように思えて、「私」は気分が昂揚してくる。

月は太陽と異なる隠喩性を持つ。前者に惹かれた文学者の一人が佐藤惣之助である。「月に就いて」（『佐藤惣之助全集 随筆篇』一九四三年四月、桜井書店）で佐藤は、「未来のたくさんある人は太陽の前で唄ふがよろしい。われ〳〵の年になるともう月の前でもの思ふことが多くなつて困る。月を前にしてゐると、もうこの世の中の希望もないが、さりとてこの世の中の寂びしさも棄てたものではないと思ふようになる」と述べている。年を重ねれば、死を意識する機会は増える。しかし月の隠喩性は、死だけではない。英語の「lunatic」（「狂気じみた」）という言葉は、ラテン語の「lunaticus」（「月の影響を受けた」）という言葉から派生した。「神経質の文学、黄昏の文学が流行した頃に、彼は神経に月光をもつてゐる——といふ言葉が流行つた」と佐藤は書くが、「狂気じみた」は月のもう一つの隠喩性である。

伊藤整「月光と蔭に就て」（本書一二七頁）の鈴子は月夜の晩に、ベッドから一人起き上がり、夜着のままホテルを出ていく。それを目撃した「私」の脳裏には、「夢遊病」という言葉が浮かんでくる。「月の光がほとんど垂直に」彼女の顔に落ちて、「今まで全く見たこともない」鈴子の姿がそこに存在していた。すでに彼女は「見もしらぬもの」に作り変えられていて、「私」は身体が戦慄するのを覚える。月光が照らし出す白い姿を追いかけ、彼女の肩に手をかけようとするが、目の前にあるのは、「眠りの中から遊離して来た肉体」にすぎない。「月光のなかの荒涼とした死」の方へ、引きずり込まれようとしていると感じるところで、小説は閉じられている。

神秘や魔術も、月が持つ別の隠喩性である。佐藤春夫「月かげ」（『帝国文学』一九一八年三月）を読むと、佐藤が月に魅入られた一人であることがよく分かる。「金環のやうに細く曲つた、さうしてほんの僅かの間しか輝きを見せない三日月や、夜すがら銀の洪水を齎す明鏡のやうな満月に就ては、人人は酌めるだけの感情を酌みつくした筈だ。けれども未だに尽きない」と佐藤は書く。新たな「感情」を喚起する、月の文学の可能性は無限にある。この小説で佐藤が描いたのは、月の光を浴びて、風を孕み、街の通りや家々の屋根の中を、突き抜けて進む帆前船だった。「月光といふものがこれほどの魔術をかくして居たのであらうか」と、「私」は感嘆している。

2　日本の月見、中国の月見

満月の夜の月に感嘆するという体験は、いつの時代でも存在する。しかし日本で十五夜（旧暦八月一五日）や十三夜（旧暦九月一三日）に、一般の人々がお供えの行事を行うようになるのは江戸時代以降である。月見に欠かせないアイテムの一つが、秋の七草に数えられるすすき。「仲秋の月を祭るためにろうそくをつけたり団子や秋の初栗や柿などを飾って月をおがむことなどはおもしろくてやってみたいと思うが家の近代人はその旧式なことを笑うのであろう。けれどもすすき位は郊外へ行ってとって来て家の花びんにさす程度のことはやってみた」と、西脇順三郎は「月、なす、すすき」(本書二四六頁)に書いている。すすきの飾りが季節感と切り離せないように、お供えも季節の収穫物である。

月見の晩に西脇家では、蠟燭を立てる習慣だったらしい。部屋の電燈をつけていると、明るすぎて月がよく見えない。『鷹野つぎ著作集』第二巻(一九七九年四月、谷島屋)に、「お月見」というエッセイが収録されている。「オイ洋燈《ランプ》を消してみよう」と兄さんが言って、ランプの芯を引込めると、松の梢の間から、「海の水のやうな静かな青い光」があたり一面に流れてくる。鷹野家の場合は花立に、秋の七草を挿すことにしていた。お供えは「おへそ団子」に、栗・柿・葡萄・新さつまいも。月見団子の形は地方によってさまざまである。満月のような丸型や里芋型、三色団子やくし団子もある。「おへそ団子」は静岡県の月見団子で、へそのように中央部をへこませて、あんこを乗せる。鷹野は浜松の出身だった。

団子は多くの地方で供えられるが、どこでも必ずというわけではない。津村信夫は「月夜のあとさき」(本書二四一頁)に、「戸隠では、蕈《きのこ》と岩魚に手打蕎麦」と記した。清流を好む岩魚はなかなか釣れないが、この地方の名産である。秋になると、山できのこがたくさん採れる。さらに信州といえば蕎麦。津村が泊まった宿坊では、月夜の晩に必ず蕎麦を打ったという。「お蕎麦がおいやなら、こちらに御飯も御座います」と、宿坊の娘さんは話す。しかし客の多くは名産の蕎麦を選んだだろう。廊下にはすきや吾木香を飾っている。吾木香はバラ科の植物で、暗紅色の穂状の花をつける。蕎麦を賞味した後は庭に出て、咲き乱れる萩の花のなかで名月を観賞した。

月見は自宅で行ってもいいが、名所と呼ばれるスポットもある。月見の名所には、歴史的記憶が蓄積されている。たとえば姥捨（長野県）や桂浜（高知県）と並んで、日本三大名月の里と称される石山寺（滋賀県）は、紫式部が『源氏物語』を起筆した場所と言われる。ここで月見をしたかったのに、できなかったのは堀口大學。「明石の名月」（『堀口大學全集』第七巻、一九八三年九月、小澤書店）によると、詩人の竹中郁と、小説家の山下三郎を、あるとき石山寺の月見に誘った。ところがラジオ中継で混雑するとか、美味しい食べ物がないと反対され、明石に行くことになる。月が照らす淡路島を見ながら、光源氏の望郷の歌に思いを馳せるのもいいと思ったかもしれない。

夕暮れ時から明石の料亭に陣取った三人は、海岸の白砂や青松、さらに遠く淡路島を望む部屋で、月の出を待つ。空には一点の曇りもない。酒杯を重ねるうち、沖を通る帆影が朧になってくる。女中に月はまだかと尋ねると、もう少し更けてからという。座敷の軒先から首を伸ばして空を見上げると、名月は屋根の上まで来ていたが、まだ座敷から見える位置ではない。夜の一〇時頃、退屈になった竹中郁は長唄や小唄を披露した。一一時を過ぎても月は見えない。我慢できず庭で、月の動きを観察して、ようやくその訳が分かった。料亭は真東から真西に、つまり月の軌道と平行して建っている。座敷から月が見えるはずがない。諦めて外に出ると、海岸は月光が溢れていたが、すでに帰る時刻になっていた。

文学者のなかでも俳人は、月見に対する思い入れが深い。十五夜に集まって句会を催すこともある。水原秋桜子が「夜々の月」(『水原秋桜子全集』第一七巻、一九七九年三月、講談社)に記したのは、下弦の月に合わせて、毎晩俳句を詠む試み。名月(旧暦一五日)、十六夜月(旧暦一六日)、立待月(旧暦一七日)、居待月(旧暦一八日)、寝待月(旧暦一九日)と、月は次第に欠けていく。形が異なる月と向き合うのは、勉強になるだろうが、天候次第で心労が重なる。旧暦一六日は曇りで、縁側や外に出て空を眺めるが、月は姿を現そうとしない。仕方なく旧家の庭の蓮の鉢を想像して、「十六夜や鉢なる蓮の露こぼれ」。旧暦一九日の夜は、最初から諦めて寝入っていた。夜中に目を覚ますと、縁側の硝子戸が明るい。濃い霧が下りて、月の光がさし渡っている。そこで一句、「裏畑や寝覚おどろく霧と月」。

十五夜に行う月見は、中国から日本に伝わった祭事である。平安時代の貴族階層は、観月の宴を催して、舟遊びや歌詠みを楽しんだ。月見は江戸時代に一般化して、お供えの行事として定着する。二〇世紀の中国では、中秋節をどのように祝ったのだろうか。武田泰淳は一九四四年六月に上海に渡り、敗戦を経て、一九四六年四月に日本に帰国する。このときに上海で体験した中秋節が、「月光都市」（本書二六〇頁）に描かれている。廟に行くと、線香を束ねて金・赤・緑の飾りをつけた塔が作られ、その中央から煙が昇っていた。桃花歌舞団の前に来ると、「月下佳人」「月宮玉兎」「明月想思夜」「月下思郷」と、月尽しのタイトルが並んでいる。

日本の月見団子に相当するのは月餅である。もともと供え物だった月餅は、やがて中秋節の贈物に変化する。「月光都市」の杉も下宿先の夫人に贈ろうと、高価な月餅を二つ購入したが、帰宅すると誰かが贈った月餅の箱が、テーブルの上に置いてある。この小説のタイトルは、月光に包まれた都市を表象している。上海の都市空間がこの夜のように美しく見えたことは、かつてなかったと杉は思う。白い壁も、黒い樹木も、窓の燈火も、すべてが柔かい月の光を浴びている。杉は思わず「好月亮《ハオユエリヤン》」と叫んで、見知らぬ中国人の肩を叩いた。歓楽街の喧騒は後景に退き、「異国人」である自分の道も、月光は照らしてくれるように感じられる。

廟や劇場のようなスポットではなく、一般の中国人の家庭で、中秋節はどのように祝われていたのだろうか。月光の下でも中国人の家々は、「貧しげに」寄り添って、「みすぼらしい姿」に見えた。しかし家の前では、子供や老人が「お互いの気心を結びあわせ」て、「銀色の紙銭や束ねた線香」を一緒に焚いている。「狭い汚い部屋」の中を覗くと、金・銀・赤・緑・青・黄の色紙で飾られた、紙製の月宮殿が見える。月宮殿とは、不老不死の薬を飲んで月に逃げた嫦娥が住む、伝説上の宮殿である。各家庭の月宮殿を見たときに杉は、「やすらかな、楽しさのようなものが、天上の月と、下界の人々をつないでいる」と感じた。

3　月で生息するもの——「月のウサギ」とかぐや姫

二一世紀に生きる私たちは、月の立体的で精密な地図を見ることができる。二〇〇七年に日本が打ち上げた月周回衛星「かぐや」は、ハイビジョンカメラや地形カメラを駆使して、月の表面を精密に捉えた。そこには「月のウサギ」も含まれている。NHK「コズミック フロント」制作班『宇宙はなぜこのような形なのか』（二〇一四年四月、中経出版）によると、「月のウサギ」の周囲は、低カルシウム輝石が取り囲んでいる。そこから考えられるシナリオは以下の通りだという。月が誕生して三億年後に、直径三〇〇キロの巨大隕石が月に落下した。地殻とマントルが混ざり合い、低カルシウム輝石が作られる。それから数億年後に溶岩が噴出し、冷え固まって「月のウサギ」の模様が作られた。

これは天文学が描き出す、ホモ・サピエンス登場以前の物語である。ヒトが言葉で紡いできた物語は、それとは異なっている。吉田一穂に「お月様」（『小学男生』一九二一年一〇月）という童謡がある。「お月様の白兎／とん〳〵お餅をついてゐる／羽根もないのに兎さん／お前はどうして行つたやら／鴨は両羽根ありながら／飛んでも〳〵とどかない」。月の影のような部分は、ウサギと臼に見える。臼でつくのが米なら、餅ができる。だから日本では月見団子を食べ、月のウサギに思いを馳せてきた。

相馬御風は「月の兎」（本書一九七頁）を、「月の中の黒い陰を兎と見立てた最初の人はどこのいかなる人であつたらう」という一行から始め、「人々はなぜもつと〳〵さま〴〵にあの月面の黒影に形を与へて見ないのだらう」と問いかけている。いつ頃、どこに、「最初の人」がいたのかは分からない。ジュールズ・キャシュフォード『月の文化史——神話・伝説・イメージ』上（二〇一〇年二月、柊風舎）によると、「月のウサギ」は世界のさまざまな文化に見出せる。それは「マヤ、アステカ、インド、仏教、チベット、エジプト、メキシコ、ホッテントット、ブッシュマン、北米先住民族、ゲルマン、アングロサクソン、日本、インドネシア」など、遠く離れた文化圏にまたがっている。だから中国の「月のウサギ」も、紀元前四世紀にインドから仏教と共に伝来したのかもしれないが、もともと存在していた可能性が高いという。

もちろんすべての文化圏で、月で生息するのはウサギだけと思われたわけではない。ヨーロッパではピエロや泥棒や錬金術師が月にいると見なされ、チベットや中国ではカエルが住んでいると考えられた。だから「月をめがけて吾等ゆく夢の脚」という、草野心平「月の出と蛙」（本書一二頁）の、丸く描かれた月に蛙が向かうイメージには、文化的なコンテクストが存在する。草野は一九二一年に、中国広州の嶺南大学に留学した。日本でも月で息づくのはウサギだけではない。紫式部が「物語の出で来はじめの祖なる竹取の翁」と記した、九世紀末〜一〇世紀初頭の『竹取物語』に登場するかぐや姫は、月の都から来た人で、最後は出迎えの天人と共に月に昇ってしまう。

かぐや姫の物語はどこからやってきたのか。柳田國男は「かぐやひめ」（『小学国語読本綜合研究』一九三六年一〇月）で、「竹取物語はあの当時既に民間に行はれて居た有名な昔話に、筆者が新意を加へて潤飾した、一種の「作りかへ」であるかと思ふ。さうして竹を採取して僅かに生計を営んで居た老翁が、不時に美しい娘を得、又沢山の黄金を発見して長者になつた条と、末段に娘が月の世界へ還つてしまふ点とは、少なくとも此物語の書かれるより前から、あの頃の女児供がよく知つて居たらしい」と述べている。物語を構成する、竹中生誕説話・到富長者説話・昇天説話などは、同系列の昔話が存在する。しかしそれが存在するのは日本だけではない。「月のウサギ」と同じように、中国を視野に入れると、アバ・チベット族に「斑竹姑娘」という話がある。

ヒトが言葉で紡いできた物語のなかで、月の臼でつくのは米だけではない。中国の伝説では、不老不死の薬の材料を臼で粉にしている。不老不死の薬を盗んで飲んだ嫦娥は、月に逃げ、カエルになって月宮殿に住んだという。この伝説は『竹取物語』のなかで、かぐや姫が帝の求婚を拒む帝求婚説話と響き合っている。かぐや姫は月に去る前に、帝に不老不死の薬を残していく。しかし帝はそれを天に最も近い山の頂上で焼くように命じる。地上の世界が天上の世界と、隔てられているという物語の構成の仕方が、はっきり分かる場面の一つである。

かぐや姫の物語の展開に、重要な役割を果す説話として、五人の貴公子の求婚に難題を課して失敗に終わらせる、求婚難題説話がある。その読み方は、文学者によって幅がある。津島佑子は「かぐや姫、紫の上」(『本のなかの少女たち』一九八九年二月、中央公論社)で、日本に初めて「処女性という概念」をもたらして、その後の日本文化に大きな影響を与えたと記している。池澤夏樹は「竹取物語の二つの軸」(『星界からの報告』一九九五年四月、書肆山田)で、かぐや姫が日本にない貢物を要求したことに着目して、「日本から唐を経て天竺へ」という世界軸を強調することにより、月という世界軸を描く可能性を捨ててしまったと指摘した。

池澤夏樹は日本文学史をひも解くと、天体に関する記述が少ないと述べ、「世の中には空を見る民族と見ない民族がいるのではないか」と記した。前者として想定されたのは、降雨量が少ないメソポタミアやギリシアの人々。気候風土との関係で、中近東の文化が天体と密接に関わるという言説はよく見かける。岡本かの子は「星」（『星の文学館』二〇二頁）のなかで、「ヱジプト、アラビヤ、印度、などの乾燥した土地では、天体を非常に近く感ずる。それは空中の湿度が低いため星辰の光が一層燦然と輝くからであるといふ。それだけに、それ等の土地の太古の住民は、天体の運行に興味を持ち、恰度漁師が風と雲によつて天候を予知するやうに、星辰を観測することによつて、何彼と生活上の便宜を得た。さういふわけで、占星術の如きも、ヱジプト、アラビア、印度等に、一番古く発達した」と書いている。

ただ『月の文学館』『星の文学館』を編集するために、一九世紀末から二一世紀の、天体と関わる作品をリストアップしながら、日本の天体関係の文学が豊かでないと感じたことはない。今回目を通した月に関する作品は、一〇〇〇編を超えている。『月の文学館』に収録したのは四三編だから、二十数編に一編の割合でしか採録していない。月以外の天体に関する作品も併せるなら、読んだのはその倍になる。同じちくま文庫の『猫の文学館』Ⅰ・Ⅱ（二〇一七年六月）を編集するために読んだ、猫に関する作品は、約一〇〇〇編だった。つまり猫よりも、天体に対する関心の方が、はるかに大きいことになる。また天体に関する作品全体の中で、月に関する作品が半分を超えているのは、星々のなかでも月への関心が特に深いからだろう。

4　月の石と砂——アポロ一一号と月の生誕の秘密

湘南海岸沿いに住むようになって一七年になる。山の中腹にある住宅街を出て一〇分ほど歩くと、小さいトンネルがある。そこを抜けると、青い海が目に入る。さらに五分ほど行くと、古都の砂浜が広がる。一〇代の頃は鎌倉の中学・高校に在籍していたので、ときどきここに来る機会があった。海水浴客の賑わいが去った秋、波打ち際に近い砂浜の上に腰を下ろして、そのまま寝転がる。静かに瞼を閉じると、聴覚・触覚・嗅覚の世界が拡大していく。寄せては返す波のリズムが、身体のリズムと重なってくる。長い時間、そこから動かなければ、潮の満ち引きも実感できる。潮汐（海面の昇降現象）は、主に月の引力によって生じる。女性の場合は月経や出産が、月の周期と呼応している。一〇代の私が月を身体のリズムとして感じたのはこの砂浜だった。

楕円形の軌道で地球の周囲を公転する月が、地球に最も近づく近地点で、月と地球の距離は三五万六四〇〇キロ。最も遠ざかる遠地点で四〇万六七〇〇キロ。月は平均して三八万四四〇〇キロ離れた地上から、遠く眺めるだけの存在だった。当たり前と思っていたそのことが、一九六九年七月二〇日（日本時間二一日）に変わる。アメリカ航空宇宙局（NASA）が打ち上げたアポロ一一号の飛行士が、月面に初めて降り立ったのである。二一日の午後一時から六時まで、NHKテレビは「月に立つ宇宙飛行士」、NETテレビは「月面へ第一歩」という特別番組を放送した。TBSテレビは四時間一五分、日本テレビは四時間、フジテレビも三時間四五分の特番を組んでいる。

母船のコロンビアから月着陸船のイーグルに乗り込んだ後の、飛行士とヒューストンの交信記録に、月のウサギと嫦娥が登場する。「アポロの声」（『朝日新聞』一九六九年七月二二日）によると、飛行士が六時間の睡眠から目覚めたとき、ヒューストンは飛行士に、ニクソン大統領がホワイトハウスの礼拝で、アポロ一一号のために祈りを捧げたという、朝のニュースを伝えた。さらに新聞のアポロ関係の大きい見出しを拾って、次のように続ける。「月へ行ったら、きれいな女の子と大きなウサギがいないかどうか気をつけてくれ」「中国の昔の伝説によると、彼女は夫の不死の丸薬を盗んだ罰として月に追放され、もう四千年もそこに住んでいる」。

この日の夕刊は、アポロ一一号の記事で埋め尽くされた。月面に初めて降り立った、アームストロング船長の第一声は、「この一歩は小さいが、人類にとっては偉大な躍進だ」。地面は「炭の粉」のような細かい粒に覆われ、靴が三ミリほど土に沈み込む。重力は地球の六分の一程度で、歩行の困難はなくすぐに慣れた。飛行士の重要な仕事は、月面をテレビカメラで撮影する他に、月面資料の収集である。宇宙服ではかがめないので、岩石はさみや、長さ四一センチの標本採取管などを用意していた。またアポロ一一号には月の地震計や、レーザー光線反射装置、太陽風測定器が積み込まれている。地震計は零下一二〇度の寒さに耐えられれば、一～二年は地球にデータを送り続ける見込みだった。

日本人の目はテレビに釘付けになる。銀座通りはいつもなら一分間で二〇〇台の車が通るが、「第一歩」の中継時は一〇〇台に半減した。東京銀行日比谷支店に客の姿はなく、電話応対中の女子行員一人を除いて、二十数人の行員はロビーのテレビを注視している。国内線のジェット機は電波障害が起きるので、トランジスタラジオを持ち込むことができない。そこで「第一歩」の機内放送を全日空はサービスで行った。参議院では防衛二法を徹夜で審議する予定だったが、与野党の議運理事が相談して、「アポロのテレビ中継が終るまで、ひとまず開会をタナ上げしよう」ということになる。わずかに東京地裁で開かれた東大事件の公判が例外で、シュプレヒコールで退廷させられた傍聴学生は、「アポロだけに目を奪われるのは危険」と主張した。

文学者はこのニュースを聞いて、どのような感想を抱いたのだろうか。井上靖は「月に立つ人」（『毎日新聞』同年七月二一日）で、歴史・伝統・国境・民族という言葉が、意味を持たない世界として、月を捉えている。それは昨日までの月ではない。「全く新しいパスポート」を用意しなければ、降り立つことができない「新しい光体」である。対照的に伝統を守りたい文学者もいる。宮尾登美子は「月」（本書一九四頁）を、「一九六九年に人間が初めて月面に下り立ったとき、あ、バチが当る、などと、極めて卑俗な思いを抱いたのは、私だけではなかったと思う」と書き出している。しかしさすがに「お月さまは偉大な」存在で、「兎が餅をついていたと思える部分が、クレーター」と判明した以外は、「従来どおり」だったと宮尾は胸をなでおろした。

稲垣足穂と野坂昭如の反応は似ている。『朝日新聞』夕刊（同年七月二一日）の「技術の発狂制御を」で、「最近の〝技術的発狂状態〟が、人間らしい想像力と思考力によってコントロールされることを望む」と稲垣は述べた。野坂も「人が電算機の一部」に見え、「人間がコンピューターの一部になってしまったようで、イヤな気がした」とコメントしている。技術革新がもたらす新しい事態を、二人は「人間」をキーワードに拒絶しようとした。稲垣と同じく星に憑かれた文学者でも、野尻抱影の反応はまったく違う。「長生きしたカイ」があったと喜ぶ野尻は、「この感動を三百六十年前に初めて月をのぞいたガリレイ先生に、伝えたい」と語っている。

アポロ一一号が持ち帰った月の石と砂は、ヒューストンの有人宇宙飛行センターで五週間の検疫を行い、世界の各分野の一〇〇人を超える研究者に、研究が委託された。東大宇宙航空研究所がある日本にも一〇月五日に届いている。翌年の一月五日になるとヒューストンでは、NASA主催の「アポロ一一号月科学会議」が開かれた。それから二〇年が経過した一九八九年七月一七日の『朝日新聞』夕刊に、「月の起源解明にヒント」という記事が掲載されている。六回に及ぶアポロ探査で、持ち帰られた月の石と砂は三八二キロ。近年開発された分析方法による成果も含め、月生誕の秘密は次のように解説された。地球による月の捕獲説では説明ができない。月は大きな天体が地球を抉り取った部分と考えられると。さらに二日後の『朝日新聞』は「月が離れていく」という記事で、二〇年にわたる研究の結果、月は毎年三・八センチずつ、地球から遠ざかっているという、NASAの発表を伝えた。

二〇世紀から二一世紀に移行した今日でも、天体ショーは人々の注目を集める。流星群が現れる晩には何時間も空を見つめ、月や火星が接近すると聞けば望遠鏡を購入する。川上弘美は「月食の夜」(『なんとなくな日々』二〇〇一年三月、岩波書店)で、友人と飲みに出かけた夜のことを回想している。蕎麦屋で一杯飲んで外に出ると、みんなが上を見ている。つられて空を見たときに、「あ、月食だ」と友人が言う。次の店で「いい日に出てきたね」と幸運を喜ぶが、店を出る頃には覚えていない。三軒目の店ではすっかり忘れ、翌日になってから「知らないうちに終わっちゃった」と思い出す。コペルニクスが地動説を唱えてからすでに五〇〇年近く、未だに天動説にふさわしい、私小説的エピソードかという声が聞こえてくるような気がする。でも私はこんなスタイルが嫌いではない。美味しい蕎麦を食べられるなら、天体ショーなどどうでもいい。

ちくま日本文学（全40巻）

ちくま日本文学

小さな文庫の中にひとりひとりの作家の宇宙がつまっている。一人一巻、全四十巻。何度読んでも古びない作品と出逢う、手のひらサイズの文学全集。

ちくま文学の森（全10巻）

ちくま文学の森

最良の選者たちが、古今東西を問わず、あらゆるジャンルの作品の中から面白いものだけを基準に選んだ、伝説のアンソロジー、文庫版。

ちくま哲学の森（全8巻）

ちくま哲学の森

「哲学」の狭いワク組みにとらわれることなく、あらゆるジャンルの中からとっておきの文章を厳選。新鮮な驚きに満ちた文庫版アンソロジー集。

宮沢賢治全集（全10巻）

宮沢賢治

『春と修羅』、『注文の多い料理店』はじめ、賢治の全作品及び異稿を、綿密な校訂と定評ある本文によって贈る話題の文庫版全集。書簡など2巻増巻。

芥川龍之介全集（全8巻）

芥川龍之介

確かな不安を漠然とした希望の中に生きた芥川の全貌。名手の名をほしいままにした短篇から、日記、随筆、紀行文までを収める。

梶井基次郎全集（全1巻）

梶井基次郎

「檸檬」「泥濘」「桜の樹の下には」「交尾」をはじめ、習作・遺稿を全て収録し、梶井文学の全貌を伝える。一巻に収めた初の文庫版全集。（高橋英夫）

夏目漱石全集（全10巻）

夏目漱石

時間を超えて読みつがれる最大の国民文学を、10冊に集成して贈る画期的な文庫版全集。全小説及び小品、評論に詳細な注・解説を付す。

太宰治全集（全10巻）

太宰治

第一創作集『晩年』から太宰文学の総結算ともいえる『人間失格』、さらに『もの思う葦』ほか随想集も含め、清新な装幀でおくる待望の文庫版全集。

中島敦全集（全3巻）

中島敦

昭和十七年、一筋の光のように登場し、二冊の作品集を残してまたたく間に逝った中島敦——その代表作から書簡までを収め、詳細小口注を付す。

山田風太郎明治小説全集（全14巻）

山田風太郎

これは事実なのか？　フィクションか？　歴史上の人物と虚構の人物が明治の東京を舞台に繰り広げる奇想天外な物語。かつ新時代の裏面史。

名短篇、ここにあり　北村薫　宮部みゆき編

読み巧者の二人の議論沸騰し、選びぬかれたお薦め小説12篇。となりの宇宙人／冷たい仕事／隠し芸の男／少女架刑／あしたの夕刊／網／誤訳ほか。

名短篇、さらにあり　北村薫　宮部みゆき編

小説って、やっぱり面白い。人間の愚かさ、不気味さ、人情が詰まった奇妙な12篇。華燭／骨／雲の小径／押入の中の鏡花先生／不動図／鬼火／家霊ほか。

読まずにいられぬ名短篇　北村薫　宮部みゆき編

松本清張のミステリを倉本聰が時代劇に⁉ あの作家の知られざる逸品からオチの読めない怪作まで厳選の18作。北村・宮部の解説対談付き。

教えたくなる名短篇　北村薫　宮部みゆき編

宮部みゆきを驚嘆させた、時代に埋もれた名作家・長谷川修の世界とは？ 人生の悲喜こもごもが詰まった珠玉の13作。北村・宮部の解説対談付き。

世界幻想文学大全　幻想文学入門　東雅夫編著

幻想文学のすべてがわかるガイドブック。澁澤龍彥、中井英夫、カイヨワ等の幻想文学案内のエッセイも収録し、資料も充実。初心者も通も楽しめる。

世界幻想文学大全　怪奇小説精華　東雅夫編

ルキアノスから、デフォー、メリメ、ゴーチエ、ゴーゴリ……時代を超えたベスト・オブ・ベスト。岡本綺堂、芥川龍之介等の名訳も読みどころ。

日本幻想文学大全　幻妖の水脈　東雅夫編

『源氏物語』から小泉八雲、泉鏡花、江戸川乱歩、都筑道夫……。妖しさ蠢く日本幻想文学、ボリューム満点のオールタイムベスト。

日本幻想文学大全　幻視の系譜　東雅夫編

世阿弥の謡曲から、小川未明、夢野久作、宮沢賢治、中島敦、吉村昭……。幻視の閃きに満ちた日本幻想文学の逸品を集めたベスト・オブ・ベスト。

60年代日本ＳＦベスト集成　筒井康隆編

「日本ＳＦ初期傑作集」とでも副題をつけるべき作品集である（編者）。二十世紀日本文学のひとつの里程標となる歴史的アンソロジー。（大森望）

70年代日本ＳＦベスト集成１　筒井康隆編

日本ＳＦの黄金期の傑作を、同時代にセレクトした記念碑的アンソロジー。ＳＦに留まらず「文学の新しい可能性」を切り開いた作品群。（荒巻義雄）

沈黙博物館　小川洋子

「形見じゃ」老婆は言った。死の完結を阻止するために形見が盗まれる。死者が残した断片をめぐるやさしくスリリングな物語。（堀江敏幸）

星間商事株式会社社史編纂室　三浦しをん

二九歳「腐女子」川田幸代、社史編纂室所属。恋の行方も友情の行方も五里霧中。仲間と共に「同人誌」を武器に社の秘められた過去に挑む⁉（金田淳子）

通天閣　西加奈子

このしょーもない世の中に、救いようのない人生に、ちょっぴり暖かい灯を点す驚きと感動の物語。第24回織田作之助賞大賞受賞作。（津村記久子）

この話、続けてもいいですか。　西加奈子

ミッキーこと西加奈子の目を通すと世界はワクワク、ドキドキ輝く。いろんな人、出来事、体験がてんこ盛りの豪華エッセイ集！（中島たい子）

水辺にて　梨木香歩

川のにおい、風のそよぎ、木々や生き物の息づかい。カヤックで水辺に漕ぎ出すと見えてくる世界を、物語の予感いっぱいに語るエッセイ。（酒井秀夫）

ピスタチオ　梨木香歩

棚（たな）がアフリカを訪れたのは本当に偶然だったのか。不思議な出来事の連鎖から、水と生命の壮大な物語「ピスタチオ」が生まれる。（管啓次郎）

冠・婚・葬・祭　中島京子

人生の節目に、起こったこと、出会ったひと、考えたこと。冠婚葬祭を切り口に、鮮やかな人生模様が描かれる。第143回直木賞作家の代表作。（瀧井朝世）

図書館の神様　瀬尾まいこ

赴任した高校で思いがけず文芸部顧問になってしまった清（きよ）。そこでの出会いが、その後の人生を変えてゆく。鮮やかな青春小説。（山本幸久）

僕の明日を照らして　瀬尾まいこ

中2の隼太に新しい父が出来た。優しい父はしかしDVする父でもあった。この家族を失いたくない！隼太の闘いと成長の日々を描く。（岩宮恵子）

君は永遠にそいつらより若い　津村記久子

22歳処女。いや「女の童貞」と呼んでほしい――。日常の底に潜むうっすらとした悪意を独特の筆致で描く。第21回太宰治賞受賞作。（松浦理英子）

アレグリアとは仕事はできない　津村記久子

彼女はどうしようもない性悪だった。すぐ休み単純労働をバカにし男性社員に媚を売る。大型コピー機とミノベとの仁義なき戦い！　（千野帽子）

こちらあみ子　今村夏子

太宰治賞と三島由紀夫賞、ダブル受賞を果たした異才、衝撃のデビュー作。3年半ぶりの書き下ろし「チズさん」を収録。　（町田康／穂村弘）

すっぴんは事件か？　姫野カオルコ

女性用エロ本におけるオカズ職業は？　本当の小悪魔とはどんなオンナか？　世間にはびこる甘ったれた「常識」をほじくり鉄槌を下すエッセイ集。

絶叫委員会　穂村弘

町には、偶然生まれては消えてゆく無数の詩が溢れている。不合理でナンセンスで真剣だからこそ可笑しい、天使的な言葉たちへの考察。　（南伸坊）

ねにもつタイプ　岸本佐知子

何となく気になることにこだわる、ねにもつ。思索、奇想、妄想はばたく脳内ワールドをリズミカルな名短文でつづる。第23回講談社エッセイ賞受賞。

杏のふむふむ　杏

連続テレビ小説「ごちそうさん」で国民的な女優となった杏が、それまでの人生を、人との出会いをテーマに描いたエッセイ集。　（村上春樹）

うれしい悲鳴をあげてくれ　いしわたり淳治

作詞家、音楽プロデューサーとして活躍する著者の小説&エッセイ集。彼が「言葉」を紡ぐと誰もが楽しめる「物語」が生まれる。　（鈴木おさむ）

つむじ風食堂の夜　吉田篤弘

それは、笑いのこぼれる夜。――食堂は、十字路の角にぽつんとひとつ灯をともしていた。クラフト・エヴィング商會の物語作家による長篇小説。

小路幸也少年少女小説集　小路幸也

「東京バンドワゴン」で人気の著者による子供たちを主人公にした作品集。多感な少年期の姿を描き出す。単行本未収録作を多数収録。文庫オリジナル。

包帯クラブ　天童荒太

傷ついた少年少女達は、戦わないかたちで自分達の大切なものを守ることにした。生きがたいと感じるすべての人に贈る長篇小説。大幅加筆して文庫化。

こころ　夏目漱石

友を死に追いやった「罪の意識」によって、ついには人間不信にいたる悲惨な心の暗部を描いた傑作。詳しく利用しやすい語注付。（小森陽一）

美食倶楽部　谷崎潤一郎大正作品集　種村季弘編

表題作をはじめ耽美と猟奇、幻想と狂気……官能的な文体によるミステリアスなストーリーの数々。大正期谷崎文学の初の文庫化。種村季弘編で贈る。

三島由紀夫レター教室　三島由紀夫

五人の登場人物が巻き起こす様々な出来事を手紙で綴る。恋の告白・借金の申し込み・見舞状等、一風変ったユニークな文例集。（群ようこ）

命売ります　三島由紀夫

自殺に失敗し、「命売ります。お好きな目的にお使い下さい」という突飛な広告を出した男のもとに、現われたのは？（種村季弘）

方丈記私記　堀田善衞

中世の酷薄な世相を覚めた眼で見続けた鴨長明。その人間像を自己の戦争体験に照らして語りつつ現代日本文化の深層をつく。巻末対談＝五木寛之

小説 永井荷風　小島政二郎

荷風を熱愛し、「十のうち九までは礼讃の誠を連ねた中に、ホンの一つ」批判を加えたことで終生の恨みをかってしまった作家の傑作評伝。（加藤典洋）

てんやわんや　獅子文六

戦後のどさくさに慌てふためくお人好し犬丸順吉は社長の特命で四国へ身を隠すが、そこは想像もつかない楽園だった。しかしそこは……。（平松洋子）

娘と私　獅子文六

文豪、獅子文六が作家としても人間としても激動の時間を過ごした昭和初期から戦後、愛娘の成長とともに自身の半生を描いた亡き妻に捧げる自伝小説。

江分利満氏の優雅な生活　山口瞳

卓抜な人物描写と世態風俗の鋭い観察によって昭和一桁世代の悲喜劇を鮮やかに描き、高度経済成長期前後の一時代をくっきりと刻む。（小玉武）

落穂拾い・犬の生活　小山清

明治の匂いの残る浅草に育ち、純粋無比の作品を遺して短い生涯を終えた小山清。いまなお新しい、清らかな祈りのような作品集。（三上延）

尾崎翠集成（上・下）　尾崎翠　中野翠編

鮮烈な作品を残し、若き日に音信を絶った謎の作家・尾崎翠。時間と共に新たな輝きを加えてゆくその文学世界を集成する。

クラクラ日記　坂口三千代

戦後文壇を華やかに彩った無頼派の雄・坂口安吾との、嵐のような生活を妻の座から愛と悲しみをもって描く回想記。巻末エッセイ＝松本清張

甘い蜜の部屋　森茉莉

天使の美貌、無意識の媚態。薔薇の蜜で男たちを溺れ死なせていく少女モイラと父親の濃密な愛の部屋。稀有なロマネスク。（矢川澄子）

貧乏サヴァラン　森茉莉　早川暢子編

オムレット、ボルドオ風茸料理、野菜の牛酪煮……。食いしん坊茉莉は料理自慢。香り豊かな〝茉莉ことば〟で綴られる垂涎の食エッセイ。文庫オリジナル。

ことばの食卓　武田百合子　野中ユリ・画

なにげない日常の光景やキャラメル、枇杷など、食べものに関する昔の記憶と思い出を感性豊かな文章で綴ったエッセイ集。（種村季弘）

遊覧日記　武田百合子　武田花・写真

行きたい所へ行きたい時に、つれづれに出かけてゆく。一人で。または二人で。あちらこちらを遊覧しながら綴ったエッセイ集。（巖谷國士）

わたしは驢馬に乗って下着をうりにゆきたい　鴨居羊子

新聞記者から下着デザイナーへ。斬新で夢のある下着を世に送り出し、下着ブームを巻き起こした女性起業家の悲喜こもごも。（近代ナリコ）

神も仏もありませぬ　佐野洋子

還暦……もう人生おりたかった。でも春のきざしの蕗の薹に感動する自分がいる。意味なく生きても人は幸せなのだ。第3回小林秀雄賞受賞。（長嶋康郎）

問題があります　佐野洋子

中国で迎えた終戦の記憶から極貧の美大生時代、読まずにいられない本の話など。単行本未収録作品を追加した、愛と笑いのエッセイ集。（長嶋有）

老いの楽しみ　沢村貞子

八十歳を過ぎ、女優引退を決めた著者が、日々の思いを綴る。齢にさからわず、「なみ」に、気楽に、と過ごす時間に楽しみを見出す。（山崎洋子）

色を奏でる　志村ふくみ・文　井上隆雄・写真

色と糸と織——それぞれに思いを深めて織り続ける染織家にして人間国宝の著者の、エッセイと鮮かな写真が織りなす豊醇な世界。オールカラー。

遠い朝の本たち　須賀敦子

一人の少女が成長する過程で出会い、愛しんだ文学作品の数々を、記憶に深く残る人びとの想い出とともに描くエッセイ。（末盛千枝子）

性分でんねん　田辺聖子

あわれにもおかしい人生のさまざま、また書物の愉しみのあれこれ。硬軟自在の名手、お聖さんの切口がますます冴えるエッセー。（氷室冴子）

「赤毛のアン」ノート　高柳佐知子

アンの部屋の様子、グリーン・ゲイブルズの自然、アヴォンリーの地図など、アン心酔の著者がカラー絵と文章で紹介。書き下ろしを増補しての文庫化。

おいしいおはなし　高峰秀子編

向田邦子、幸田文、山田風太郎……著名人23人の美味な思い出。文学や芸術にも造詣が深かった往年の大女優・高峰秀子が厳選した珠玉のアンソロジー。

うつくしく、やさしく、おろかなり　杉浦日向子

生きることを楽しもうとしていた江戸人たち。彼らの紡ぎ出した文化にとことん惚れ込んだ著者がその思いの丈を綴った最後のラブレター。（松田哲夫）

るきさん　高野文子

のんびりしていてマイペース、だけどどっかヘンテコな、るきさんの日常生活って？　独特な色使いが光るオールカラー。ポケットに一冊どうぞ。

それなりに生きている　群ようこ

日当たりの良い場所を目指して仲間を蹴落とすカメ、迷子札をつけているネコ、自己管理している犬。文庫化に際し、二篇を追加して贈る動物エッセイ。

玉子ふわふわ　早川茉莉編

国民的な食材の玉子、むきむきで抱きしめたい！森茉莉、武田百合子、吉田健一、山本精一、宇江佐真理ら37人が綴る玉子にまつわる悲喜こもごも。

なんたってドーナツ　早川茉莉編

貧しかった時代の手作りおやつ、日曜学校で出合った素敵なお菓子、毎朝宿泊客にドーナツを配るホテル、哲学させる穴……。文庫オリジナル。

ちくま文庫

月《つき》の文学館《ぶんがくかん》　月《つき》の人《ひと》の一人《ひとり》とならむ

二〇一八年七月十日　第一刷発行
二〇二二年九月十五日　第三刷発行

編　者　和田博文（わだ・ひろふみ）
発行者　喜入冬子
発行所　株式会社　筑摩書房
東京都台東区蔵前二—五—三　〒一一一—八七五五
電話番号　〇三—五六八七—二六〇一（代表）

装幀者　安野光雅
印刷所　明和印刷株式会社
製本所　株式会社積信堂

ISBN978-4-480-43526-2 C0193